문갑연
소설집

해바라기의 기도

청어

문갑연 소설집

해바라기의 기도

태초에 하나님이 천지를 창조하시니라.

-창세기 1장 1절

작가의 말

어릴 때는 사방이 산으로 둘러싸인 좁은 시골에서 살았다. 다행히 그 좁은 시골에도 초등학교가 있어서 한글을 익힐 수 있었다. 사내아이들은 일을 시키느라 특히 여자아이들은 공부할 필요가 없다며 초등학교도 보내지 않은 부모들이 많았다.

어머니는 가끔씩 중학교가 있는 면 소재지 오일장에 다녀오시곤 했다. 그곳에 가려면 높은 산을 넘어서 4㎞나 되는 거리를 걸어서 가야 한다. 어머니는 장에 다녀오시면 시골에서는 볼 수 없는 맛난 과자나 고기를 사 오셨다. 와! 높은 저 산 너머는 어떤 사람들이 살기에 이런 귀한 것들도 있을까. 하지만 그 낯선 곳을 생각하면 무서워 가고 싶은 생각은 없었다. 이토록 우물 안 개구리로 살았던 산골 소녀가 다행히 그 무서운 곳인 면 소재 중학교에 입학하면서 또 다른 더 넓은 세상이 있다는 사실도 알게 되었다. 거기서는 시외버스가 시내까지 사람을 태우고 운행되고 있었기 때문이다. 그때서야 고등학교와 대학에 다니는 오빠들이 있는 시내가 궁금하기 시작했다.

지난해인 2021년 봄, 여름 동안에 코로나19의 창궐로 지구촌이 전시나 다름없었던 위험도 마다하지 않고 미국 자녀들 가정을 방문하고 돌아왔다. 까마득히 멀면서도 넓은 대륙 그 어딘가에 있을 그리움을 향해 미지의 세계를 뒤지다가, 드디어 그 많은 여러 민족 중에서 유독 내 시선을 사로잡은 낯익은 얼굴들을 발견했을 때의 감격이야말로 세상에서 그 어떤 언어로도 표현이 불가능했으리라.

창조주가 세상을 창조했지만 그중에 가장 걸작품은 가정이라는 생각이 더 확실해 졌다. 그리고 이 가정을 지탱해 가는데 필요한 저력은 가족애라는 사실도 깨달았다. 펜데믹 시대라 국내외적으로 위험 수위를 가늠하기조차 어려울 뿐 아니라 백신도 아직 나오지 않을 때지만 모험을 감행할 수 있었던 것은 오로지 내 핏줄을 본다는 일념 말고는 다른 그 무엇도 생각할 겨를이 없었다.

사활을 걸어야 할 정도의 여행 결심인데도, 비행기에 오르는 순간까지 준비해야 할 것도 많았다. 그때는 어떤 장해물도 앞길을 막을 구실이 될 수 없었다. 단지 간절함 때문에 동작이 진행되었고, 앞뒤를 볼 엄두는 아예 염두에도 두지 않았다. 막상 그들의 생활현장을 목격하자 마음의 평정이 찾아왔다. 자녀들도 마찬가지 심정이었다는 사실을 나중에서야 겨우 알게 되었다. 그런 위험도 감수한 채 어미를 적극적으로 환영할 수 있었던 것 역시 가족애의 힘이었으리라.

한인교회를 통해 이방 세상에서 가족과 같은 마음으로 함께 하나님의 은혜를 체험하며 아메리칸 드림이 아닌 내게 주어진 삶을 충실히 감당하면서 더불어 살아가는 모습이 좋았다. 넓은 대륙에 흩어져 살고 있는 자녀들을 만나기 위해 여러 지역을 활보하면서 느끼고 본 건 본토인이나 여러 소수민족과 더불어 살아갈 수밖에 없는 인간 그 자체의 모습

6

이었다고나 할까. 사랑해야 할 대상이 비록 내 가족과 내 국토가 아닌 전 인류와 지구촌이라는 사실에 직면하면서, 만나는 사람마다 나와 상관있는 이웃이며 가족이라는 사실을 배우는 기회였다. 어렵게 갈증을 해결한 후의 내 삶은 더 풍성해졌다.

항상 두려움 속에서 한 발짝 내딛어 새로운 경험이 이룬 결과는 소설 창작에 더 매진할 수 있게 해주었다. 덕분에 또 한 번의 문화예술진흥원으로부터 출간비까지 지원받는 행운도 얻었다. 다른 이들을 위한 기도는 내 삶을 유지하고 또 풍요롭게 하는 이상이며 믿음이요, 인내를 온전히 이루는 과정이기도 하다.

사랑이 많으면 관심이 많다던 어느 분의 말씀이 생각난다. 작은 관심은 기적을 창조한다고 했던가. 타인을 향한 관심이 현존하는 한 내 삶은 여전히 풍성할 것이며 내 가족과 이웃, 그리고 그들의 이웃, 전 인류와 지구촌을 향한 헌신과 사랑의 언어가 고갈되지 않을 것이다. 이제 지구촌을 무대로 번성하라는 창조의 원리에 따라 좀 더 더불어 살아가며, 모든 인류의 평화를 소원하는 마음과 고통 속에 있는 이들에게 희망과 격려가 나의 글로 통해 점점 더 영글어 가기를 꿈꾸어 본다.

차례

수혈

장마 중이라 대지는 더 풋풋했다. 추적추적 이어지던 장마가 소강상태라 무료함을 달랠 수 있는 기회를 놓치고 싶지 않았다.

아버지와 어머니의 산소로 향하던 복자가 몰던 승용차는 그 옛날 어린 시절을 가족과 함께 살던 등촌 마을로 진입했다. 4대강 사업으로 사라져버린 마을, 휑하니 빈 마을 일대가 을씨년스럽다. 복자의 기억에는 마을을 중심으로 강 유역 일대가 사시사철 먹거리로 풍성했다. 이미 가을부터 보리와 밀을 파종한 덕에 강 유역도 들판 못잖게 겨울에도 온통 파랬다. 파종한 종자가 발아하여 유묘기에서 성장기를 지날 때즈음이면 서릿발로 인해 착근이 어려워 생산량이 줄어들 우려로, 대부분 착근을 도와주기 위해 보리밟기를 해 준다. 자칫 농한기에 하릴없이 마을 사랑방에 모여서 화투에 빠져 가산을 탕진하는 사례들을 유발하는 시기라, 보리밟기는 매우 생산적인 활동이다. 농부들의 옴츠렸던 근육을 풀어줄 겸 봄에 거둬드릴 농사를 더 풍성하게 해 주는 작업이기 때문이다.

복자가 과거와 현재의 갈림길에서 방황하고 있을 때였다. 그 당시 화려했던 복자네의 옛 집터를 지키던 울창한 거목 플라타너스 세 그루가 옛 주인의 방문을 반겨 주는 듯, 마침 지나가던 바람결에 우수수 빗방울을 털어내고 있었다. 둑 높이만큼 흙을 쌓아 올려 평지로 만든 집터 때문에 연례행사처럼 치르던 홍수의 범람에서도 안전했던 그때의 위세 당당 함이 고스란히 느껴졌다. 복자는 거목으로 자란 플라타너스를 차례로 둘러보다가 제일 안쪽 나무에 도달하자 짐작되는 곳의 우거진 잡초를 헤치기 시작했다.

4대강 사업장으로 전 마을이 다 수용되었지만 유일하게 둑 높이와 동일했던 복자네 집터만은 그 대상지에서 배제되었다. 하지만 어머니와 오빠까지 없는 외딴곳에서 올케 혼자 살 수 없다며 자투리땅을 수용하라며 건의한 결과에 따라 나온 보상비로 면 소재지에 아파트를 샀다. 올케가 아파트로 이사 갈 때 가족들의 의견일치로 나무 아래 일부러 아궁이를 만들어 걸어두기로 했던, 낡은 가마솥의 근황이 가끔은 궁금했었다. 잡초가 덮고 있어서 얼른 보아서는 솥이 걸려있는지 잘 알아차릴수가 없었다. 곧 그 옛날 화려했던 가문의 역사를 간직하려고 안간힘을 쓰고 있는 듯 녹이 잔뜩 쓴 가마솥이 겨우 모습을 드러냈다.

복자가 세상에 태어나 기억하는 날부터 줄곧 사랑방 부엌에서 쇠죽을 끓였고, 김장철이면 따뜻한 물을 끓여서 언 손을 녹여주기도 했다. 거기다가 일 년에 한 번씩 장을 담그는 날이면 메주콩을 삶거나 명절이 돌아오면 가족들의 목욕물을 데워주었던 귀한 가마솥이다. 복자의 시선이 그 가마솥에 닿는 순간 생각지도 않았던 그 날의 일이 되살아 날 줄이야. 아버지를 잃었던 그날의 아픈 기억이 주마등처럼 스쳐 지나가기 시작하는 것이었다.

갑자기 찾아온 고요함, 왜 이렇게 허전하지? 방금 전까지만 해도 차만 마을 친구들과 어울려 앞서거니 뒤서거니 왁자지껄했다. 특별히 긴 장마의 끝에 홍수까지 범람한 이유로 학교 수업을 일찍 끝내주었다. 복자와 양숙 그리고 철수는 차만 마을 친구들과 하굣길에 함께 어울려 산으로 올라가 산딸기 따 먹느라 시간 가는 줄도 몰랐다. 차만 마을 친구들 네 명을 제각기 차례차례 자기 집으로 배웅을 한 복자와 양숙 그리고 철수는 아직 한참을 더 가야 하는 등촌 마을로 향했다.

복자는 비로소 줄곧 이어지던 흥이 식어졌다는 사실에 아직 적응하지 못해 서먹했다. 철수는 같은 또래의 남자친구와 헤어지자 같은 마을에 살지만 복자와 양숙과 어울리기가 멋쩍은지 잰걸음으로 벌써 한참을 앞서가고 있었다. 복자와 양숙도 무작정 발걸음을 재촉했다. 그 와중에도 철수와의 거리가 더는 멀어지지 않아야 한다는 막연한 생각으로 걸음을 부지런히 옮기던 복자는 저만치 눈 앞에 펼쳐진 등촌 마을의 동태가 궁금했다. 상상 외로 마을 사람들이 자신의 집에 운집해 있었기 때문이다. 홍수의 범람으로 마을 사람들이 짐을 옮길 경우라면 자신의 집만이 아니라 둑 전체일 것인데, 왜까?

복자는 즉시 잰걸음으로 둑 아래로 쪼르르 내려가 홍수의 정도를 살폈다. 등교 때만 해도 계속해서 성큼성큼 홍수가 둑을 향해 올라오는 속도가 보일 정도였다. 지금은 얼른 보아 홍수가 5cm는 충분히 더 줄어들었다. 하늘을 봐도 구름 한 점 없었다. 이럴 경우 사람들은 짐을 옮길 필요도 없지만, 만약 짐을 옮길 경우라 해도 마을 사람들이 둑 아랫마을로 내려갔다가 올라오기를 계속할 것이었다.

"아무래도 이상하지? 홍수 때문이라면 짐을 나르느라 모여 있지 못

할 건데? 왜 하필 복자 너희 집에 저렇게 많은 사람이 모여 있지?"

"안 그래도 나도 그 생각하고 있었어."

복자는 양숙이도 자신과 같은 생각을 하고 있었다는 걸 알자 갑자기 불안해졌다. 거기다가 마을이 가까워질수록 굿하는 소리가 선명해 지면서 불길한 예감을 떨쳐버릴 수가 없었다. 그때서야 친구들과 정신없이 노느라 시간을 너무 많이 허비했다는 죄책감이 들면서 자책하기 시작했다. 아무래도 집에 무슨 변고가 생긴 게 분명하다는 생각에서 자유로울 수가 없었기 때문이다. 그런데 아니나 다를까.

"복자, 니, 와 이렇게 늦게 오냐! 니 아부지가… 아이다. 어서 가봐라!"

마침 마주 보고 오던 마을 입구에 사는 아주머니가 복자를 보고 질책을 하다 말고 둑 아래 자기 집으로 종종걸음을 쳤다. 복자는 아주머니의 언행으로 보아 아버지에게 무슨 변고가 생긴 게 확실하다고 판단했다. 복자는 얼른 오늘 등교 전에 아버지가 손수 연필까지 깎아주던 평소와 다름없는 모습을 떠올리며 불길함을 지우려 도리질을 했다. 그럼 무슨 안 좋은 일이 일어났단 말인가? 마을 아주머니의 말을 되씹으면서 생길만한 사건에 대해 아는 대로 떠올려 보았지만 짐작되는 게 떠오르지 않았다. 지금까지의 정황으로 미루어 봐도 홍수의 범람보다 아버지에게 닥친 재앙이 훨씬 더 크다는 건 확실할 것 같았다. 그렇지 않고서야 동민들이 한 집에 다 모여 있겠는가. 거기다가 굿을 할 정도면 보통 심각한 사태가 아닐 것이다. 자신의 기억으로는 굿을 하려면 어머니가 날짜를 잡고 여러 가지 음식을 준비한 연후에 그것도 낮일을 다 마치고 난 저녁에 하는 게 관례였다. 이런 관례를 무시한 채 굿을 할 수밖에 없다는 것은 위급사항을 알리는 신호가 틀림없었다.

오늘 새벽에 출타한 어머니는 의무관으로 군 복무를 마치고 전역하는 오빠를 만나, 부산 외삼촌의 병환을 봐주기 위해 외가댁에서 자고 올 것이라 했다. 이런 상황인데 얼마나 급했으면 어머니도 없는데 굿을 할까. 굿을 주선하는 일은 어머니 말고는 하는 걸 본 적이 없었다.

복자가 집에 도착했을 때는 이미 사람들이 뜰을 가득 메우고 있었다. 그 사람들 사이를 헤치며 마당 한가운데로 들어갔다. 거기는 죄인처럼 머리를 숙인 채 꿇어앉아 있는 가족들과 굿을 주관하는 무당들 그리고 금방이라도 생명줄을 놓아버릴 것 같은 초췌한 모습의 아버지가 두 사람의 부축을 받으며 간신이 버티고 있었다. 등교 때만 해도 건강하던 아버지가 아니었던가. 복자는 눈앞의 어처구니없는 광경에 어리둥절한 채 멍하니 초점 잃은 시선으로 이 광경을 바라보고 있었다.

"복자야, 너도 여기 와서 꿇어앉아."

큰언니가 먼저 복자를 발견하고는 손짓을 했다. 복자는 아버지를 보자 그동안 친구들과 희희낙락하며 노느라 시간 가는 줄도 몰랐던 게 죄스러워서 고개도 들지 못한 채 미동도 않고 장승마냥 서 있었다. 다행히 큰언니는 이런 동생을 꾸짖지 않고 가족의 일원으로 합류시키기 위해 복자에게 조용히 다가와 손을 잡고 끌었다. 네가 등교할 때만 해도 멀쩡하셨던 아버지가 이러고 계시니, 놀랄 만도 할 거야. 하지만 너도 자식인데 같이 정성을 모아야지!라며 복자를 멍석에 앉혔다. 그때서야 비로소 복자의 눈에서 눈물이 흘러내렸다.

아버지가 꼭 건강하게 회복되어야 한다. 아직 아버지를 보낼 준비도 하지 못했지만 이런 일이 일어나리라고는 꿈에라도 생각해 본 적이 없다. 아버지는 매우 책임감이 강해서 끝까지 부모로서 한평생 자식들을 챙겨줄 것이라고 굳게 믿고 있었다.

복자가 초등학교 일학년 때의 일이다. 아침에 일어나니 세상이 온통 하얗게 변해있었다. 밤사이에 폭설이 왔기 때문이다. 복자네 형제들은 당연히 등교를 포기했다. 그런데 아버지가 새벽부터 일어나 10㎝가 넘게 쌓인 눈을 2㎞나 되는 거리에 있는 학교까지 다 치워놓고는, 직접 앞장을 서서 복자 형제들을 학교까지 등교를 시켰다. 막상 학교에 도착했지만 선생들도 학교에 나오지 않아서 되돌아오긴 했지만, 그 일은 두고두고 교사들은 물론이고 학부형들 사이에 오래오래 화젯거리가 되었다. 농번기 방학을 해도 일은 어른들이 하면 된다면서 공부는 해도 해도 끝이 없으니, 이왕지사 공부를 하려면 공부할 시기가 가기 전에 열심히 해야 한다면서 절대로 자식들에게 집안일을 시키지 않았다. 이렇게 복자의 아버지는 다른 아이들의 아버지와는 생각부터가 달랐다. 복자는 이런 자신의 아버지가 언제나 자랑스러웠다.

복자 아버지의 하루는 자식들이 등교하기 전에 연필통을 점검하는 데서부터 시작되었다. 아침에 일어나 세수를 하고 옷을 정갈하게 챙겨 입고 나면 자녀들이 등교준비를 제대로 했는지를 확인했다. 그 첫 번째가 과제물과 준비물에 대한 점검이고 그 다음이 필통 속의 연필을 깎는 일이다. 오늘 아침에도 아버지는 복자의 연필을 깎아주었다. 사실 복자는 자신이 깎는 것보다 아버지의 솜씨가 훨씬 좋기 때문에 아예 연필 깎을 생각은 하지 않는다. 물론 숙제를 하거나 예습 복습을 할 때 사용 가능한 연필이 없을 때를 빼고는 말이다. 거기다가 월사금도 다른 집 아이들은 여러 달 밀려서 불려나가기도 하지만 복자의 아버지는 달이 넘어가면 미리미리 챙겨준다. 자상하기 그지없는 아버지, 어느 집 부모

보다 책임감도 강해서 평생 자식들 곁을 지켜줄 것만 같았던 아버지가 아니던가. 그런 아버지가 지금 내 눈앞에 초췌하기 그지없는 모습으로 무너져가는 저분이 과연 맞단 말인가.

　마당 중앙에는 여러 개의 멍석이 깔렸고 그 위에 새하얗게 창백한 얼굴을 한 아버지가 이웃 마을에 사는 외사촌 오빠와 이모부의 부축을 받으며 앉아있는데도 곧 쓰러질 것만 같았다. 더 놀라운 것은 시내 큰오빠네에서 중학교에 다니는 넷째 오빠와 간호고등학교에 다니는 둘째 언니, 그리고 입주 가정교사로 아르바이트를 하면서 대학에 다니는 셋째 오빠까지 언제 어떻게 왔는지 아버지 뒤에 죄인처럼 꿇어 엎드려 고개를 푹 숙인 채 앉아있었다. 큰 올케는 복자보다 한 살 아래인 장조카와 나란히 아버지 옆에 앉았는데 역시 고개를 숙이고 무릎을 꿇고 있었다.

　남자 무당이 주문을 외면서 푸닥거리를 하다가 갑자기 상에 놓인 소금 그릇을 들어 한 움큼 쥐더니 아버지를 향해 거듭 뿌렸다. 그런 다음 이번에는 물을 한 모금 입에 머금더니 아버지 얼굴을 향해 확! 내뱉는 것이었다. 아버지는 그래도 꿈쩍하지 않았다. 큰언니는 울음소리를 죽이기 위해 두 손바닥으로 입을 힘껏 누르고 있었지만 훌쩍이는 소리가 간간이 밖으로 세어 나왔다. 작은 언니는 복자를 두 팔로 안더니 소리를 죽여가면서 눈물만 줄줄 흘렸다. 이 짓을 계속하는데도 아버지의 상태는 호전될 기미가 없었다.

　밤은 점점 깊어만 갔다. 그러나 이웃 마을 사람들까지도 돌아갈 생각을 않자 보다 못한 철수 어머니와 마을 아낙네들은 주먹밥을 만들어 나눠주고 있었다. 어른들은 먹는 것도 거절한 채 아버지의 회복을 기원하듯 두 손을 마주 잡은 채 굿판에서 시선을 떼지 않았다. 이런 야심한 시각에 초등학교 교장과 두 명의 교사가 군중을 헤집고 굿판에 나타났다.

"이게 무슨 짓들입니까!"

교장이 큰소리로 질타를 하자 무당들은 갑자기 들이닥친 악귀라도 쫓듯이 더 요란하게 징과 북을 두드리면서 미친 사람들처럼 춤을 추었다. 교장은 아버지 가까이로 다가가 외사촌 오빠와 이모부에게 귓속말로 뭔가를 주문하는 듯했다. 둘은 무당의 눈치를 보는 듯 굿판을 훔쳐보고는 고개를 좌우로 저었다. 교장은 결심을 한 듯 이번에는 가족들이 앉아있는 곳으로 이동하여 낮은 목소리로 나무랐다.

"아버님을 빨리 병원으로 모셔야지 이게 무슨 짓들인가! 병명을 알고 거기에 맞는 치료를 해야지 무식하면 또 모를까. 자네들도 이제는 배울 만큼 배우지 않았나? 그런데 왜들 이러고 있는 거지!"

"병 아닙니다. 밤사이에 갑자기 강물이 불어나는 바람에 이웃집 돼지가 흙탕물에 빠진 걸 죽기 전에 잡았는데 그걸 딱 한 젓가락 자시고는 상을 물리셨어요. 그리고 좀 지나시더니 토하고 설사하시고 흑흑…!"

큰언니가 짧게 설명을 하자 가까이 있던 한 아낙네가 덧붙였다.

"다, 그놈의 돼지가 지명에 몬간 탓이라예. 고놈이 울마나 원통해서 모 어르신한테 붙어설랑 저러고 있겠십니꺼. 그라이카네 고놈을 떼 내야 다 편한 기라예. 아까 아침에 고놈 갈 때 모두 울매나 놀랬따꼬요. 흙탕물에서 건지 낼 때는 다 죽었나 시펐는데 목 따는 소리는 와 그렇케도 천지를 진동하던지, 그러니 결국 이런 사달을 낸다 아입니꺼."

"나도 늦게 소식을 듣고 미리 달구지까지 준비해 왔으니까, 면 소재지에 있는 병원까지 가서도, 치료가 불가능하면 시내 큰 병원까지는 거기서 차를 구해서 타고 가면 됩니다. 듣고 보니 급체 같습니다. 어쨌든 어서 병원부터 가야 한다니까!"

교장의 다그침이 이어지자 여태껏 아버지의 목숨을 책임진다는 조건으로 굿을 주도해왔던 무당들도 큰소리칠 때와는 달리 혼란스러운 모습이 역력했다. 교장의 로비가 이어지는 동안 그들은 악귀를 물리친다는 명목으로 더 큰소리를 치다가도 잠시 주춤거리기를 반복하는 것이었다.

발전하는 시대의 흐름 속에서는 문맹과 문화의 차이에서 오는 갈등은 필수가 아닐까. 하지만 오랜 관습으로 인해 이미 습관화되어버렸다면 문화적 혜택에 앞서 대중화되어오던 관습을 접근하기가 더 쉬울 것이다. 그것은 매우 자연스런 현상인데도 만약 그것을 먼저 경험하지 않고 곧바로 문화적 혜택을 선택한다는 것은 매우 진취적이고 모험적 성격이라도 상당한 지식수준을 갖추지 않으면 불가능할 것이었다. 거기다가 환경적 요인도 무시할 수 없다 보니 오랜 전통을 무시해 버리기도 그리 만만치 않을 것이 아닌가. 하지만 아버지의 문제로 긴 시간과 노력을 투자했으나 원하던 소득이 없다는 것은 미련을 버리기에는 별 어려운 일이 아니었던 걸까. 아니면 교육이라는 과정을 겪으면서 얻은 지식을 응용할 정도의 수준에 이르렀기 때문일까.

"교장선생님, 감사합니다. 우리는 교장선생님의 말씀을 따르겠습니다!"

셋째 오빠가 가족을 대표해서 결단을 내렸다. 그런데 갑자기 외사촌 오빠와 이모부가 무슨 변고가 생겼는지 안절부절못하더니, 결국 외사촌 오빠가 집안 농사를 책임지는 장 서방을 불러 귓속말을 하자 즉시 아버지 앞으로 가 앉으면서 업겠다는 시늉으로 등을 들이밀었다. 이 광경을 보던 여자 무당들은 더 거칠게 북과 장구를 치면서 춤을 추는 대신 남자 무당은 잡고 있던 대나무 대를 던져버리고 식칼을 휘두르면서 이놈의 악귀야 물러가라!라며 아버지를 향해 호통을 쳤다. 하지만 장 서방은 달구지가 있는 데가 아닌 아버지를 업고 사랑방 부엌으로 뛰었다. 가족들은 물론이고 다른 사람들도 우르르 아버지의 뒤를 따랐다. 아버지를 업은 장 서방은 소죽을 끓이는 큰 가마솥 위에 아버지를 내리려 했다. 이미 가마솥 뚜껑은 열려있었고 그 위에는 지게질 때 사용하는 막대기 두 개가 사이에 간격을 두고 얹혀있었다. 그 주변으로는 부지깽이와 잔 나뭇가지들이 놓였고, 그 위에는 무명 홑이불이 깔려있었다. 이미 아버지가 변소 대신으로 사용하였던지 이불도 심하게 구겨졌지만 이물질까지 묻어있었다. 역시 외사촌 오빠와 이모부가 아버지를 장 서방 등에서 들어올렸다. 이때 장 서방이 뒤돌아서더니 재빠르게 아버지의 바지를 내리자 묽고 검푸른 이물질로 범벅이 되어있었으며 악취가 진동을 했다. 그 와중에도 장 서방은 이물질이 묻은 홑이불까지 접은 후 가마솥 위에 아버지의 상체를 앉혔다. 그때 염소 똥 같은 까만 이물질이 솥 안으로 떨어졌다. 이것을 보던 이모부가 낙담하듯 한숨을 조용히 불어냈다. 아버지는 연체동물이나 진배없이 의지대로 움직이지 못하고 축 늘어진 채 남에게만 의지하고 있었다. 둘의 힘으로도 감당하기 버겁다는 걸 안 장 서방은 자신의 등을 아버지 앞으로 다시 들이댔다. 즉시 아버지의 상체가 장 서방의 등으로 *꼬꾸라졌다*. 이때 난데없이 철수가 큰 막대기 하나를 들고 나타나더니 장 서방 손에 슬그머니 쥐어주었다.

"아버지, 이걸 잡고 계십시오."

그때까지 장 서방은 엉거주춤한 자세로 두 손을 양 무릎 위에 올린 채 안간힘을 쓰고 있다가, 철수가 두툼한 막대기를 주자 구세주를 만난 듯이 냉큼 받아 바닥에 세우더니 두 손으로 움켜잡으면서 휴—! 하고 소리를 죽여 한숨을 불어냈다. 장 서방의 이마에 송골송골 솟아난 땀방울이 어느 사이 줄줄 흘러내린다. 그 주변에 있던 사람들은 그런 와중에도 철수의 하는 행동이 기특한지 고개를 끄덕거렸다.

무당들은 아버지를 따라 자리를 옮겨와서는 역시 주문을 외면서 악귀 물리치는 명령을 반복했다. 끝내 아버지의 정신이 돌아오지 않자 남자 무당이 가족들을 보고 명령했다. 매우 지독한 악귀가 어르신을 잡고 놓아주지 않기 때문에 가족들은 여기서 구경만 할 게 아니라 원래 자리로 돌아가서 악귀가 떨어져 나갈 때까지 정성을 보여야 한다고 하자 다시 멍석으로 돌아왔다. 하지만 겨우 10분 정도 지났을 때 외사촌 오빠가 큰소리로 외쳤다.

"자식들이 임종은 해야지!"

외사촌 오빠의 다급한 목소리를 듣자마자 반사적으로 일시에 가족들이 일어났다. 그때까지도 울음을 절제하는데도 간간이 훌쩍이든 큰언니는 벌써 저만치 쏜살같이 달려가고 있었다. 그때 남자 무당이 소리쳤다. 아직 자녀들의 정성이 부족한데 가긴 어딜 가!라고 호통을 치는 바람에 모두가 엉거주춤했다. 자녀들은 이런 절체절명의 순간에도 오로지 아버지의 건강만이 회복되어야 한다는 일념으로, 각자의 욕망까지 절제하면서 지푸라기라도 잡는 심정으로 무당의 명령에 복종했다. 하지만 큰언니의 동작은 무당의 명령이 떨어지기도 전에 이미 그곳을 벗어나 아버지한테로 달려갔다.

초등학교만 마치고 집안 살림과 많은 동생의 뒤치다꺼리 맡느라 자신의 삶을 희생했던 큰언니는 가장 많은 세월 동안 아버지를 섬기면서 다른 자녀들이 느끼지 못하는 정과 혼의 대화까지도 가능하지 않았을까. 어쩌면 그 누구보다도 아버지를 더 깊고 넓게 접하면서 지금 당면한 문제에 봉착하여서는 더 예민하게 직시할 수 있었을 것이었다. 이런 상황에서 누구에게 떠넘기려는 얄팍함이 아닌 큰언니 스스로가 즉각적으로 반응할 수밖에 없을 만큼 책임감에 밀착되어 있었던 것이다.

언니는 평소에도 아버지에게 가장 많은 손길을 주어왔다. 다 같은 자녀지만 다 같을 수만 없는, 어쩌면 아버지가 사경을 헤매는 지금 가장 필요한 게 뭔가를 알 것처럼 느껴졌다. 또 어머니가 부재중인 이 시점에서 그 대역의 자격으로 직시해야 하고 또 관찰하고 체험할 역할 자는 당연히 큰언니일 것 같았다. 이런 여러 가지 정황들로 인해 이미 큰언니는 자신의 의무를 자발적으로 행하고 있었으며, 그 외의 가족들도 그들 나름대로 아버지의 회복에 대한 간절함을 자신들의 위치에서 가장 순수하고 진솔하게 감당하고 있었다. 이렇게 최선을 다했지만 그 결과에는 그 어느 가족의 소원도 현실로 이어지지 않았다. 비로소 어느 누구에게나 운명이라고 명명할 수밖에 없는 우주의 힘이 작용하고 있다는 걸 받아 드릴 수밖에 없었기 때문이다. 동일한 환경인데도 각자가 다른 이중적 사고 속에서 행동의 일치가 없는 것도 아버지의 안녕을 위한다는 명목으로 모든 불효가 면죄부를 받는 조건이 되어주었다. 하지만 막상 그 굴레를 맴돌다가 끝내 세상을 이별하고야만 아버지에 대한 죄책감은 큰언니 외의 모든 가족에게는 씻을 수 없는 상처지만, 선택의 기로에서 필연인 방황 중에 비록 사고의 차이는 있었다 해도 최선을 다했다는 데는 그 누구도 돌을 던질 사람은 없었다. 그래서 문화의 혜택에 접근하지 못한 책임추궁이나 시대와 환경적 요인을 초월하지 못했다는 점까지 총망라해서 보다 현명한 사고의 영역에 도달하지 못한데 대한 심판은 감히 할 자격을 갖춘 자는 없었다. 인간의 한계를 체험하는 순간 아쉬움에 대한 여운은 원통함과 뼈저린 후회 때문이라도, 아버지를 이별의 현장에서 마지막까지 무난히 지켜냈다는 사실만으로도 속죄의 조건이라고 자위할 수밖에 없으리라.

어머니와 큰 오빠 그리고 심부름 간 총각이 도착했을 때는 그 다음 날 이른 아침이었다. 외가댁에서 저녁밥을 먹고 환담이 한창 무르익어 가고 있을 때 총각이 도착했고, 어머니와 큰오빠는 아버지의 소식을 듣자마자 더는 앉아있을 수가 없었다고 했다. 그때는 이미 시외버스도 끝난 시각이라 무작정 역으로 갔는데 다행히 열차가 있어서 읍내 역에 내려 줄곧 걸었다. 어머니는 집 마당에 들어서면서 아버지의 죽음을 확인하고는 그대로 실신하고 말았다. 아버지를 살려야 한다는 일념으로 그 먼 길을 달려왔건만 이미 저 세상 사람이 되고 말았으니 그 충격이 오죽했겠는가. 이러다가 아버지와 어머니의 장례를 한꺼번에 치를까 봐 불안감에 가족들은 울음바다를 이뤘다.

큰오빠는 아들인 내가 의산데 남의 병은 치료하느라 주사도 놓고 수술도 하면서 정작 아버지한테는 아무것도 하지 못 했다며 마루에 뒹굴면서 점점 인사불성이 되어갔다. 큰오빠의 원통함이 지나치게 폭력적으로 장시간 표출되자 결국 문이 떨어지면서 창호지에 구멍이 나고 대나무 창살이 산산 조각났다. 거기다가 아버지의 시신을 가려놓은 방안의 병풍까지 걷어차 망가뜨렸다. 큰오빠는 아버지 시신에다가 주사 바늘을 군데군데 꽂았다. 어머니의 몸에도 같은 방법으로 주사기를 꽂더니 방과 마당을 오가며 이 짓을 계속했다. 보다 못한 마을 아낙네들이 바가지에 찬물을 떠와서는 어머니 얼굴에 뿌리면서 상체를 흔들자 어머니의 정신이 조금씩 돌아왔다. 처음에는 멍청하게 앉아서 큰오빠의 행동을 보다가 어느 순간부터 울음보를 터뜨렸다.

어머니는 몸에 주사 바늘이 꽂힌 채 엉금엉금 기어서 마루로 가 통곡을 하자, 딸들도 어머니 옆으로 모여들어 함께 울기 시작했다. 큰오빠의 과격한 행동은 도를 넘어 자신의 머리를 벽에 대고 박치기까지 했다. 벌써 큰오빠의 이마에서는 검붉은 피가 흘러내렸다. 장 서방과 외사촌 오빠까지 나서서 그 짓을 못하게 큰오빠를 말렸지만 그럴수록 행동은 더 과격해만 갔다. 이때 묵묵히 마루 한쪽 귀퉁이에 앉아있던 셋째 오빠가 갑자기 뇌성벽력과 같은 목소리로 어머니를 원망했다.

"지난번 토요일 날 친구가 고향을 간다기에 다음 토요일 날 나도 가게 울 엄마한테 가서 차비 좀 얻어오라고 했더니 엄마가 그랬다며? 방학까지 오지 말라고! 그때 왔으면 아버지를 한 번이라도 더 보았을 텐데 말입니다! 아들이 집에 오고 싶다는 데도 오지 말라는 엄마도 이 세상에 있답디까!"

셋째 오빠가 말을 마치는 순간이었다. 이마에서 시작된 붉은 피가 얼굴 전면으로 흘러내리는 큰오빠가 셋째 오빠를 향해 소리를 질렀다.

"네가 뭔데! 울 엄말 탓해!"

큰오빠는 이성을 잃고 날뛰던 와중에도 셋째 오빠의 반항적 언행이 귀에 거슬렸던 모양이었다. 하늘이 무너질 만큼 큰소리로 질타를 해도 분이 풀리지 않는지 다짜고짜 다가가더니 사정없이 셋째 오빠의 뺨을 후려쳤다. 큰오빠의 그 모습은 자신이 지금껏 충실히 지키며 쌓아왔던 후천적 노력에 대한 결정체마저 한순간에 나락으로 추락시키는 꼴이었다. 한순간에 선천적 자질에다가 환경적 요인까지, 거기다가 엄청난 절제를 위한 노력과 인내의 결과로 존경의 대상이었던 유일무이한 인격까지 포기해 버리는 행위로 전락해 버렸다. 그 모습은 이성적 사고가 감정에게 집어삼킨 바 되는 인간의 나약한 모습만 여실히 드러내고 있었다.

"그래도 넌 아버질 볼 수 있었지만, 나는 말이다. 나라의 부름에 충실할 수 있었던 것도 우리 가정의 기둥이신 아버지가 든든히 자리를 지키고 있었기 때문이었어. 그런데 그 기둥이 어이없이 무너지셨는데도 나는 이렇게 속수무책일 수밖에 없으니 어떻게 온전할 수가 있겠어. 그런데도 넌 아버지 얼굴 한 번 못 봤다고 뭐가 그렇게 억울하다는 거야!"

집이 무너지라 큰소리로 꾸짖던 큰오빠가 다시 손을 들어 셋째 오빠를 향해 주먹을 휘두르는 찰나였다. 셋째 오빠가 잽싸게 일어나더니 양손을 양쪽 허리춤에 얹으면서 포효처럼 울부짖었다.

"그래? 형은 나라의 부름에 충실했다 이거지? 참 대단하신 애국자시군요! 한데 나는 고작 아버지 얼굴 한 더 본 게 이렇게 억울하다 왜? 정작 이렇게 대단하신 형인 줄 몰라봐서 미안해. 하지만 이런 대단한 형을 한 번 상대해 주고 싶은데…!"

"이놈의 자식! 벌써 애비 없는 후레자식으로 막살겠다 이거냐! 그렇다면 오늘 네 맏형이 손 좀 봐줄게!"

큰오빠의 양손이 셋째 오빠의 멱살을 움켜쥐려는 순간이었다. 퍽 소리와 동시에 큰오빠의 몸이 마룻바닥으로 엎어지고 말았다. 셋째 오빠가 큰오빠의 폭력을 피해 재빠르게 몸을 뒤로 물러섰기 때문이다. 그때까지만 해도 묵묵히 어머니 옆에서 울먹이던 큰올케가 큰오빠 옆으로 가더니 제발 좀 정신을 차리라고 애원하면서 상체를 일으키려는데 큰오빠의 코에서 코피까지 흘러내리고 있었다. 그 모습은 그곳 주민들의 신뢰와 부러움의 대상이었던 윤씨 가문의 장남이라고는 인정할 수 없을 만큼 처절한 몰골이었다. 자책의 정도에 따라 속죄가 비례된다는 착각을 했는지는 모르지만, 자신은 물론이고 여태껏 아버지가 애써 쌓아놓았던 덕마저 허물어 버리는데 필요한 조건밖에는 되지 않았다. 당장 혐오스러운 그 몰골에서 보는 이로 하여금 정나미가 떨어지는 건 고사하고 또 무슨 짓을 저지를지 두렵기까지 했다. 거저 얻어진 배경과 타고난 외모 거기다가 의사라는 직업이 주는 품위까지 온통 위엄과 고상함의 극치를 이루었던 큰오빠의 위상이 한순간에 초토화되고 있었다. 가문의 영광이요 동생들에게는 당연히 표상이었던 장자로서의 자랑스러운 모습은 이미 송두리째 망가진 상태였지만 전혀 상관하지 않았다. 이런 일련의 상황이 주는 결과는 그 누구를 막론하고 추호의 동정심도 유발하지 못했다. 그동안 각자의 본성을 포장했던가. 셋째 오빠도 만만치 않았다.

"누가 누굴, 탓해! 그럴 자격 있으면 나와 보라고 그래! 그러는 그쪽은 후레자식 짓이 아닌 줄 아나?"

결국 어머니의 심장에 비수를 꽂았다. 어머니는 그때까지만 해도 구성진 목소리로 가사를 읊어가면서 곡을 하다가 딱 멈추더니 소리쳤다.

"지금, 네 아버지 시신 앞에서 뭐하는 짓들이야! 날 죽여! 지금 당장 죽여! 날 죽여 놓고 형제끼리 치고 박고 싸우든 마음대로 해!"

자녀들은 평소와는 너무나 판이한 어머니의 말투에 깜짝 놀랐다. 하지만 어머니는 거기서 끝나지 않았다. 곧바로 상상을 초월한 자해행위로 이어졌다. 고래고래 소리를 지르고 가슴을 두 주먹으로 방망이질을 하는가 하면 또 가슴과 머리카락을 쥐어뜯었다. 이런 어머니의 돌변한 태도를 보면서도 두 오빠의 감정은 조금도 수그러들 기미가 보이지 않았다. 이성을 포기해 버린 사람들의 언행은 그야말로 야수가 따로 없었다. 감정의 노예로 전락해 버린 상제들이 밀려드는 조문객들의 조문을 받아야 함에도 불구하고 자신들의 감정에만 사로잡혀 있었다. 그것은 아들로서 저지른 불효에 대해 죗값을 사면받을 수 있다는 착각에서 행해지는 행위로 밖에 이해되지 않았다. 하지만 아버지의 부고 소식을 전해 들은 이 지역 주민들은 식전부터 조문에 나섰다.

어제부터 멍석이 깔려있는 마당에 광목 천막을 쳐 조문객들이 앉을 수 있도록 준비해 놓았지만 앉지 않았다. 그들은 오로지 오빠들의 싸움이 끝나고 고인의 영정 앞에서 마지막 인사와 동시에 명복을 빌 기회를 묵묵히 기다리고 있었다. 이 광경을 보던 부엌에서 음식을 나르던 장서방의 아내가 밀려드는 조문객들을 보다가 너무 안타까워서 방이나 멍석에 앉아서 막걸리라도 한 잔 하면서 기다리라했다. 그래도 묵묵부답이라 재차 권하자 제법 유식해 보이는 남성들이 언짢은 투로 뇌까렸다.

"우리가 아침부터 막걸리나 마시러 온 사람으로 보이다니, 정말!"

"맞아. 우리한테는 생명의 은인이나 같은 어른께서 돌아가셨는데 말일세. 사실 어르신의 자녀들도 오죽 원통하면 저러겠어."

이 지역 주민들은 하나같이 아버지에게 은혜를 입었기 때문에 마지막 가는 길에라도 최선을 다해 예의를 갖추고 싶은 것 같았다. 원래부터 학자 집안에서 자란 아버지는 어릴 때부터 학당에서 배운 한문과 야학에서 배운 어문까지 두루 섭렵한 재원이었다. 아버지는 주민들에게 자식들만이라도 눈뜬장님으로는 살게 해서는 안 된다며 손수 야학도 열었다. 일제강점기 때는 이곳 농장을 점령한 우두머리가 아버지의 두뇌를 알아보고는 자기 농장을 관리하게 하는 한편 일본으로 보내 측량 기술까지 배우게 했다. 8·15해방이 되었을 때, 그 우두머리는 본국으로부터 미리 언질을 받았던지 그가 평소에 친하게 지내던 한국인 사업가에게 싼값에 이미 농장을 처분한 후였다.

그 사업가는 멀리 부산에 있는지라 역시 농장 관리는 아버지가 그대로 맡았다. 아버지는 차츰 농장주에게 소작 농가에게 토지를 넘겨주도록 권했다. 하지만 소작 농가마다 일시불로 토지 값을 지불하지 못해 농장주에게 분양을 하되 매매가를 분할 상환할 것을 제시했다. 그 결과 일 년에 농사지어 수확된 벼를 거두어 함께 창고에 두었다가 비쌀 때 팔아서 농장주에게 목돈을 넘겨주자 흔쾌히 허락했다. 이렇게 시작하여 5년 동안 상환하여 농가마다 자기의 토지를 갖게 되었다. 이로 인해 이곳 주민들은 아버지의 지혜로운 매매 계약 체결로 농토를 가지게 해주었다며 그때부터 은인으로 여겨왔다.

"복자야, 서울 네 둘째 오빠가 오셨어!"

군중 속을 헤집고 헐레벌떡 달려온 양숙이가 흥분한 채 소식을 전했다. 이때 움찔하던 큰오빠가 더 큰소리로 셋째 오빠를 질타하기 시작했다.

"아버지가 안 계시면 장남을 아버지 대신으로 대우하는데 이게 뭐니!"

그때까지만 해도 힘에 부쳐 마룻바닥에 널브러져 있던 큰오빠가 둘째 오빠가 온다는 말을 듣자 젖 먹은 힘까지 치솟는 모양이었다. 셋째

오빠를 향해 삿대질을 하면서 둘째야, 네가 저놈 좀 손봐줘! 아버지가
안 계시니 큰형도 못 알아보는 후레자식이 되어버렸어! 했다. 둘째 오빠
는 묵묵히 장 서방과 총각의 도움으로 전쟁터나 진배없는 방과 마루를
정리하기에 바빴다. 어젯밤부터 옆방에서 다른 여자들과 함께 상복을
만들던 복자 큰어머니가 둘째 오빠에게 옷을 갈아입혔다. 둘째 오빠는
상복을 입자마자 조문객들의 조문을 받기 시작했다. 그때서야 형제들
과 집안 사촌들은 앞다투어 상복으로 갈아입고 둘째 오빠를 중심으로
나이대로 나란히 섰다. 그때까지만 해도 붉으락푸르락하던 큰오빠도 상
복을 입더니 맏상제의 자리인 제일 첫 번째로 가 섰다. 어느덧 밀려있던
조문객들의 조문이 거의 끝나갈 무렵이었다. 아버지 연배의 단체 조문
객 중 한 명이 조문을 마치더니 상제들에게 덕담을 했다.

"어르신께서 생전에 덕을 많이 쌓으시더니, 자제분들이 다 출중하시
네요. 앞으로도 쭉 아버님의 유지를 받들어 가문을 훌륭히 이어가리
라 믿어요."

조문객의 말이 떨어지자 그 말을 기억하겠다고 약속이라도 하듯 형
제들은 똑같이 허리를 앞으로 꺾으면서 공손히 절을 했다.

복자는 긴 한숨을 토해내면서 플라타너스 나무 그늘 아래에 놓인 들
마루로 가 앉았다. 저 멀리 양촌마을이 정면으로 보였다. 그 뒷산 언덕
에 까마득히 짐작되는 아버지와 어머니의 산소로 시선을 옮겼다. 그 공
터처럼 빈 공간을 중심으로 사방이 푸른 숲이다. 할머니와 가장 오랫
동안 함께 살았던 친정 조카 한 명이 고맙게도 책임지고 스스로 벌초
를 맡았다고 하더니, 참 고맙다는 생각이 들었다. 저곳에서 아버지와

어머니는 훤히 넓은 아래를 내려다보면서 자손들을 위해 빌고 또 빌 것이다. 지구촌 구석구석을 누비면서 인류를 위해 태어난 값어치를 충분히 다 하다가 우리 곁으로 오라고. 소강상태였던 엷은 구름이 어느 사이 먹구름으로 변해가고 있었다. 복자는 비가 오기 전에 산소에는 꼭 가고야 말겠다는 요량으로 벌떡 일어나 잰걸음으로 승용차로 향했다.

길 위에서 길을 묻다

한상용은 잠에서 깨어나면서 찌뿌둥함을 느꼈다. 곧 눈을 뜨자마자 상체가 의자등받이에 기댄 채 뒤로 꺾어진 목덜미부터 바로 세웠다. 전등불은 환히 켜진 상태였지만 왠지 마음까지 몹시 뒤숭숭했다. 일단 근육의 긴장을 풀어볼 요량으로 양어깨를 좌우로 움직였지만 짓눌린 마음의 무게는 변함이 없었다. 벽시계의 분침이 밤 11시를 넘어서고 있었다. 그때 한상용의 시선이 앞 책상에 닿으면서 초저녁에 어렵게 찾아 위에 올려놓은 '말산업 육성법'에 관한 공문서에 가 멈췄다. 갑자기 냉수를 끼얹은 듯 정신이 확 개었다.

공문서 앞 겉장에 「학생승마」 그 아래에 적힌 「학생승마 체험을 위해서는 우선 전으로 되어있는 토지를 전용 받아야 합니다.」 라는 글을 읽자 1년 전의 기억이 떠올라 역시 본 내용을 볼 의욕이 상실되고 말았다.

이 공문서를 요구하게 된 동기가 임승수 승마회 회장이 학생승마를 신청하자 축정계장이 거부했기 때문이다. 임승수 회장 전에 있었던 우재민 회장 때는 학생·장애인·일반인들에게도 승마를 교습했는데, 원장이 바뀌자 축정계장의 태도가 달라졌다. 학생승마는 대부분 학생들의 편의에 따라 승마회원들의 말을 관리하고 승마교육을 책임지는 교관이 학교로 직접 출장을 와 달라는 요청에 따랐다. 물론 지금까지 말산업으로 말 이용업을 잘해 온 농어촌승마를 새삼스럽게 무슨 대거리냐며 반박했으나 소용이 없었다. 한상용은 부득불 중앙에서 내려온 공문서를 요구했다. 담당 직원은 수개월을 이런저런 핑계로 미루기에 여러 차례 독촉한 결과 겨우 메일로 받았다. 한상용은 임승수 회장에게 줄 답을 찾기 위해 공문서를 펴 읽기 시작했다. 때마침 아내가 빼꼼히 문틈으로 얼굴을 내밀었다.

"당신, 아직 안 자고 뭐해요?"

"그러는 당신은?"

"오랜만에 자는 집 잠이라 이미 잘 만큼 푹 잤어요. 그런데, 이게 뭔데요?"

아내가 책상 위에 있던 어제 우편집배원으로부터 받은 내용증명서를 집으면서 물었다. 한상용이 아, 아무것도 아니요.라며 빼앗으려 하자 아내는 더 궁금한지 한사코 빼앗기지 않으려고 자리를 옮겨가며 읽기를 계속했다. 한상용은 단지 밤낮으로 일하느라 힘든 아내에게 걱정 끼치고 싶지 않았다.

"세상에, 감출 게 따로 있지! 내가 아무리 도움이 못 되어도 그렇지…?"

어제 외출에서 돌아왔을 때, 우편집배원과 맞닥뜨렸다. 그가 건넨 등기우편물은 전 승마회 회장 임승수가 보낸 내용증명서였다. 한상용은 우편물을 받자 불길한 예감이 들어 부랴부랴 개봉했다. 내용은 예상한 대로였다.

임대인이 '농어촌형 승마시설'허가서가 있기 때문에 전 임차인도 말이용업을 했다기에, 나는 의심하지 않고 임차를 결심했다. 하지만 담당공무원에게 알아본 바로는 말이용업을 하려면 체육부지로 전환한데서만 할 수 있다고 했다. 한데 임대인은 담당공무원을 찾아가 언어폭력도 모자라, 멱살까지 잡았다는 건 담당공무원만 아니라 지자체로 지시한 상부기관까지 무시한 처사가 아닐 수 없다. 그렇지만 선처하기로 결심을 했다. 일단 지불한 월세금만 환불해주기 바란다. 그럴 리야 없겠지만 만약 그러지 못하겠다면 6개월의 월세금은 물론이고 그동안 물리적 정신적 피해까지 합산한 금액을 청구할 것이니 그렇게 알라! 더 이상 나도 왈가왈부하기 싫은 사람이다. 앞의 세입자가 학생승마도 하고 교관이 승마교육도 시켰다고 했지만 본인은 하지 않았다고 했다. 그런데 임대인은 나한테 거짓말을 했다. 이건 사기다. 임대인 말만 믿고 투자하여 손해 본 게 한두 푼이 아니다. 공무원은 국민을 위해 봉사와 희생을 각오한 사람들이다. 그런데 왜 거짓말을 하겠는가! 그러니 내가 지불한 6개월분의 월세만 환불해 주면 더 이상 어떤 것도 문제 삼지 않겠다. 환불 기간은 이달 말까지며 혹 시행하지 않을 경우 즉시 전 손해액을 청구하는 법적 절차를 밟겠다. 그땐 후회해도 소용없을 것이다.

아내는 내용증명서를 읽는 동안 순간순간 놀라움과 흥분을 감추지 못하기를, 공무원이라면 민을 위해 있는 자들이 아닙니까! 그런데 우리하고 무슨 원수가 졌다고…! 설사 개인적으로 원한이 있다한들 정책을 자기 선에서 뒤집기까지 하면서 방해를 하다니요! 아무리 공무원들이 변질되었다 해도 그렇지! 어떻게 이간질까지 시켜! 그리고 전에 하던 임차인은 말 이용업을 하는데 협조까지 했던 분이 아닌가요? 이런 번한 사실을 뒤엎다니요. 아내는 생각보다 매우 적극적이었다. 아내가 흥분을 감추지 못하자 반대로 한상용의 마음이 보상을 받듯 감정이 누그러졌다.

"사실 당신한테는 내가 일일이 말을 안 해서 그렇지 처음 농어촌형 승마시설 신고서 낼 때만 해도 그린벨트(greenbelt, 개발제한구역) 지역은 아예 불가하다고 딱 잘라 거절했었어. 하지만 이건 어디까지나 농촌 활성화가 목적인데 반해 특히 그중에서도 농촌 경제 살리기의 일환으로 국가적 차원에서도 무한한 가능성을 지녔거든? 이렇게 어우러진 전망을 가진 사업이다 보니 대통령령으로 시도하는 신동력 특별 정책으로써 추진하는 것은 당연하다고요. 특히 농지법이나 그린벨트 규제 어느 것에도 제재를 받지 않고, 간단하게 신고만 하면 되는 사업인데 새삼스럽게 엉뚱한 소리로 사실을 왜곡하니 나로서도 어처구니가 없다오."

"하긴, 듣고 보니 그 정보를 입수한 당신이 얼마나 가슴이 설렜으면 밤잠도 설치고 아침 일찍 농업기술센터로 갔겠어요."

"그때 기억이 지금도 머리에 선하게 떠올라…?"

한상용은 그날 과수원에서 해거름이 되어서야 집으로 발걸음을 재촉했다. 하지만 집에 온다던 아내 생각이 나자 즉시 발걸음을 천천히 옮겼다. 안 그래도 요즘 아내는 노친 한 분의 간병을 맡아보느라 24시간을 환자와 함께 지나다가, 마침 일본에 사는 환자의 딸이 왔기에 시간을 얻어서 집에 온다고 했다. 매일 환자에게 시달리는 아내에게 유일하게 해 줄 수 있는 일이래야 잠을 방해하지 않는 일이다. 한상용은 평상에 앉아 잡다한 우편물을 보고 마지막으로 농민신문을 폈다. 첫 면에 큰 글씨로 국회를 통과한 '말산업 육성법'이 드디어 시행되다.라고 쓴 기사에 한상용의 시선이 꽂혔다. 곧 상관없는 분야라 그냥 넘어가려고 하는데 신 성장 동력사업으로 국가 경제에 지대한 영향을 미칠 각광 받는 농어촌 경제 살리기의 획기적인 사업! 이라는 소제목이 한상용의 관심을 바꾸었다. 점점 기사에 흥미가 더해갔다. 주어진 여건으로 고소득을 올릴 정책적 지원까지 따르는 사업이 있다는 것은 농민이라면 누구라도 가슴이 뛸 수밖에 없는 일이다.

「말산업 육성법'은 2009년에 국회토론회를 거친 법안이 국회에 제출되어 2011년에 본회를 통과함과 동시 그해 9월부터 시행되었다. 특히 향후 국가 기간산업으로까지 기대하는 신 성장 동력산업으로써, 승마는 국민과 청소년의 건강 및 스포츠문화를 선도할 뿐 아니라 농어촌의 대표적인 관광 상품으로도 기대한다. 특히 청소년의 정신적, 신체적 발육은 물론이고 이미 유럽에서는 2차례의 세계대전 후, 부상자들의 신체적 기능향상과 정서적, 심리적 안정에서 상당한 효과가 검정된 터라, 우리나라 역시 장애인들의 재활힐링승마와 학원체육 승마활성화로 발전시키겠다는 각오까지 정부의 기대가 매우 큰 분야다.

…재활승마는 말을 활용한 다양한 활동으로 신체적·정신적 장애를 가진 사람들의 긍정적인 회복을 돕고, 삶의 질을 향상시킨다. 말의 규칙적, 불규칙적인 움직임이 말을 타고 있는 사람에게 적절한 긴장감을 주기 때문에 신체의 균형감각을 최대로 높이고, 지속적으로 전달되는 말의 움직임 때문에 말을 타는 것만으로도 운동효과가 있다. 치료 대상은 자폐증, 뇌 손상, 다운증후군, 발달장애, 주의력결핍 과잉행동장애(ADHD), 학습장애 등이며, 심리적 면에 초점을 둔 강습승마, 신체적 기능 향상에 초점을 둔 치료승마 등으로 나뉜다…」

한상용은 말 이용업이 왜 신 동력 경제 활성화 산업으로서의 각광을 받는지에 대해 어느 정도 이해가 되자 갑자기 마음이 매우 조급해졌다. 말, 하면 대부분의 사람처럼 한상용도 일반인들과는 무관한 경마용으로만 활용된다고 치부했다. 하지만 '농어촌형 승마시설'은 농어촌 지역에서 말의 의탁관리, 승용말의 생산·육성 등과 말 이용업을 겸영하도록 정책적 지원사업인 반면 도시와 농어촌 교류협력관계 유지와 상호 유익의 도모를 바라는 사업이기에, 한상용은 한동안 너무 가슴이 벅찼다.

한상용이 얼마나 기뻤으면 아내의 잠을 방해하지 말아야 한다는 것도 깜빡 잊은 채 여보! 여보!를 외치며 현관문을 확 열었다. 아내가 놀란 토끼 눈을 하고, 무슨 일, 있어요? 하자, 이제 당신 간병사일 하지 않아도 되겠어! 당장 그만둬요!라며 소리쳤다. 한상용은 어리둥절해 하는 아내의 모습을 보는 순간 아, 참, 내가 당신 잠을 깨웠구려!라며 계면쩍어하자 아뇨! 당신 혼자 밥해먹느라 고생했잖아요. 오늘 저녁 밥상 잘 차려놓았네요. 당신 좋아하는 갈치구이도 하고요. 어서 식사합시다! 한상용은 차려져 있는 밥상을 보자 모처럼 행복감에 사로잡혔다. 더 이상 지금의 생활을 지속하기가 싫었다. 아내의 고생을 덜어주려고 일을 그만두게 하는 게 아니라 자신을 위해서 그래야 될 것 같았다. 처음 아내가 일을 하겠다고 했을 때 얼마나 고마웠던가.

한상용이 농업전문대를 졸업하고 산림조합에 근무할 당시였다. 독감으로 병원에 갔다가 간호사였던 아내를 처음 보는 순간, 맑은 대낮에 갑자기 소나기가 쏟아지듯 한상용의 가슴은 요란한 천둥번개로 몸살을 앓았다. 그 후로 이런저런 구실을 붙여 그 병원에 들락거리면서 아내에게 구혼 작전을 폈다. 자신이 사막의 오아시스가 되어주겠노라며, 기억

속을 샅샅이 헤집어가면서 아름답다는 언어들을 모조리 찾아내다가, 결국 시집까지 뒤지며 얻은 온갖 미사여구로 아내를 꼬드기는데 성공했다. 한상용은 그때를 생각하면 아내에게 미안하기 그지없었다. 원래 농사일이란 게 투자를 한 만큼 수입이 나오지도 않지만 오히려 노동으로 결국은 골병만 남기 마련이다. 그나마 직장은 투자하지 않고 수고만 해서 대가를 받으니 순수입이다.

아내가 갈수록 밤낮을 가리지 않고 병원에서 지나다 보니, 한상용 자신이 처량해지던 터였다. 하지만 뾰족한 수가 없다보니 아내에게 일을 그만두라고 할 자신이 없었다. 나이가 들어갈수록 가축을 먹이는 일도 힘에 부쳐 그만둘 수밖에 없었다. 빈 축사를 임대했다고는 하나 승마회원들은 노는 건물과 땅을 활용해 주는 것만도 가치를 올려준다며, 껌값 정도만 주면서도 임대료라며 온갖 생색은 다 냈다. 그런 차에 농어촌 승마시설에 대한 신고장만 받으면 정상적으로 말이용업이 가능하니까. 아내가 일하지 않아도 된다고 생각하니 한상용의 마음이 기쁘기 한량없었다.

한상용은 마흔이 되기도 전에 직장을 그만두고 원래 생각했던 대로 농업에 전념했다. 이미 마을 입구에 조성해 오던 과수원으로 주택을 옮기는 한편 아들이 축산을 하겠다며 농대 축산과에 지망을 하자 한상용은 적극적으로 지지했다. 아들이 가끔씩 아버지의 일을 도우면서 농업의 문제점을 발견한 것 같았다. 그때 아들은 농사도 구멍가게 식으로가 아닌 융복합산업인 6차 산업으로 생산과 가공, 체험과 관광까지 한꺼번에 고객을 만족시켜야 한다고 주장했다. 그나마 퇴직금이 있어서 과수원과 붙은 토지를 더 구입하고 축사를 짓기 위해 마을에 있던 주택을 옮겼다. 하지만 그린벨트 지역이라 규제가 심해 주택과 축사를 짓는 동안 공무원들과 여러 번 부딪쳤던 아들은, 그린벨트 제도가 존재하는 한 제대로 꿈을 펼 수 없겠다며 농업에 종사하겠다던 꿈을 포기했다. 아들은 농업 대신 교수를 목표로 대학원에 진학하면서 상경해 버렸다.

한상용이 상담실에서 인내의 한계를 몇 번이고 넘어설 만큼 시간과 치열한 전투를 벌이고 있을 때, 잠시만 기다려달라던 축정계장이 겨우 나타나 한다는 소리가, 거기 땅은 그린벨트라서 아무리 농어촌을 위한 사업이라지만 허가 자체가 안 되는 지역입니다.라고 했다. 한상용은 전혀 예상하지 못한 대답에 한동안 머릿속이 정지되어 버린 듯 아무것도 떠오르지 않았다. 저로서는 협조하고 싶어도 달리 협조할 수가 없어서… 그럼.라는 말을 남기고는 앉지도 않은 채로 자기 자리로 돌아가 버렸다. 안 그래도 그린벨트로 수많은 세월 동안 신물이 날 만큼 났는데 또 다시 발목을 잡는다고 생각하니 피가 곤두박질쳤다. 겨우 얻은 기회를 꼭 잡고야 말겠다는 각오로 달려온 결정적인 시점에서 맞닥뜨린 결과치고는 너무나 잔인했다. 계장님, 어떻게, 길이 없겠습니까? 이런 기회가 쉽지 않으니 말입니다. 꼭 부탁드립니다!라며 당장 축정계장의 뒤를 따라가 통사정을 하는 매우 부드러운 자신의 목소리를 의식하는 순간 깜짝 놀랐다. 그런데도 제발, 좀, 안 되는 쪽이 아니라 되는 쪽으로 연구를 해 봐 주십시오. 네!라며 고분고분한 어조로 다시 부탁을 했다.

축정계장은 혼잣말로 들릴락 말락 아무리 그래도 내가 법을 고칠 수는 없는 것 아닙니까!라며 한마디로 거절했다. 한상용은 다시 통사정을 했다. 여러 정부가 지나갔지만 규제를 '전봇대'로 상징해 뿌리 뽑아야 할 것이라 했는가 하면 또 어떤 정부에서는 '원수'이자 '암 덩어리' 또는 '손

톱 밑 가시'라고 하였으며, 현 정부도 '규제 혁신 해커톤(hacker+mara-thon)'이란 말을 등장시켰고, 유명 인사 한 분은 '규제의 30% 이상은 법 규개정 없이 공무원들이 적극적으로 해석하면 풀릴 수 있다.'고 했습니다. 어차피 해법이래야 키를 잡은 쪽에서 코 걸면 코걸이 귀에 걸면 귀고리가 아닙니까. 그러니 잘 부탁드립니다!라며 생명처럼 지켜왔던 자존심쯤이야 구겨지든 말든 아랑곳하지 않고 구차할 만큼 매달렸다.

"사실 앞이 캄캄했었어, 당신한테는 간병사도 그만두라며 큰소리는 쳤지…"

"그날 당신이 장담을 하더라마는, 나는 이미 변수를 예견했기 때문에 결과를 들어도 당연하다고 생각했어요. 어디 그런 일이 한두 번이면 모를까…"

아내는 그동안의 삶의 무게가 느껴지는지 한숨을 폭! 내쉬고는, 말씨름으로는 소득이 있을 리 만무하다고 생각했던지 자리를 떴다. 한상용도 중요한 부분에는 밑줄을 칠 요량으로 빨간색 볼펜까지 챙겨 들고는 다시 공문을 꼼꼼하게 읽기 시작했다. 공문서 앞 겉장을 보자마자 몇 달 전과 마찬가지로 읽고 싶은 의욕이 또 꺾였다. 역시 체육부지로 전용 받아야 한다는 점이 또 다시 발목을 잡았기 때문이다. 한상용은 안의 내용에서 어떤 결과를 얻게 될지 몹시 두렵고 암울해도 발등에 떨어진 불덩이를 치워야 한다는 과제만은 피할 수가 없었다. 자신과의 고된 싸움 끝에 겉장을 넘기는데 성공한 한상용은 숙제를 하듯 감정을 억제하고 공문서를 읽어내려 가던 중 놀라운 사실을 발견했다.

[말산업 육성법]법에는 '농어촌승마시설' 에 말 이용업 할 수 있다.라는 내용이었다. 거기다가 말 이용업에 대한 구체적인 내용까지 적혀있

는 게 아닌가.

이런 내용을 감추기 위해 축정계장이 상부에서 하달 받은 공문서를 여러 달 동안이나 미뤄왔다고 생각하자 어이가 없었다. 한상용이 다시 공문서를 차근차근 읽고 있을 때 승마회장이 찾아왔다. 아내는 감잎·머위·율무·커피 중에서 선택할 차를 묻자 율무라고 했다.

"아무래도 축사 세입금으로서는 좀 비싼 것 같아서, 드리는 말씀입니다만?"

"무슨 말씀을 하시는 겁니까. 새삼스럽게…? 계약서가 있는데…!"

한상용은 안 그래도 방금 전까지도 임승수의 내용증명서를 읽고 신경이 곤두서 있던 터라, 회장이 하는 말의 취지를 즉각 간파하고는 서재로 들어가 방금 전까지 보았던 공문서를 들고 나왔다.

"실은 처음 계약 당시는 농어촌승마 신고서 때문에 계약했거든요."

"물론 축사로 임대차계약을 했기 때문에 우리로서는 세입금에 대해 하등의 부당한 청구를 하지 않았다는 사실을 원장님이 직접 입증해 주시니 감사하네요. 하지만 그 말투에는 마치 우리가 축사를 승마장으로 둔갑을 시켜서 임대한 것처럼 들리는데 내가 잘못 들은 건가요?"

"…어르신께서 바로 들으셨습니다. 그러니 임대료를 절반은 드리겠습니다."

"저가 가진 농촌 승마 신고증이 승마회원들에게 필요하면 얼마든지 활용하라고 했던 것은 덤으로 편의를 제공한 셈인데, 회원들의 수가 줄었다는 이유로 그 경영책임을 나보고 지라는 건 사리에 어긋나지 않나요?"

한상용의 어조에는 애써 감춘 서운한 감정이 묻어나왔다.

"물론 어르신은 처음부터 그렇게 주장하셨지요. 그래서 우리도 그 말을 믿고 여기까지 오지 않았습니까. 그런데 임 회장님이 관계기관에 알아본 결과 이 신고서로는 말 이용업을 못 한다는데, 우리로서는 할 말이 없어서…"

"말이 나왔으니 말이지만, 내가 농어촌형 승마시설 신고장을 받으려고 얼마나 고생을 했는지 알기나 해요! 농민을 위해 정책적으로 지원까지 아끼지 않는 사업을 요리조리 안 해 줄 궁리만 했다고요. 그렇지만 같은 그린벨트 지역인 이웃 마을에 외지인이 승마장 허가를 받은 곳이 있어서 다시 축정계로 찾아갔어요. 그날 많은 실랑이 끝에 어렵게 과장의 협조로 신고장을 받긴 했지요. 말 사육만이면 벌써 목장부지로 사용해 오던 축사에서도 충분한데, 승마 허가는 왜 냅니까? 우재민 회장은 담당 공무원들의 협조까지 받으면서, 학생승마뿐 아니라 전반적인 말 이용업을 해 왔던 걸 알 만한 사람들은 다 알잖아요!"

한상용이 '농어촌형 승마시설' 허가를 내기 위해 축정 계를 찾아갔다가 박대를 당하고 돌아온 그 다음날이었다. 이웃 마을에 볼일이 있어서 갔다가 무궁승마장이라는 데서 말 이용업을 홍보하기 위해 세워둔 간판을 보게 되었다. 알아보니 '농어촌형 승마시설'에 대한 허가를 받았기 때문에 무허가 승마장과는 달리 승마업도 겸해서 한다고 했다. 즉시 중앙 담당자에게 전화로 질의한 결과 그린벨트 지역에는 원주민들에게만 '농어촌형 승마시설' 허가혜택이 주어지는 사실도 알게 되어, 한상용은 즉시 담당 계장을 찾아가 따졌다.

축정계장은 그런 한상용이 못마땅한지 인사도 없이 힐끔 올려다 본 후, 이미 그 일은 끝난 걸로 아는데, 더 볼일이 남았어요?라며 원래 자세로 돌아가는 순간 한상용은 심한 모멸감을 느꼈다. 그의 태도야말로 무언의 폭력이었다. 한상용은 울컥하는 심정으로 공무원이 도대체 누굴 위해 존재한다고 생각하세요! 했지만 축정계장은 미동도 않고 하던 일에만 집중했다. 이것을 보고 있자니 한상용의 자존심이 끝없이 추락하고 있었다. 당신! 귀가 먹통인가? 왜 사람이 말을 하는데 들은 척도 안 해?라며 항의를 해도 역시 축정계장은 한상용이 가진 인내의 한계를 저울질이라도 하듯 꿈쩍도 하지 않았다. 이런…! 당신이 보기엔 내가 투명인간으로 보여! 아니면 촌놈이라고 무시해도 된다고 생각하는 거요!라며 대화의 요청으로 한상용이 버럭 소리를 질렀지만, 축정계장의 태도는 추호도 흐트러짐 없이 같은 자세를 유지했다. 이때 껄껄껄! 헛웃음으로 추락된 자존심을 회복해 보려던 한상용이 내 참 어이가 없네. 세상에 이런 일이! 민을 위해 월급 받아가면서 앉아있는 게 공무원이라는 사실도 잊었나 보네? 도대체 늙은 촌놈이라고 무시해도 유분수지!라는데, 같은 계의 젊은 직원이 일어나 한상용에게 다가오더니 어르신, 고정하시고 잠시 저쪽에 가 앉아계십시오! 지금 계장님께서 바쁜 업무가 있어서,라고 할 때 한상용이 직원의 말을 자르면서 그럼, 처음부터 그렇게 말하면 될 일을! 그런데…, 당신 상사는 입이 없어! 저리 비켜! 내가 이런다고 순순히 물러나리라 생각해! 나는 오늘 단판을 짓고 말거라고! 시장님한테 가기 전에 일단 소장님한테라도 가자고, 라며 한상용이 직원을 손으로 밀쳐낸 다음 축정계장의 책상을 오른손으로 탕탕! 쳤다. 그때서야 축정계장이 고개를 들면서, 아무래도 공무집행방해죄로 신고하는 수밖에, 라더니 과연 소문대로군! 구청과 시청에 이미 당신에 대해 쫙 난 소문이! 그러고도 도움을 받겠다고? 해주고 싶다가도 해주기 싫어!라더니 직원을 향해 신고 좀 해!라는 것이었다.

한상용은 그 순간 이성을 아예 헌신짝처럼 던져버렸다. 오늘 내 손에 죽어봐! 그래 좋아! 제발 공무방해죄로 날 고발해! 가서 나도 할 말 좀 하게! 한쪽 무릎을 책상 위로 올려 오른손으로는 축정계장의 목덜미를 잡고 왼손으로는 넥타이를 움켜잡아 확 당겼다. 즉시 축정계장은 목이 조여 숨쉬기가 힘든지 캑캑거리자 여기저기서 직원들이 우르르 몰려들면서 그중 한 명이 자식 같은 사람한테 폭력을 쓰면 되느냐? 어른이면 어른답게 말로 해야지.라며 질타를 했다. 그러고 보니 다 한통속이군! 폭력이라면 너희들 상사야말로 고단수란 걸 왜 몰라? 민원을 위한 자신들의 임무를 망각하고 오히려 스스로 군림하려면 앉은 자리에서 당장 내려와! 자그마치 대한민국 공무원들이라면 복지국가를 실현하는 겨레의 기수가 된다고 하지 않았어! 거기다가 국민에게 정직과 봉사, 청렴은 기본이고 국민의 공복이라는 규정까지 깜빡했나? 그리고 주권을 가진 국민의 수임자로서 언제든지 국민에 대하여 책임을 지며, 공익을 추구하고 맡은 바 임무를 성실히 수행할 의무를 진다는 걸 실천하겠다고 선서하고 공무원이 된 게 아니었어? 끝내 당신이 가지 않겠다면 누구라도 당장 가서 소장님 불러와! 안 그러면 오늘 너 죽고 나 죽는다!라며 벌써 양발을 책상 위로 올린 채 구둣발로 번갈아가며 접근하는 직원들을 향해 헛발질로 위협하면서 호통을 쳤다. 이때 현장을 목격한 담당 과장이 계장을 불러 한상용에게 사과를 종용했고, 한상용의 말이 사실이라면 계장의 과실이 인정되니 유권해석에 만전을 가하여 민원에 의혹이 생기지 않도록 최선을 다하라고 지시함으로 사건은 일단락되었다.

"어르신은 아무리 그렇게 주장을 해도 담당 계장이 불법이라고 했다고 들었어요. 임 회장의 말로는 농어촌 승마장은 말 사육만 가능하고, 전을 체육시설로 전용하지 않으면 농어촌형 승마시설 신고필증도 무용지물이랍니다."

"그러면 처음부터 신고증을 내주지 말았어야지요. 만약 담당 공무원의 말이 옳으면 그것 역시 공무원이 책임을 져야 하는 거 아닌가요. 제 아무리 여론을 공론화시킨다고 해서 현행법을 무시하고 대신할 수는 없어요. 법을 개정하기 전에는 말입니다. 그래서 임 회장으로부터 내용증명서를 받고서야 처박아 두었던 현행법규가 기록된 공문서를 찾아냈다고요. 임 회장이 학생승마를 신청하려고 하자 축정계장이 체육부지로 전용해야 한다고 해서, 내가 중앙에서 지자체로 내려온 공문을 달라고 했어요. 그런데 수개월을 지나고 임 회장까지 우리 축사에서 나간 후에야 내 메일로 보냈어요. 앞 겉장에 학생승마 체험을 위해 전으로 된 토지를 전용 받아야 한다는 글까지 쓰서는."

"그럼, 어르신 말대로라면 우 회장이 말이용업을 잘했는데 왜 나갔지요?"

"우 회장은 승마로 뼈가 굵어진 사람이라 축정계장도 엉뚱한 소리를 못 하고 최선을 다해 협조했겠지요. 한데 우 회장이 가족을 두고 승마 여자회원과 눈이 맞아 수입금으로 아파트에서 두 집 살림을 차리고 고급 외제 차까지 구입하면서도 세입금을 계속 미뤄 가는데 어느 임대인이 그런 사람을 그냥 두겠어요? 거기다가 나가면서도 끝내 밀린 임대료를 한 푼도 내지 않았어요. 그런 사람이 자기 잘못은 모르고 오히려 나한테 앙심을 품을 줄이야. 그렇지 않고서야 잘 협조하던 축정계장의 태도가 급격히 바뀔 수는 없죠. 그러나 진실은 밝혀지기 마련이라더니, 여기를 보십시오! 농어촌 승마시설은 오로지 농어민의 경제를 살리기 위한 정책의 일환으로 추진하는 특별사업이라 신고만으로도 가능하다는 내용입니다. 이 법은 누가 뭐래도 정부 차원에서 농어촌과 도시와의 교류 협력 사업으로 추진하는 신 동력사업임을 명심하셔야 합니다. 얼마나 기대를 하는 사업이기에 대통령령으로 보완을 거듭하면서까지 추진하겠어요? 그런데 지방 공무원들이 협조는 고사하고 사업을 망가뜨리다니요!"

"하달된 공문이라도 각 지자체의 여건에 따라 집행하는 건 당연하지요."

승마회장이 퉁명스럽게 내뱉었다.

"말산업 육성법에도 지자체의 적극적 추진을 언급했지만, 어느 지자첸들 대통령령인 신 동력특별정책의 근본까지 뒤집을 정도면 항명이지요."

"공무원도 그렇지만, 임 회장님도 아주 빼진 사람이군요. 벌써 언제 적 일인데…, 공무원의 말은 믿고 우리말은 끝내 못 믿겠다니요. 공무원이면 복지사회를 공동목표로 하는데 필요한 조직으로, 뭐니 뭐니 해도 그들의 헌신이 아니고서는 제아무리 좋은 정책을 내놓으면 뭩합니까. 상부로부터 정책을 시달받아 시행하는 일선 국민들과 연결고리 역할의 정도에 따라 승패가 결정된다는 것쯤은 알 텐데 말입니다. 또 그 결과로 국가균형발전에 지대한 영향을 미치게 된다는 것쯤도 모르지 않겠지요? 이러한 공무원들의 소극적이고 배타적인 행위가 국가 경제를 저해한다는 사실도 절감했으면 좋겠습니다."

아내도 답답한지 주방에서 조반 준비를 하다가 듣고는 다가와 거들었다.

"당신도 잘못 짚었어! 임 회장님이 아니라 나를 겨냥한 보복행정인 셈이지. 그렇지만 자신으로 인해 일을 망치게 되면 공무원으로서의 단명은 각오해야 할 걸? 일전에 내가 승마장 허가 때문에 자기를 꺾었다는 거지. 그 당시는 참고 공무를 이행하다가 승마로는 초보인 임 회장을 이용해 날 골탕 먹이려다가 여기까지 온 거니까."

"그런데도 또 티를 뜯어요!"

한상용의 말에 심취해 있던 승마회장이 흥분한 어조로 엉겁결에 불쑥 뱉었다. 그는 이미 개봉되어 버린 자신의 내심을 감추듯 즉시 다소곳했다.

"그런데도 끝까지 해주기 싫은 건 마찬가지였어. 이젠 아주 유치한 이유를 걸고넘어지는 겁니다. 일단 직접 답사를 오더니 축사 벽 위로 땅이 너무 올라와서 도구 친다고 절토한 부분이 기준치를 훨씬 넘었다면서 복귀하라기에 실제로 자로 재어 기준치에 한참 못 미치는 걸 확인시켰더니, 다음은 축사 운동장 즉 승마 교련장이 자기들이 허락한 장소가 아니니 제 장소에 다시 설치하라하여 포클레인까지 동원하여 그들이 원하는 장소로 운동장도 옮겼어요. 그래도 여기까지는 가능하여 순순히 따랐지만 축사 건물이 제 번지에서 벗어났다는 트집까지는 받아줄 수 없었답니다. 백 평이나 되는 기존의 축사 건물을 철거해야 신축이 가능하다는 건 누구나 아는 일 아닙니까. 그 말은 결과적으로 스스로 포기하라는 압력으로 밖에 생각되지 않은 겁니다. 설사 그것이 사실이라 해도 준공검사를 통과시킨 것도 공무원들이니 책임도 그쪽에서 져야지요. 결국 내 땅에서 약간 나간 걸 다시 하라면 내 개인 재산만 축나는 게 아니고 국가적으로도 손해 아닙니까. 해주기 싫으니 온갖 술수를 다 쓰는 겁니다."

한상용은 말을 하다가 한숨을 폭 내쉬었다. 이때 마침 승마회 회장의 전화벨이 울었다. 그가 통화를 하는 중에 교관도 통화를 하면서 밖에서 현관문을 열었다. 둘이서 통화를 한 모양인지 얼굴을 보자 귀에서 전화기를 동시에 뗐다.

"어르신! 축사 세입금으로는 너무 비싸다고 생각 안 하세요!"

"축사 규모로는 말 스무 마리 이상 사육이 가능한데도요? 다달이 승마회원들의 말 위탁관리비와 교관이 벌어들이는 승마 교습 비만도 얼만데, 운영 운운하시는 겁니까. 그것은 회장님의 경영능력이지 내 탓이 아니지요."

한상용은 교관이 불평을 늘어놓자 언짢은 김에 넌지시 빈정거렸다.

"에잇! 순, 사기꾼!"

교관은 갑자기 상체를 쑥 뽑아 올리더니 팔짱을 끼면서 한상용을 째려봤다.

"뭐! 사기꾼! 입에서 나오는 말이면 다 말인 줄 아나…!"

"누구는 사기도 치는데, 무슨 말을 못해! 그럴 자격이나 있어!

"넌, 할아비도 없어!"

"늙고 힘없는 농민은 무슨, 갑질하는 건 배워갔고!"

한상용이 소파에서 벌떡 일어나 임마! 너 도대체 몇 살이야! 교관이라기에 네, 네, 했더니 천지 분간이 안 되는 모양이지! 아무리 세상이 변했기로서니, 아직 머리에 쇠똥도 안 벗겨진!라며 버럭 소리를 질렀다. 한상용의 이성 역시 궤도를 탈선한 채 감정의 노예로 전락하고 있어서 무슨 일이 벌어질지 아슬아슬한 순간이었다. 하지만 교관은 이런 한상용의 약점을 약삭빠르게 움켜잡았다. 입가로 야비한 미소를 질질 흘리면서 상대방의 감정을 잔뜩 부추기는 게 아닌가. 거기다가 한 술 더 떠늙으면 마음대로 해도 되는 모양인데, 자, 한번 마음대로 해 보시지?라더니 응접탁자 위를 단번에 뛰어넘더니, 한상용의 턱밑으로 자신의 얼굴을 바싹 대면서 낄낄거렸다. 한상용은 교관이 파놓은 함정에 한순간에 걸려들었다. 죽으려고 환장을 했나!라고 소리치면서 교관의 멱살을 잡으려는 순간 반대로 한상용의 몸이 픽! 하고 바닥으로 넘어졌다. 야! 넌, 할아비도 없니!라며 상체를 일으키려는 한상용의 가슴팍을 교관이 자신의 상체로 누르면서 그래도 할아비 대접은 받고 싶은 모양이지!라더니 두 주먹으로 한상용의 얼굴을 두방망이질을 했다. 승마회장이 즉시 교관의 팔을 붙잡았으나 힘이 부치자 급한 김에 교관의 급소를 쳤다. 벌써 한상용의 입가에는 피가 흘러내리고 있었다.

"주거 침입죄도 모자라 폭력까지, 인간 되기를 포기했나 보네요!"

아내의 목소리는 매우 우렁찼다. 그러면서도 침착했다. 아내는 그동안 스마트폰으로 동영상을 촬영하고 있었던 모양이다. 그걸 눈치 챈 승마회 회장이 아내가 움직이는 방향으로 자신의 몸을 옮겨가면서 막았다. 아내는 개의치 않고 원장을 피해 촬영을 계속했다. 아내는 응급처방으로 알코올을 솜에 묻혀 한상용의 얼굴에 묻은 피를 닦아낸 다음, 냉동실에서 얼음을 꺼내 비닐봉지에 넣고 손 타월에 싸서 욱신거리는 곳에 댔다.

"이런 상황에서는 이야기가 안 될 것 같으니 오늘은 그만 갑시다!"

회장이 아직 급소의 충격으로 허둥대는 교관을 부축하여 나가려는

48

찰나, 경찰복을 입은 남자 3명이 현관문을 두드렸다. 아내는 이미 기다렸다는 듯 쪼르르 달려가 안내를 했다. 둘은 갑작스런 경찰들의 출동에 매우 당황했던지 벌떡 일어나 방금 전과는 전혀 다르게 다소곳했다. 한상용은 불청객의 출현에 의아했지만 곧 감을 잡고는 반색을 했다. 경찰들은 분위기부터 파악하기 위함인지 함구한 채 사람들과 집안을 휘둘러 봤다.

"이분은 우리 파출소 소장님이십니다."

중년의 경찰이 소파에 앉자 뒤따르던 젊은 경찰이 잽싸게 그의 옆으로 다가가 소개를 했다. 아내는 아무래도 우리끼리는 해결이 될 것 같지가 않아서, 신속히 출동해 주셔서 감사합니다! 인사를 한 후 차를 준비하겠다고 주방으로 갔다. 한상용은 황급히 서재에서 서류와 통장을 챙겨 나오면서 부탁을 했다.

"저는 피를 토하는 심정으로 진실을 말하려 하지만, 모든 분들이 다 축정계장의 말만 믿으려 하니 저의 심장이 까맣게 타들어 가던 중이었습니다. 그런데 본의 아니게 국민의 편에 서서 정직과 성실로 직무에 전념하시고 정의의 실천자로서 부정의 발본에 앞장서겠다는 각오로 일하시는 경찰관님들의 도움을 받게 되어 영광으로 생각합니다. 부디 흑, 백을 좀 가려주십시오!"

"소장님까지 오셨으니 저도 한말씀하겠습니다. 다 같은 공무원으로서 소신을 가지고 상사의 직무상 명령에 복종하시는 자세로 일하시는데, 이런 공무원들의 말을 믿지 않고 사리사욕을 채우기 위한 임대인의 말을 믿어야 합니까! 제발 소장님께서 임대인의 갑질을 잘 처리해 주십시오."

회장은 매우 겸손한 어조로 간청을 했다.

　"그 말 잘했네요. 축정계장님이 상부에서 내려온 공문을 그대로만 실행했다면 왜 이런 일이 생겼겠어요? 날 골탕 먹이려 앞 걸장에다가 자기가 주장하는 글을 올리는 바람에 저도 공문서를 읽어 볼 의욕마저 잃어버리고, 1년이 넘도록 그들에게 놀아나고 있었다는 걸 지금에서야 겨우 알았다니까요? 그런데 어느 순간부터 벌써 몇 년 전부터 농어촌 승마시설 허가가 나서 잘 운영해 오던 장소인데, 새삼스럽게 전인 토지를 전환하라기에 이미 충분한 면적의 대지가 전환되어있는 걸 확인시키자, 그때서야 체육시설로 전환하지 않으면 농어촌형 승마시설로는 말 사육 외는 어떤 행위도 할 수 없다고 주장합니다. 물론 저도 공문서를 읽어 보기 전에는 그런 줄 알았어요. 그러니 모든 승마회원도 축정계장의 말을 믿는 게 당연하다고 생각합니다. 원래 기득권이란 것도 있지 않습니까. 그린벨트 법만큼 규제가 심한 분야도 없을 겁니다. 하지만 그린벨트 전 원주민들에게도 그 전의 주택뿐 아니라 거기에 따른 부대시설도 허가합니다. 그리고 상권허가만 해도 한번 받으면 그 법이 개정된다 해도 이미 허가받은 것에 대한 권리는 그대로 유지되거든요. 그런데 조건이 되어 정상적으로 허가를 내준 것을 취소하는 법은 없습니다. 그런데 농어촌형 승마시설 허가가 지금은 효력을 발휘할 수 없다니요? 이건 모순이자 어불성설입니다. 그렇지만 이제는 저도 지자체로 하달된 공문을 읽었으니, 공문서에 기록된 정책적 법 규정에 의한 주장이 아니고 축정계장 개인의 주장이란 걸 알았어요. 이것 보세요. 우 회장이 학생 승마를 한 교습비를 학교에서 저 통장에다가 바로 입금한 내력입니다."

　한상용은 인쇄한 여러 권의 공문서와 학교에서 바로 교습비가 입금

된 통장을 소장 앞으로 내놓자, 소장이 다른 경찰관에게도 공문서를 나눠줬다.

"말산업 육성법 제2조 6항. '말 이용업'이란 「체육시설의 설치·이용에 관한 법률」에 따른 승마장이 아닌 장소에서 승용말 임대, 말트레킹, 승마체험 등 말을 이용한 용역을 제공하는 사업을 말한다."

7항. "농어촌형 승마시설"(이하 '승마시설'라 한다)이란 「농업·농촌 및 식품산업 기본법」 제3조제5호에 따른 농촌 지역과 「수산업·어촌 발전 기본법」 제3조제6호에 따른 어촌 지역에서 말의 위탁관리, 승용말의 생산·육성 등의 사업과 말이용업을 겸영(兼營)하는 시설을 말한다."

말산업 육성법 제 15조 농어촌형 승마시설(승마시설)을 운영하려는 자는 대통령령으로 정하는 바에 따라 도지사 시장 군수 또는 구청장에게 신고한다.

"제16조('체육시설의 설치·이용에 관한 법률'적용배제) 제15조에 따라 설치된 승마시설에 관하여는 '체육시설의 설치·이용에 관한 법률'을 적용하지 않는다."

"거두절미하고 바로 이것이 모든 문제의 해답입니다."

한상용의 말에 소장이 머리를 끄덕거리자, 아내가 설명을 덧붙였다.

"불법을 합법화하려는 것도 아니고 합법을 합법으로 인정해 달라는 게 뭐가 잘못되었나요? 우리 나이에 노령 기초연금 타겠다고 있는 재산도 현금화시키는 세상인데, 이 나이에 세금까지 내면서 뭐라도 해 보려는데 도와주지는 못해도 왜 방해를 하나요? 당연히 협조할 책임도 마다 하고 반대로 관계 부서들이 똘똘 뭉쳐서까지 농민한 사람 죽이려고 온갖 횡포를 일삼다니요! 공무원들의 의식이 바로 서지 않으면 우리의 미래는 암울할 뿐이라고요. 아무리 머리를 짜 좋은 정책을 내놓으면 뭐 합니까. 공무원들이 중간에서 농단을 일삼으면 나라의 장래는 번 하지요. 저는 얼마 전에 공무원들이 취임할 때 하는 선서를 우연히 인터넷에서 보고 너무 놀랐어요. 공무원법 제 55조에 공무원들이 취임할 때 소속기관장과 여러 사람 앞에서 반드시 해야 한답니다."

아내는 노트북을 들고 와서는 공무원 선서를 낭독하기 시작했다.

"나는 대한민국 공무원으로서 헌법과 법령을 준수하고 국가를 수호하며

국민에 대한 봉사자로서의 임무를 성실히 수행할 것을 엄숙히 선서합니다!"

아내의 선서 낭독이 끝나자 승마회 회장이 경직된 어조로 운을 뗐다.

"사모님, 동영상은 어떻게 할 생각이십니까?"

그때까지도 아내가 제공한 차가 든 잔에 시선을 꽂고 있던 교관이 갑자기 몸을 바닥으로 내려 두 무릎을 꿇더니 기어들어가는 목소리로 사과를 했다.

"제발…, 손자처럼 생각하시면 안 될까요?"

"그렇습니다. 아직 철부지라서, 어쩝니까? 저도 한쪽 말만 듣고…, 그만."

아내는 대답 대신 휴대폰에서 동영상을 켜 소장 앞 탁자 위에 놓았다. 경찰 2명과 함께 동영상을 다 본 소장이 침통한 표정으로 무겁게 입을 열었다.

"그동안 치안의 사각지대에 사시는 어르신들이 계신다는 것도 몰랐다니, 이 지역을 책임지는 대한민국 경찰로써 정말 죄송합니다. 그나마

모친께서 신고 정신을 발휘해 주셔서 우리도 경찰로서의 자부심을 느낍니다. 법은 어디서나 문제의 해결사로 존재한다는 사실을 다시 한 번 경험하는 시간이었습니다."

소장이 그때서야 다 식은 차를 단숨에 들이켜고는 벌떡 일어났다. 이 광경을 보던 교관이 당황한 김에 이렇게 가시면 어떻게 하라고요?라며 애처롭게 울먹였다. 우리 할 일은 없는 것 같아서, 이제 그만 가려고요? 라더니 소장은 두 경찰과 함께 미련 없이 거실을 나갔다. 한상용과 아내도 경찰들을 배웅하러 따라나섰다. 이때 교관이 재빠르게 앞질러 현관을 나가 바닥에 두 무릎을 꿇고 앉아 소장의 다리를 끌어안으면서, 그냥 가시면 어쩝니까. 마저 해결해 주시고 가셔야지요! 이때 소장이 나 같으면 이러는 시간에 속히 어르신 모시고 병원부터 가겠어요. 했다. 소장의 말이 떨어지자 교관은 비로소 말귀를 알아들은 듯 재빠르게 달려가 자기 차를 대기시켰다.

계단 위의 무덤

현자는 혹 주차할 빈 공간이 있나 하고 두리번거리다가, 그냥 복지관 뜰 안의 주차장까지 가기로 결심했다. 복지관으로 들어가기 한참 전서 부터, 도로 양쪽 가장자리에 세워둔 주차행렬로 좁아진 중앙 공간 사이로 차를 조심스럽게 몰았다. 차를 세우자마자 잰걸음으로 현자는 2층 복도를 따라가다가 ㄱ자로 돌아 영어반 강의실 출입문 앞에서, 직원이 말한 대로 복지관 이용 카드로 문을 열었다. 스무 명 가까운 남녀 학생이 이야기꽃을 피우는 중이었다.

강사는 시간에 맞춰 들어와서는 교탁 앞에 섰다. 원래 사람을 예사롭게 보아 넘기는 현자의 버릇은 오늘도 변함이 없었다. 강사의 얼굴을 한번 슬쩍 훔쳐본 결과로는 나이가 상당히 찼다고 생각했다. 강사는 칠판에 본인의 이름을 썼다. 나진수! 현자가 강사의 이름을 읽는데 별안간 그 옛날 중학교 시절 영어선생이 떠올랐지만, 동명이인이겠지? 라며 자신의 직감을 미련 없이 지워버렸다. 강사가 자신을 더 구체적으로 소개하기 시작했다. 영문과를 졸업한 풋내기 영어교사의 첫 근무지가 두메산골 어느 면 소재지에 새로 설립한, 그것도 아직 한 번도 졸업생을 배출하지 않은 북청중학교였답니다.라는 순간 현자는 자신의 심장이 멈춘다고 생각했다.

"저는 영어교사로 재직하면서도 배움의 끈을 놓지 않고 계속 공부한 덕에, 목표했던 영문학 박사 교수로 전공학과 학장까지 역임할 수 있었습니다. 지금은 늦은 나이 탓으로 쉴 수밖에 없지만, 나이를 의식하지 않고 향학열에 불타는 여러분들 덕분에 어렵게 익힌 영어를 계속할 수 있어서 저는 너무 행복합니다. 영어는 사용하지 않는 순간부터 혀가 점점 굳어져서 발음하기가 어렵게 되거든요. 50명을 기준으로 신청자가 절반 이하이면 복지관 규정상 폐강을 할 수밖에 없는데, 29명이나 등록을 해 주시는 바람에 저가 살았습니다."

특히 여학생들에게 인기가 많았던 나진수 선생, 가장 젊기도 했지만 아무나 할 수 없는 영어를 한다는 게 매우 신기하여 우러러보였다. 현자는 벌써 그 옛날 중학생 시절로 돌아간 듯 가슴이 뛰기 시작했다. 선생님을 여기서 만나다니! 혹? 꿈이 아닌가? 지금 자신의 눈앞에 서 있는 적당한 체격에 무게감까지 갖춘 노년층의 영어강사 모습에서, 매우 가냘프면서도 풋풋한 그 당시의 젊은 나진수 영어선생을 입증할만한 요건들을 지금의 모습에서 찾기란 불가능했다. 하지만 긴 세월 동안 쌓이고 쌓인 풍미를 갖춘 노련미야말로, 제아무리 젊음이 아름답다 해도 절대로 더 앞서지 못 할 것 같았다.

"이제 저의 넋두리는 여기서 끝내기로 하고, 저가 먼저 통성명은 했으니 다음은 여러분들 차롑니다. 저는 이 강단에 설 때마다 다른 과목은 정원이 초과 되어 추첨까지 하는데, 여러분들은 늦은 나이에 굳이 인기가 없는 영어를 왜 고집하시는지 몹시 궁금했거든요. 해서 그 이유가 너무 듣고 싶습니다."

전원이 통성명을 하자니 90분 수업시간을 다 쓰고도 모자랐다. 차례가 뒤로 갈수록 주어진 수업시간을 의식하여 이름만 간단히 밝혔다. 현자도 차례에 따라 일어서서 자신의 이름을 밝혔다. 다행히 강사 역시 현자를 전혀 기억하지 못하는 눈치였다. 현자는 시간이 길어지자 조바심이 났다. 어서 강사에게 옛날 제자라고 밝히고 싶었기 때문이다. 드디어 학생들이 강의실을 다 빠져나가고, 옛 스승과 드디어 독대할 기회가 돌아왔다고 생각했을 때다. 뒤에서 한 여성이 현자를 보고 활짝 웃으면서 다가왔다. 그녀는 이미 현자를 아는 인물로 확인한 모양이었다.

"나…? 귀순인데…?"

"…?"

현자는 갑작스런 질문에 당황한 나머지 엉거주춤한 채, 상대방이 설명하는 그 조건에 부합되는 인물을 기억 속에서 찾아내느라 쉽게 입을 열지 못했다.

"북청중학교 때 친구 귀순이, 몰라?"

그때서야 현자의 기억 속에서 귀순을 대변할 여러 기억이 떠오르기 시작했다. 웃을 때는 남달리 반달처럼 변하던 실눈이 얼마나 귀엽던지, 남녀공학이라 반 남학생들의 인기를 독차지했던 귀순이었지. 영어수업시간만 되면 다른 학생들이 기회를 얻기도 전에 질문도 답변도 혼자서 척척 다 해냈다. 꼭 영어선생과 귀순이 둘에게만 주어진 시간처럼, 아무리 복습과 예습을 충분히 했어도 불가능할 것 같은 귀신같은 영어실력자 귀순이가 2학년 초에 시내로 전학을 갔다.

"그럼…, 널 모르다니 말이나 돼? 정말 반갑다야. 전학 후로 처음이지…?"

"그런데 참, 네게 소개시켜줄 분이 계셔."

이미 강의실 안에는 강사와 귀순 외는 아무도 보이지 않았다.

"귀순이 너도 나진수 선생님 알아보았구나!"

순간 반가움이 배로 늘어난 현자의 표정이 갑자기 밝아졌다. 바로 그때였다.

"여보! 이제 갑시다."

현자는 강사의 말을 증명해 줄 상대를 찾으려 사방을 두리번거렸다. 하지만 그럴만한 대상이 없자, 현자는 잘못 들은 게 분명하다고 판단했다.

"당신, 북청중학교 우리 반 꼬맹이, 현자 몰라요?"

현자는 역시 자신의 청각을 의심하면서 귀순과 강사를 번갈아 보았다. 귀순의 말을 듣던 강사가 빙그레 웃는 얼굴로 가방을 챙겨 들고 다가왔다. 현자는 아직 먹먹함에서 벗어나지 못하고 있을 때였다. 귀순이 천천히 입을 열었다.

"현자 네가 놀랄 만도 해."

"정말이야? 선생님이 귀순 너의…?"

" 맞아, 나진수 선생님이 나의 남편이 맞다 고! 영어선생님 먼저 이 시내 중학교로 정근을 가셨잖아? 그래서 내가 그때 면서기였던 아버지를 얼마나 졸랐는지 몰라. 시내로 전학시켜달라고. 시골 학교에서는 수준이 너무 낮아서 고등학교도 못 갈 것 같다면서. 그런데 나진수 선생은 일부러 자기를 따라 전학 온 줄도 모르고, 객지에서 고생한다며 꼭 오빠처럼 날 챙겨주셨어. 그러자니 내 자취방까지 드나들면서 오빠노릇을 톡톡히 해 주셨던 거야."

"어머! 정말, 넌? 그래서 영어를 그렇게 잘했구나?"

"사실 지금 와서까지 숨길 게 뭐가 있겠어. 그땐 영어수업이 있는 날이면 그 전날 밤을 꼬박 새우면서까지 예습을 했거든. 결국 내 꿈도 접고 상업여자고등학교를 나와 은행원이 되자마자 반대로 내가 선생님의 학부형 노릇을 한 거지."

"그런 줄도 모르고 넌 태어날 때부터 영어에 특별한 재능이 있다고 여겼지."

현자는 귀순과 강사와의 드라마 같은 과거사를 듣자 한동안 할 말을 잃었다. 결국 셋은 복지관에서 가까운 쌈밥집으로 자리를 옮겼다.

"타고 나긴, 선생님께 인정받으려고 얼마나 노력했는데… 히히힛!"

귀순은 강사와 나란히 앉은 자리에서 실눈을 하더니 부끄러울 때 하던 옛날 버릇 그대로, 양 손바닥으로 얼굴을 잠시 가렸다가 뗐다. 셋은 한바탕 큰소리로 웃었다. 그 웃음 속에는 먼 옛날 북청중학교의 추억들이 듬뿍 묻어있었다.

"참, 현자 네 언니, 전교 영어 웅변대회에서 1등 했었잖아. 그때 네 언니가 너무 멋있었어. 물론 나도 그 웅변대회 나갔지만, 등수에 못 들었잖아."

현자가 중학교 1학년이었을 때였다. 추석을 쇠고 개학을 하는 그날이 북청중학교 개교기념일이었다. 해마다 개교기념일이면 열리는 영어 웅변대회에 참가할 1학년 학생도, 이미 방과 후만 되면 담임선생의 지도하에 5명이 맹연습을 했다. 그중에 귀순이도 당연히 끼어있었다. 남녀 학생이 학년별로 각각 5명으로 총 15명이 겨루는 대회였다. 현자는 1학년 학생과 그중에서도 친한 귀순을 전적으로 응원하려는 마음으로 대회를 지켜보고 있었다. 드디어 첫 출연자로 3학년 여학생 이름을 불렀다. 그때 현자는 깜짝 놀랐다. 처음에는 자신의 귀를 의심했다. 아마 잘못 들었을 거라고, 그런데 또 다시 눈을 의심하는 일이 벌어졌다. 그야말로 뼈하고 가죽만 남은 인자 언니가 단상 위로 올라오고 있었던 것이다. 현자는 순간 그런 몰골의 언니가 너무 창피스러워 곧바로 고개를 숙였다. 전교생이나 교사들은 이런 현자의 생각이 틀리지 않았다는 것을 증명이라도 하듯, 박수소리가 날 때가 지났는데도 너무 조용해서 무심결에 고개를 들었다.

인자 언니는 강단테이블 앞에서 군중을 향해 절을 하고 고개를 드는 중이었다. 이 정도면 박수는 나오고도 넘을 시간이었지만, 여전히 박수는 없고 대신 학생들 사이에서 수군거리는 소리가 산발적으로 새어 나오고 있었다. 저런 몸으로 웅변이 가당키나 할까? 참 딱하다. 마치기도 전에 쓰러지고 말겠다. 저 선배 왜 저래? 피죽도 한 그릇 못 얻어먹었나 보네? 죽을병에 걸린 건 아닐까? 저 정도로 몸이 쇠약한 걸 보면 아무래도 매우 큰 병에 걸린 게 틀림없을 것 같은데…? 웅변은 무슨 놈의 웅변! 당장 병원부터 가야 할 것 같은데? 학생들의 관심은 질타에서 시작하여 안타까움으로 옮겨가고 있었다. 그래도 가장 먼저 현실을 직시한 사람은 다름 아닌 인자 언니의 담임이었다. 그는 언니가 원고를 강단테이블에 올려놓는 순간에 박수를 쳤다. 그러나 인자 언니의 피골이 상접한 모습에서 유발된 동정심과 불안감에 침몰되어버린 자아를 가까스로 현실로 끌어올리긴 했지만, 이미 시선을 사로잡은 주인공의 모습을 부인할 수는 없었던지 박수소리는 전혀 힘이 없었다. 하지만 그로 인해 박수소리는 점점 확산되어갔고, 결국은 전 교사와 학생들이 동참했다.

"그날 네 언니의 호소력이 대단했어야. 꼭 마지막 절규처럼 들렸었어. 혼신을 다해 쏟아내는 내면의 소리가 내 가슴을 뭉클하게 했다니까. 원고를 네 언니가 직접 썼다면서? 난 놀랐어. 사실 나는 그 원고 내용을 확실하게 해석할 수는 없었지만, 원고에 심취한 채 토해내는 절규에 매료되었거든."

"사실 나도 몰랐어. 우리 온 가족들도 아무도 몰랐으니, 알았으면 말렸을 거야. 언니가 그것도 첫 번째로 단상에 등단하자 내가 괜히 주눅이 들더라. 언니의 야윈 모습을 보는데, 어찌나 초라해 보이든지? 거기다가 실수라도 하면 어쩌나 싶으니 쥐구멍이라도 있으면 들어가고 싶었다니까."

"아무튼 전국 어디에 가서 겨뤄도 결코 뒤지지 않았을 거야."

"집에서 알면 못하게 할 거니까, 가족들이 눈치채지 못하게 한 거 같았어."

"안 그래도 내가 학년별로 다니면서 지도했지만, 인자는 특출했어."

선생이 그때를 상기했음인지 귀순의 의견에 살을 붙였다.

"현자 네 언니는 다재다능했어. 영시도 썼잖아."

인자 언니는 이목구비가 나무랄 데 없는 미인이었다. 쌍까풀은 시원한 눈의 곡선을 따라 꼭 그려놓은 듯이 선명했고, 거기다 오뚝 선 코와 적당하게 도톰한 입술, 양쪽 입가로 웃을 때마다 나타나는 보조개를 보고 있노라면 인형 같다는 생각이 들었다. 인자 언니는 예쁠 뿐만 아니고 공부도 2등가라면 서러울 정도로 잘했다. 그런 인자 언니가 중학교에 들어가고부터 시름시름 앓기 시작했다. 그러고 보면 훨씬 그 이전부터 그랬는지 모른다. 초등학교는 2㎞ 정도의 거리지만 중학교는 집에서 자그마치 5㎞는 충분했다.

"그 많은 재능을 가졌으면 뭐하니? 제 명도 다 채우지 못했는데…"

"네 언니 때문인지? 너네 집에 놀러 갈 때마다 무당이 점치고 있었어."

"그러니 옛말에 친구를 잘 사귀라는 말도 있었나 봐. 열 가옥도 안 되는 작은 우리 마을에 무당이 두 명이나 있었으니까. 하긴 무당은 자기 신에게 물어보고 시키는 대로 전달한다면서, 화를 면하고 복을 받는 길은 귀신을 후하게 대접해서 내보내야 한다고 하니, 어리석게도 믿고 따라간 거지. 우리 엄마도 언니가 죽고 난 후에서야 용기가 나셨어. 항상 마음을 졸이면서 부엌 살강과 안방, 마루 그리고 곳간 선반에는 사시사철 과자와 귀한 음식들을 올려놓고 지성으로 비손을 드리던 걸 다 엄마 손수 부숴버리고 말았거든. 지극정성으로 너희들 섬김 결과가 이거야! 내 귀한 것들 야금야금 다 가져갔는데도 널 섬기라고! 더는 못해! 날 잡아가려면 잡아가! 라면서 말이야."

현자가 초등학교 5학년일 때, 아카시아가 활짝 핀 어느 봄날이었다. 마을 친구들과 어울려서 하굣길에 아카시아 꽃을 따 먹어가면서 집으로 돌아왔다. 마당으로 들어서자, 이웃집 아주머니들과 낯선 아주머니가 나무 상 위에 물 한 그릇을 올려놓고 빙 둘러앉아 있었다. 그 낯선 여자가 무당이라는 걸 금방 알아차렸다. 안 그래도 현자가 사는 동서남북 마을은 무당이 두 명이나 되니, 어머니는 툭하면 무당을 불렀다. 그녀들은 수시로 현자네를 드나들면서 점을 치거나 객귀물림의 대가로 어머니가 퍼주는 곡식을 챙기곤 했다. 그것도 모자라 무당들은 어머니를 꼬드겨 용 타는 무당은 다 불러와 점을 치게 했다.

현자가 마루 가까이 갔을 때 그 낯선 무당이 갑자기 어머니 더러 객기가 붙었어! 아직 어려서 몰라, 고수레를 안했군! 그게 문제였네. 고수레만 했어도 놈들이 올라붙지 않았을 텐데… 이걸 떼려면…? 좀 힘들겠는데…? 군대 잡귀들이군.라며 눈을 감은 채 가만히 있는 모습이 의미심장했다. 현자는 직감적으로 언니를 두고 하는 말이란 걸 알았지만, 무당의 행동은 이해할 수가 없었다. 혹 자신의 의도한 바대로 목적을 달성하는데 필요한 어머니의 반응을 감지하기 위해 시간을 벌고 있는지, 진짜 신의 세미한 음성을 듣고 어머니에게 올바르게 전달하려고 집중하는 중인지 모를 일이었다.

하지만 분명한 사실은 그 누구도 무당의 언행에 대해 반기를 들거나 진리가 아니라고 거부하지 않는다는 사실이다. 무당의 생활영역에서 필요한 조건들을 갖추기 위해 미신적 성향을 이용한 하나의 생활방식에 불과하다고 의심하기는커녕, 오히려 무당의 말에 복종하지 않으면 재앙을 불러온다고 철통같이 믿었던 터다. 현자의 어머니도 항상 그래왔듯이 역시 무당의 신내림을 전적으로 믿고 따르는 것 같았다. 그것은 무당에게서 정답을 얻을 수 있기를 간절히 바라는 심정이라는 증표가 어머니의 근심 띈 표정이었다. 어머니는 만족한 정답을 얻기 위해서는 그 조건을 충분히 더 갖추려는 듯, 현자를 손짓하더니 옆에 와서 다소곳이 앉으라는 시늉을 했다. 드디어 무당이 눈을 떴다. 모두가 무당의 입에서 말이 나오기를 기다렸다. 무당은 함구한 채 좀체 입을 열지 않았다.

결국 더 답답한 어머니가 먼저 입을 열었다. 큰굿을 해야 하나 보네…? 라더니 대답을 기다리는 듯 무당의 눈치를 한참 살폈지만 반응이 없자, 그냥, 간단하게 객기 물림을 하면 안 되나?라며 혼잣말처럼 무당이 들으라는 투로 그러면서도 넌지시 들리게 말했다. 무당은 여전히 눈을 감고 함구한 채 꼭 신내림에 집중하는 듯 미동도 하지 않았다. 비로소 어머니는 결심을 했는지 내 자식이 사는 길이라면 뭘 못해! 했다. 그때서야 무당은 어머니의 반응이 마음에 꼭 드는지 눈을 떴다. 비로소 무당은 어머니의 의견에 동의하듯 굿 날을 정했다.

현자는 여느 때나 마찬가지로 굿 날을 손꼽아 기다렸다. 굿보다 간단한 객기물이기만 해도 재미있는 구경거리다. 굿을 하는 날이면 잔칫날처럼 구경거리와 맛난 음식도 먹을 수 있다. 현자가 초등학교 4학년 여름방학 때 설사병에 걸렸다. 3일간 차도가 없자 어머니는 역시 마을 무당을 불렀다. 이미 인자 언니는 여러 차례 한 적이 있지만 현자는 처음이었다. 무당이 점을 치더니 물리기를 명령했다. 해거름이 되자 온 집 안에는 된장국 냄새가 진동을 하고, 무당이 현자를 문지방을 베개처럼 머리로 베고 눕게 했다. 그리고 밥과 반찬을 넣은 된장국을 바가지에 담아 현자의 머리맡에서, 젖은 건 먹고 마른 건 싸 가라며 주술을 외다가 재앙을 쫓는 행위로 식칼을 잡고 머리 둘레를 세 번 휘저었다. 무당은 주문을 여러 번 반복하여 읊더니, 식칼로 현자의 머리카락을 세 번 뜯어서 바가지에 넣고, 침도 세 번 뱉게 했다. 그리고 방문을 나서면서 방 안의 불을 끄고 방문을 "쾅!" 하고 세게 닫더니, 부엌칼로 방문에 + 표시를 긋고 소금을 뿌렸다. 준비된 바가지도 깨뜨리면서 역시 주문을 외웠다. 그런 다음 마당에서 바깥을 향해 부엌칼을 던지면서 귀신은 떨어져 나가라며 외치더니, 칼로 + 표시를 긋고 십자의 한복판에 칼을 힘차게 내리꽂았다. 그 칼자루 위에다가 객귀의 무덤이라며 바가지를 엎고 침을 세 번 뱉었다.

굿 날이 정해지자, 어머니는 언제나처럼 5일 장을 들락거리며 평소에는 먹을 수 없는 최고의 식재료들을 구입했다. 집에 키우는 닭을 잡으면서도 생선과 비싼 쇠고기까지 끊어왔다. 찰떡과 시루떡도 했다. 과일과 채소도 골고루 준비하여 상을 거나하게 차렸다. 굿을 마치면 차려진 음식을 무당이 싸서 가기 때문에, 구경 온 마을 사람들이 먹을 것까지 준비해야 했다. 현자는 평소에는 먹을 수 없는 맛좋은 음식을 먹는 것도 즐겁지만, 남녀 무당들이 울긋불긋한 옷을 입고 온갖 색깔의 긴 천을 달아 장식한 대나무에 신이 내렸다며, 심하게 떨거나 주문과 동시에 훌쩍훌쩍 뛰면서 춤을 추는 모습도 재미가 있었다. 어떤 때는 어머니와 굿의 주인공을 불러 앉혀놓고 죽은 아버지가 왔다며 무당을 통해 원혼이 원통해 하면, 어머니는 울고불고 야단을 쳤다.

　"네 언니 병이 폐결핵이었다며? 뒤돌아보면 무당이 계속 병을 키운 거야."

　"배상할 처지도 못 되고, 사실 그때만 해도 도시에도 병원이 귀했을 뿐더러 그 당시 우리 어머닌 문맹인이다 보니 세계가 어떻게 돌아가는지 알 길이 없었던 거지. 한마디로 말해 우물 안 개구리나 다름없었으니까. 거기다가 미신이 이미 골수까지 절어있었으니, 나 역시 어리니까 어머니가 하시는 걸 커면서 무조건 배웠지. 문화적 혜택을 거의 못 받는 시골구석에 살다 보니 의술에 대한 개념도 없었고, 요즘은 아무리 늙고 무식해도 아프면 병원부터 찾잖아."

　"다 시대를 잘못 타고 난 게 죄야."

　"시간이 지날수록 인자 언니에 대한 가치가 더 진하게 느껴진다니까. 아직까지 살아있다면 매우 자랑스러운 언니가 되었을 거야. 틀림없이."

갑자기 현자의 눈시울이 후끈했다. 현자가 중학교 입학식이 가까워오던 어느 날이었다. 인자 언니가 자기의 교복치마를 주면서 입어라고 했다. 현자는 단칼에 자르듯 날을 세운 어조로 거절했다. 언니는 매우 부드러운 어조로 다시 권했다. 언니는 욕심쟁이! 결국 현자는 분을 참지 못한 채, 동생에게 헌 옷을 주고 새것을 탐내는 저질의 언니로 치부하는 말을 뱉고 말았다. 인자 언니는 현자의 반응에 몹시 당황해했다. 순간 안색이 새하얗게 변하더니 더 이상 권하지 않았다. 현자는 인자 언니의 진심을 그해 추석날 친정에 온 큰언니로 통해 겨우 알았다. 큰언니가 첫애기를 분만할 때가 마침 겨울 방학이라 해산바라지를 해 준 중학교 2학년 인자 언니에게 시내 학생들도 부러워하는 최고급 천으로 교복치마를 선물로 맞춰주었다는 걸 비로소 알게 되었다.

"인자 학생이 결핵이었다는 말을 뒤늦게 듣고 너무 안타까웠어."

"다 저 때문입니다."

현자가 초등학교 2학년일 때 인자 언니는 4학년이었다. 그때가 한국전쟁 중이라, 중공군이 북한을 지원하면서 남하를 계속하다 보니, 남한사람들의 피난도 계속되었다. 학교에서 인자 언니와 함께 집으로 돌아오니 마당에는 흰 광목으로 된 천막을 치고 헛간과 심어지는 아버지가 거처하는 사랑채까지 피난민들이 차지하고 있었다. 안 그래도 학교에서 적의 공습을 대비한 훈련을 하고 돌아온 터라, 현자는 전쟁에 대한 공포감으로 몹시 불안한 상태였다. 순간 아버지의 지휘 아래 미리 준비한 반공호가 좁다는 생각이 들면서 겁이 덜컥 났다. 현자는 즉시 인자 언니에게, 만약 중공군이 폭격이라도 하면 아버지의 성품으로 보아 우리 가족들보다 남들을 먼저 반공호로 대피시킬 텐데, 언니 그러면 반공호가 좁아서 우리 가족들이 들어가지 못하면 어쩌지?라며 울먹거렸다. 그런데 인자 언니는 현자와는 달리 너무나 태연하게, 사람의 생명은 누구 것이나 다 소중하지 않니? 그러니 우리가 저 사람들 입장이 되었다고 바꾸어 생각해 보면 이해가 될 거야. 했다. 인자 언니의 배려심은 익히 알고 있었지만, 꼭 언니는 의인 같고 자신은 나쁜 사람이 된 느낌이 들렸다. 현자는 심한 모멸감을 이기지 못하고, 그래 언니 넌 언제나 착하고, 잘났잖아! 그러니 적군이 폭탄을 떨어뜨려도 저 사람들한테 방공호는 다 양보하고 언니 넌 죽으면 되겠네! 난 절대로 양보 못 해!라며 악담을 쏟아냈다. 하지만 그때만이 아니었다.

북한군과 중공군이 점점 남하를 계속하는 바람에 결국은 낙동강 하류에 위치한 동서남북 마을 사람들도 모든 걸 다 버리고 언제 돌아올지, 아니면 영영 돌아오지 못할지 기약 없는 피난길에 올랐다. 어머니는 몇 날 며칠을 가족들이 먹을 비상식량으로 건빵과 각종 곡류로 만든 미숫가루와 과일 말린 것들을 넣은 봇짐을 가족 수대로 만들었다. 물통도 각각의 것으로 준비하면서, 물은 마신만큼 보충할 물이 있는 곳이라면 잊지 말고 꼭 다시 채워두라고 당부했다. 그러면서 물은 비상식량 못잖게 중요한데도 아무데서나 구할 수 있으니, 물만 마셔도 40일은 버틴다고도 했다. 어머니는 머슴을 시켜 곡간에 있는 곡식을 방앗간에 가서 빻아 달구지에 잔뜩 싣고 어미 소에게 끌도록 하자, 송아지와 개들도 신이 나서 피난길에 따라나섰다. 하지만 닭과 오리들은 아무것도 모른 채 그대로 집 주변을 돌아다니며 모이를 쪼아먹고 있었다.

남향을 향해 마을을 지나 산과 내도 건넜다. 몇 시간을 걷다 보니 허기가 났다. 현자는 건빵을 내서 먹었다. 이것을 보던 한 아이가 홍얼거리며 자기 어머니에게 보챘다. 그것을 보던 인자 언니가 자기 봇짐에서 건빵을 꺼내 아이에게 주는 것이었다. 이것을 보던 현자가 언니 미쳤어! 너, 식량 떨어지면 어쩔 건데!라며 큰소리로 질책을 했다. 그러자 인자 언니는, 콩 한 쪽도 나눠 먹으라는 말 몰라? 저 아이가 현자 너라고 생각해 봐. 했다. 현자의 자존심이 형편없이 구겨졌다. 나는 언니의 비상식량 떨어져도 절대로 못 줘! 그러니 언니 것 남들한테 인심 다 쓰고 거덜 나면 그대로 굶어 죽어!라며 기어이 하지 말아야 할 악담까지 내뱉고 말았다.

현자는 인자 언니가 결핵 3기로 죽고 나서야 자신의 저주스런 악담 때문이라고 자책했다. 언니의 죽음을 알은 건 여고 2학년 여름 방학을 한 주 앞둔 어느 토요일 오후였다. 무역회사에 다니던 고향 언니가 짜장면을 사준다기에 중국집으로 갔다. 고향 언니는 현자에게 덜어 준 짜장면까지 다 먹인 후에야 입을 열었다. 인자 언니가 죽은 지가 벌써 3개월이 지났다고 했다. 어머니가 절대로 현자에게는 말하지 말라고 했지만, 곧 방학인데 집에 가서 언니가 없으면 얼마나 황당하겠어, 그리고 어머니가 얼마나 원망스러울까. 그래서 고향 언니는 어머니의 부탁까지 저버렸다고 했다. 현자는 그날 밤 가까운 예배당으로 몰래 들어가 속죄라도 하듯 가슴을 치며 눈물 콧물까지 쏟아내면서, 불쌍한 인자 언니의 영혼만이라도 천국에서 복락을 누릴 수 있게 해 달라고 하나님께 매달렸다.

"원래 무식하면 용감하다고 했어. 그런 시대에, 그런 환경에서 현자 넌들 무슨 수로 문화적 혜택을 누리는 도시인들의 삶을 알 수 있었겠어."

현자는 강사의 위로가 부담스러웠지만, 부끄러운 과거를 들춰낼 용기는 나지 않았다. 대신 언니의 혼령이라도 자신의 진심을 꼭 알아주기를 마음으로 빌었다. 비록 언니가 그 시대의 무덤에 묻혀버렸다 해도, 언니가 남긴 아름다운 흔적들이라도 이 시대에 걸맞은 덕목으로 자리매김하기를 간절히 소망했다. 귀순 부부와 헤어진 현자가 막 차에 오르는데, 귀순으로부터 문자가 왔다.

"친구야, 내가 이제야 정신이 들었나 봐. 그 긴 세월 동안의 네 삶에 대해서는 아무것도 알은 게 없구나. 정말 궁금했는데… 그래도 또 다시 만날 다음 시간이 있어서 천만다행이다. 우리의 못다 한 우정을 이어서 키울 수 있다니, 너무 행복하다!"

나도 그래!라는 답을 쓰던 현자의 뇌리로 활짝 웃는 언니의 환영이 스쳤다.

사필귀정

7월이면 매해 열리는 호미곶 올렛길 걷기대회에, 1960~1980년대에 걸쳐 포항을 철강의 도시로 성장하는데 일조했을 뿐만 아니라, 불꽃상 사로 시작하여 세계무대에서 어깨를 나란히 견주는 강선제조업체로 키운 불꽃그룹의 산업 전사들로 구성된 불꽃산악회가 올해도 어김없이 참석했다. 1000도 이상의 전기에 달군 쇠를 쳐서 찬물에 냉각시키는 과정을 몇 번이고 반복하여 완성된 강선처럼, 불꽃산악회 회원들의 단합정신은 그 강선들과 수십 년을 함께 하면서 단련된 단단한 정신과 체력으로 노년 또한 그렇게 보내고 있는 중이었다.

영남지역산악대회가 구룡포 대보중학교에서 점심식사를 끝으로, 호미곶으로 이동했을 때는 보이지 않던 그림자가 어느새 키재기를 하는 중이었다.

감귀철은 며칠 전부터 생애 중 가장 왕성한 전성기를 보낸 포항에 간다는 사실에 마음이 들떴다. 어제 저녁에는 결국 밤을 하얗게 샜다. 초저녁에는 때마침 귀철이 즐겨 시청하는 야구 중계가 있던 날이기도 했지만, 특별히 귀철이 가장 좋아하는 팀인 포항제철이 겨루는 대회라 안 그래도 중계방송시간을 놓치지 않으려고 거듭 방송국 채널과 시간을 확인했다. 경기 초반부터 줄곧 엎치락뒤치락하다가 마지막 게임에서 아슬아슬하게 포항제철이 승리를 거두었다. 귀철은 그 순간 자신도 모르게 벌떡 일어나면서 박수와 동시에 환호했다.

"역시, 포항제철이야!"

이때 자다가 놀라 깨어난 아내가 역정을 내는 바람에 겨우 정신이 들었다. 하지만 쉽게 잠이 올 것 같지 않아서 아내를 피해 서재로 장소를 옮겼다. 역시 무료함이 엄습하는 바람에 아무 책이나 뒤지기 시작했다. 마침 세계문학전집 사이에서 허름한 공책 두 권을 발견했다. 어릴 때 썼던 일기장이었다.

OOOO년 O월 OO일 목요일 흐림.

아침밥을 먹고 나자 아버지께서 말씀하셨다. 너가 졸업을 하면 살아가야 할 길을 찾아야 하지 않겠냐고 하시면서, 이웃 동네 박 부자댁에 꼴머슴으로 들어가라고 하셨다. 나는 대답 대신 고개를 숙인 채 나오는 한숨에다가, 우르르 치솟던 아버지를 향한 반항심을 비벼서 꾹꾹 눌러 삼켰다. 다행히 내 대답을 기다리던 아버지는 선택권을 위임하신다. 3일 안으로 대답해 도라!

OOOO년 O월 OO일 일요일 밝음.

오늘은 일요일이다. 아침밥을 먹고 설거지를 마친 어머니가 나보고 장에 가자고 하시기에 따라나섰다. 어머니께서는 2km 거리에 있는 5일장까지 내 손을 잡고 걸어가면서 이야기를 하셨다. 지금부터 내가 하는 말 잘 들어라! 너는 꼭 공부를 해야 한다. 이것만이 우리 가정이 가난에서 벗어날 수 있는 유일한 길이니까. 너는 우리 가정의 대들보란 걸 절대로 잊지 말거라.라는 말을 듣는 순간, 꼭 내 뒤통수를 누가 망치로 때리는 것 같았다. 나는 어머니의 말씀이 오늘처럼 위엄 있고 무섭게 들린 적은 아직 한 번도 없었다. 꼭 공부를 하지 않으면 안 될 것 같은 그런 생각이 들었다. 사실은 나도 공부가 하고 싶다. 어머니는 꿈이 있으면 길도 있다고 하셨지만, 우리 형편을 뻔히 아는데… 과연 어떤 길이 있단 말인가? 아무 길도 보이지 않는데…

귀철은 여기까지 읽다가 일기장을 덮어버렸다. 곧바로 어머니와 아버지의 사진이 나란히 걸려있는 벽을 올려다보았다. 공부는 무슨 놈의 공부! 사람은 다 자기 분수를 지키며 살아야 해! 아닙니다! 장남이 무식하면 우리 가문은 영원히 가난에서 벗어나지 못해요! 공부를 해야 잘 사는 법도 배운다고요! 갑자기 아버지의 불호령에 이어 어머님의 단호한 환청이 귀철의 고막을 때렸다.

3일 후, 저녁상을 물리더니 아버지는 3일 전에 귀철에게 내 준 문제의 답을 물었다. 귀철이 넌 한 번도 이 애비의 말을 거역한 적이 없는 효자란 걸 알아. 아버지는 혹여 자신의 선택에 반기를 들 수도 있다는 걸 미리 짐작했음인지, 귀철의 마음을 약하게 만들 구실로 넌지시 칭찬을 앞세웠다. 이때 어머니가 귀철의 대답을 가로막으면서, 우리 귀철이는 공부를 해야 합니다!라고 하자 아버지는 가장으로서 누리는 절대적인 무기를 즉시 꺼내 들었다. 아침부터 여편네가!라며 버럭 소리를 질렀다. 항상 아버지의 명령에 잠잠했던 어머니가 귀철을 꼴머슴으로 보내려는 생각에 변함이 없음을 알자, 딸 다섯에 하나뿐인 아들을 위해 목숨을 내놓은 듯 대들었다. 어머니와 아버지는 서로 어긋난 생각을 고집하느라 옥신각신했다. 둘의 사이가 좁혀질 기미가 없는 상황이었다. 아무래도 아버지의 성향으로 보아 곧 태풍을 몰고 올 것만 같은 예감에 귀철은 지레 겁부터 먹었다. 결국 귀철이 아버지 앞에 두 무릎을 꿇었다. 자기 때문에 어머니가 곤욕을 치르게 보고만 있을 수는 없다고 판단했다. 거기다가 가정의 평화도 깨고 싶지 않았다. 아버지 시키는 대로 하겠습니다!라고 말하려는 찰나였다. 어머니는 이런 귀철의 마음을 읽었음인지 사내대장부가 꿈도 없니!라며 밥상과 방바닥을 치는 것도 모자라 가슴을 두 손으로 방망이질하면서 꺼이꺼이 울음을 터뜨렸다. 결국 아버지도 이런 어머니를 당해낼 재간이 없었든지 재수 없게, 아침부터 여편네가 에잇!이라며 담뱃대를 물고 밖으로 홱 나가더니 죄 없는 침만 퇴! 퇴! 뱉어냈다. 귀철은 아버지가 후퇴하는 모습에 놀랐다.

결국 어머니는 귀철이 졸업하기 전에 무슨 사달을 내서라도, 아들이 꼴머슴 신세는 면해야 한다고 생각한 모양이었다. 귀철이가 졸업반인 가을 수학여행을 하필이면 이모부가 한약방을 하는 통영으로 가게 되었다. 귀철은 마음이 설렜다. 안 그래도 어머니가 입버릇처럼 귀철에게 말하기를, 중학교를 졸업하고 더 이상 공부를 못할 사정이면 통영에서 한약방을 하는 네 이모부님께 가서 그거라도 배워라! 했기 때문이다. 귀철은 자신의 진로를 위해 이모부가 하는 한약방을 구경하고 싶었지만, 딱히 갈 구실을 찾지 못하고 있던 터였다. 하지만 먹고 죽을 돈도 없는데 여행이 다 뭣고!라며 아버지는 단번에 귀철의 기분을 무자비하게 뭉개버렸다.

며칠 뒤, 어머니가 등교하는 귀철을 뒤쫓아 와서는, 여행 못 가면 평생 후회하게 된다면서 꼬깃꼬깃한 지폐를 여행비라며 손에 쥐어주었다. 그렇지만 귀철은 아버지가 환영하지 않은 여행이라 사양했다. 어머니는 귀철이가 졸업반이라 돈 들어갈 때가 많을 것 같아서 초봄부터 틈틈이 산에 다니면서 나물을 채취하여 시장에 내다 판돈을 모았다고 했다. 드디어 여행을 가는 날이었다. 새벽부터 보이지 않던 어머니가 출발 직전에서야 헐레벌떡 나타나더니 귀철에게 귓속말로 네 이모부님 꼭 찾아뵙고 와야 한다. 그리고 덧붙이기를, 찹쌀 한 말을 네 선생님께 맡겨놓고 왔으니 이모부님께 갔다 드려. 했다.

　수학여행 첫날, 저녁밥을 먹자마자 찹쌀을 짊어지고 이모부 한약방을 어렵게 찾았다. 귀철은 한약방 천정에 촘촘히 매달려있는 약봉지에 시선이 가는데 겁이 덜컹 났다. 그 많은 약을 외울 자신도 또 한자로 쓴 약재들을 구별할 수도 없을 것 같았다. 자칫하다가 약을 잘못 처방하거나 다른 약을 넣어 환자들을 오히려 위험에 빠트릴 수 있다는 생각이 들자 소름이 끼쳤다. 귀철은 이모부에게 일을 배워보겠다는 말도 한 번 꺼내지 못한 채 새벽같이 돌아왔다. 그날 이후로 가끔씩 뇌물로 가져간 금쪽같은 그놈의 찹쌀이 생각날 때면 어머니에게 미안한 마음 금할 수가 없었다.

　"당신, 지금 몇 신줄 알기나 해요!"

　잠옷 바람인 아내가 열려있는 서재 문으로 빼꼼히 얼굴을 내밀면서 타박이다. 귀철은 아내의 말을 듣고서야 벽시계를 봤다. 5시가 가까워지고 있었다.

　"벌써 시간이 저렇게 됐나!"

　귀철은 불꽃산악회 집합 장소까지 직접 운전해 주겠다는 아내의 호의를 거절했다. 이왕지사 등산복 차림에 배낭까지 갖췄으니 지하철이 제격이었기 때문이다. 귀철은 좌석을 차지한 학생들을 보자 혹 젊은이들에게 자리를 양보해야 할 부담을 줄까 봐 아예 출입문 입구에서 자리를 잡았다. 그때 출입문 바로 옆 좌석에 앉았던 교복을 입은 남학생이 벌떡 일어나더니, 귀철더러 앉으라고 했다. 그 주변으로 또래의 학생들이 여러 명이 더 앉거나 서 있었다.

"아니, 학생의 마음은 이미 받았으니, 그냥 앉아있어요."

"아닙니다. 아저씨."

학생은 귀철의 아래위를 한 번 훑어보더니 재차 권했다. 귀철이 좌석을 양보받자 무거운 학생의 책가방을 허벅지 위에 올렸다.

"요즘 학생들은 공부만 아니고 이 무거운 책가방 때문에 고생이 곱이겠어."

"그래도 뭐든 초월이 가능한 젊음이 있잖습니까."

"하지만 건강만은 미리 미리 관리해서 저축해 둬야 한다고 생각해."

"그런 생각을 가지셨으니까. 아저씨께서 이렇게 건강하시군요?"

"혹 내 차림을 보고 건강의 비결이 등산이라고 생각하는 거는 아니겠지?"

"그럼, 아니란 말씀이세요?"

그 옆에 섰던 학생이 귀철의 말에 기대감을 내보이며 즉시 물었다.

"사실 내 고향은 시골이라도 대학은 학생들처럼 부산에서 다녔지. 그리고 일은 포항에서 시작하여 거기서 마쳤는데, 실은 아직도 포항이 생각나면 가슴이 설렌다네. 물론 지금도 포항 가는 길이고. 그런데 퇴직 후 줄곧 등산을 해 오긴 했지만 내 건강의 비결은 정신력이라고 말하고 싶은데…?"

귀철의 말에 주변 학생들이 일시에 주목했다.

"나는 어릴 때 가난했지만, 남 못잖게 공부도 할 만큼하고 직장생활도 할 수 있었던 것은 건강이 그만큼 받쳐주었기 때문이지. 한데 건강도 꿈을 향한 노력에 버금가는 정신력이 없으면 절대로 유지할 수 없다는 걸 꼭 말해주고 싶어."

"아저씨께서 포항에서 일하셨다면, 그럼, 포스코에서…?"

이번에는 귀철과 좀 먼 거리에 서 있던 학생이 물었다.

"포항에서 제철업에 종사한 건 맞지만, 포스코는 아니었어."

"포항에서 철강회사라면…? 그럼, 포스코에 납품하는 회사군요?"

"불꽃그룹이 원료는 포스코에서 가져오기도 했지만 별개의 회사였어. 4개의 소그룹으로 분리되어, 사원 수만도 2천 명이 넘으며 판매고는 3조에 육박, 수출 70 내수 30을 유지하는 강선제조업체로 세계에서 1~2등을 다투는 회사였지."

"와아! 내실이 엄청 충실한 회사군요?"

"회사에서 몇 년간이나 일하셨어요?"

또 다른 학생이 곧 이어 질문을 했다.

"35년 가까이 일했지."

"쉽게 말해 한 우물만 파셨네요?"

"그렇지, 내가 처음 입사했을 때는 상사였어. 그런데 그룹반열에 올라 승승장구하는 시기에 퇴직을 했으니… 정말 뿌듯하더라고."

"감회가 새롭겠습니다. 퇴직하실 때 서운하시지 않으셨습니까? 가정형편이 어려웠다면 공부도 정말 어렵게 하셨을 것인데…"

"당연하지, 공부하느라 고생께나 했지."

귀철은 그나마 아슬아슬하게 잡고 있던 희망의 끈마저 끊어져 버렸던 그날, 3학년 수학여행 마지막 밤이었다. 이모부에게 전수받으려던 한약처방에 대한 희망도 사라지자, 앞으로의 진로에 대해 고민하느라 왁자지껄 떠들면서 즐거워하는 친구들 사이에서도 줄곧 고민에 빠져있었다. 그날 일정을 다 마친 학생들과 교사가 여관 로비를 들어서는데, 귀철의 시선이 소파 위의 신문에 가 닿았다. 한참 동안 신문을 뒤적거리다가 한 광고란에서 시선이 멈췄다. 해승공업고등학교의 장학생 모집 요항이 큰 글씨체로 적혀있었다. 귀철은 순간 전신의 피가 멈춘 듯 잠시 먹먹했다. 장학생이 되면 입학금은 물론이고 공납금도 면제받을 수 있다는 광고였다. 귀철의 가슴이 뛰기 시작했다.

고등학교 입학시험을 치는 날, 귀철이 시험을 마치고 나오는데 마침 이웃 마을 박 부자가 긴 담배 대를 물고 아들을 응원하느라 어슬렁거리고 있는 걸 보고 인사를 했다. 그때 마침 부자 아버지 덕에 돈을 많이 내고 보결생으로 시내서 중학교에 다니던 그의 아들도 뒤따라 나왔다. 박 부자는 귀철을 보고 놀라는 표정을 짓더니 니, 귀철이 맞제? 했다. 그때 박 부자 아들이 그렇다고 하자 니가 여기 우짠 일로 왔노? 라더니 아! 니도 시험 한 분 치보로 왔꾸나. 그래봤자 시험에 붙을 리도 없지만 니 주제에 고등학생이 가당키나 할까가. 원도 한도 업시 시험이라도 한 분 잘 치 봤따. 그 덕에 고등학교 문턱에라도 한 분 넘어 서본 게 어디고. 그래 잘했다. 잘했어. 그라이카네 인자 딴 생각 말고 졸업하모 우리 집으로 바로 오거라이! 니가 우리 집에 와서 잘만 하모 너거 집 식구들 묵고 사는 거는 걱정업시 해 주꺼마.라며 박 부자는 귀철의 머리까지 쓰다듬는 것이었다. 그날 귀철은 박 부자 때문에라도 꼭 장학생이 되어 고등학교에 진학을 해야 한다며, 마음속으로 하나님으로부터 시작하여 용왕님, 조상님, 천지신명님 등 기억나는 신이란 신은 다 부르면서 도와 달라고 빌고 또 빌었다. 귀철은 진짜 실력으론지 아니면 여러 신의 도움이었던지 장학생이 되었고, 그렇게도 귀철을 무시하던 박 부자 아들은 낙방을 했다.

"옛날 농촌 학생들이 도시로 유학 오는 예는 참 드물었다고 들었어요?"

"맞아. 기숙사도 거의 없던 시절이라, 하숙은 부잣집 학생들이나 하는 거고 해서 방 하나 얻어 3명이 함께 자취를 했는데 나는 새벽마다 신문배달을 했지. 다행히 그 당시 실업고등학교에서 같은 계통의 과로 대학진학을 하면 내신 성적만으로 입학이 가능했었어. 천만다행으로 부산에서 일류 천국대학교 공대 기계과에 장학생으로 입학을 하고 나니, 여기저기서 입주가정교사 자리가 나더라고. 그 덕에 무난히 대학을 졸업할 수 있었으니 참 행운아였던 거지."

"만약 다시 그때로 돌아가신다면 어떤 선택을 하실지 궁금합니다만?"

옆자리의 학생이 뻔한 질문을 했다.

"당연히 같은 선택을 할 것 같은데…?"

귀철은 빙그레 웃으면서 반문했다.

"아저씨 말씀 듣고 있으니까, 회사생활도 상상이 갑니다."

그 학생은 고개까지 끄덕거렸다.

"맞아, 그렇게라도 공부한 덕에 나 같은 사람도 회사를 키우는 데는 없어서는 안 될 일등공신의 반열까지 오를 수 있었지. 불꽃의 창업주가 서울에 거주하다 보니, 거의 모든 걸 내가 다 맡아서 했거든. 불꽃상사가 어느 정도 괘도에 오르면 또 다른 공장을 지었어. 그 다음도 그렇게 내 손으로 무려 3개의 공장을 지었다니까. 불사조가 따로 없었지, 그때 그 열정이 어디서 나왔던지?"

"고생스러워도 공부를 하셨기 망정이지, 아저씨 같은 분이 아니었으면 오늘의 불꽃그룹이 존재했을지도 의문이네요. 그러고 보면 아저씨 어머님께서는 선견지명이 있으신 분이세요. 가정만 구한 게 아니라 회사는 물론이고 음밀히 따져보면 나라의 경제발전에까지 영향을 미쳤으니까. 애국한 건 맞지만, 주인공은 아저씨가 아니라 아저씨 어머님이 시네요!"

귀철 옆자리의 학생 그 옆의 학생이 말을 끝내고는 민망하다는 표정으로 손가락까지 동원하여 머리를 긁자, 다른 학생들도 듣고 보니 네 말이 맞네!라며 박수를 치면서 호탕하게 웃었다. 친구가 나라의 경제발전까지 거론하자, 자리를 양보한 학생도 지지 않겠다는 듯 강철의 왕국 포항제철을 입에 담았다.

"얼핏 들은 얘기로는, 포항제철이 철광석을 일본에서 수입한다고 들었어요?"

"물론 그럴 때도 있었지, 하지만 박태준 명예회장님께서 어디까지나 국산화를 주장하시니까, 포스코에서 자체적으로도 원료를 생산했지만, 생산비가 너무 비싸게 먹혀서 제철의 원료인 철광석의 값이 싼 쏘련이나 아프리카에서 수입해 오는 걸로 알고 있어요."

이때 귀철과 마주하고 서 있던 3번째 학생이 처음으로 입을 열었다.

"포항이 군사도시냐? 산업도시냐? 에 대한 아저씨의 의견은 어떠신지요?"

"첫째로 포항은 군사항 같이 생겼다는 거지. 즉 일본을 대항하기 좋은 위치지만 사실은 영일만으로 인해서니까. 영일만은 일본을 맞이하는 곳이라고 할 정도로 국토의 가장 동단에 자리 잡은 호미곶이 있기도 하고, 국토의 최동단인 호미곶은 간절곶과 마찬가지로 가장 태양이 먼저 뜨는 곳이라, 일출을 보려고 새해가 되면 많은 관광객까지 찾는 곳이거든. 고산자 김정호는 대동여지도를 만들면서 국토 최동단을 측정하기 위해 영일만 호미곶을 일곱 번이나 측정한 뒤 우리나라에서 가장 동쪽임을 확인했다니까. 그리고 아무리 우리 불꽃그룹이 우리나라 경제산업에 이바지한 바 크다 하나, 감히 포항제철에 비하겠어? 아무래도 포항은 포항제철 때문에 산업도시냐는 말도 나올 수 있는 건 당연하지. 세계를 지배하는 한국 철강기술의 토대와 철강산업의 고속성장을 이끌 수 있는 데는, 영구 귀국하여 한국을 빛내는 포항제철에 평생을 바친 재일교포였던 김철우 철 박사가 있었기에 가능했던 것도 부인할 수 없을 거고, 아무튼…"

"그런데 일본은 자기들이 뭔데, 우리의 호미곶을 토끼 꼬리라고 하는지…?"

귀철 바로 앞에 서 있던 학생이 궁금하다는 투로 슬그머니 끼어들었다.

"그거야 뻔하지, 일제는 우리가 주장하는 호랑이 꼬리가 못 마땅하자 역사를 왜곡시켜 토끼 꼬리라 하여 우리를 나약한 이미지로 만들어 영원히 자기들의 속국으로 유지하려는 속셈이었겠지. 호랑이 꼬리는 단순히 꼬리로만 볼 수 없는 것이, 호랑이는 꼬리를 움직여 무리를 지휘하고 몸의 균형을 유지하며 속도를 조절한다더군. 호랑이가 끝부분을 살짝 말아 올린 꼬리를 이리저리 흔드는 모습이 없다면 호랑이가 아무리 어슬렁거려도 볼품이 없겠지? 해를 맞는 영일(迎日)과 호랑이가 꼬리를 흔들어대는 호미(虎尾)곶! 동해 수평선 위로 솟아나는 해를 향해 포효하는 호랑이 모습이 절로 떠오르는 곳이 바로 호미곶이지."

귀철이 포항을 설명하면 할수록 학생들의 시선과 귀는 그에게로 집중했다.

"지리적인 조건으로서는 당연히 포항하면 영일만과 호미곶을 빼놓을 수 없겠지요. 거기다가 일제 강점기 때는 호미곶을 일본을 맞이하는 곳으로, 토끼 꼬리라고 부르던 걸 해방 이후에 호랑이 꼬리다라고 우리가 바꿨다는 것도 들었어요. 하지만 포항하면 뭐니 뭐니 해도 포스코 아닙니까?"

이번에는 귀철과는 한참 먼 거리에 앉은 학생이 소신 있는 발언을 했다.

"그럼, 그럼, 포항제철의 역사는 바로 한국 철강산업의 역사이기도 하지. 처음 제철소 건립을 위해 입지 후보지로 여러 곳이 거론되었지만 박태준 전 포스코 명예회장님은 영일만을 주목했었다는 거야. 그는 경남 양산 출신인데도 '바로 이곳이다!'고 직관한 이유는 迎日(영일) 하면 동해 바다에 아침 해를 맞이하는 곳이란 뜻으로, 해는 곧 불(火)이고 빛(光)이니까. 바로 호미곶은 호랑이 꼬리의 힘줄에 해당하는 지리적 의미와 동시에 호랑이 꼬리의 위세라고 봐도 무리는 아닐 거야. 신라 때 연오랑 세오녀 부부가 일본으로 건너가면서 제철기술도 전해줬다는 이야기가 사라지지 않는 한 전혀 상관없다고 못 할 거고, 거기다가 그들이 일본에서 왕과 왕비가 되었다는 전설까지 있으니, 포항종합제철소는 영일만의 역사적 운명이라고 볼 수도 있겠다 싶어."

"어머! 여기가 어디야?"

귀철의 말꼬리를 자른 어느 학생의 비명에 모두 놀라 두리번거리고 있을 때였다. 다시 그 학생이 다급한 목소리로 우리가 종점까지 왔어요! 라며 소리쳤다. 벌써 차는 왔던 방향으로 차 머리를 돌려서는 되돌아가는 중이었다. 이때 마침 귀철의 휴대전화기가 울었다. 사무국장의 전화였다. 하지만 놀란 학생들의 소요가 얼마나 심했으면 전화기를 켰지만 상대편의 말소리가 들리지 않았다. 귀철은 재빨리 지금의 상황을 알리는 메시지를 보냈다. 이런 상황에서 그나마 귀철에게 자리를 양보한 학생이 침착한 어조로 먼저 입을 열었다.

"그러고 보니 강철의 왕국 포항에 대한 호기심은 모두가 다 같나 봅니다."

"사실 우리는 상관없지만, 아저씨께서는 우리 때문에…?"

"오히려 내가 여러분들에게 폐를 끼쳐 어쩌죠?"

"우리는 등교 일이 아니라서 괜찮습니다! 걱정마십시오. 아저씨."

"그럼 됐습니다. 여러분! 감사합니다. 오늘 일은 평생에 잊지 못할 겁니다."

"우리도요!"

이때 귀철 바로 앞에 서 있던 남학생의 손에 쥐어있던 유인물이 바닥에 떨어졌다. 귀철은 즉시 유인물을 집어 올리다가 엇, 신가 보네?라고 웅얼거렸다.

"네, 청포도라는 십니다. 중학교 국어교과서에 나왔던 시였는데, 오늘 학교에 모여서 이 시에 대한 독후감을 적어가서 토론회를 갖기로 했답니다."

"그래? 나도 이 시를 좋아하는데, 아저씨가 포항에서 수십 년을 일했잖아요. 그러다 보니 이육사가 독립운동을 하다가 표적이 되자 몸을 피해 포항 사는 사촌형네에 숨어있을 때 청포도를 지었다는 설과, 애국청년들을 만나기 위해 몰래 포항에 잠입했다가 청포도를 지었다는 각각 다른 설이 있지만, 그게 중요한 게 아니라 아저씨가 다녀온 삼륜 포도원과 영일만을 보면서 느낀 것은 이육사의 시 '청포도'의 배경이 포항이었다는 사실은 부인할 수 없겠더라고요."

"어떤 이들은 이육사의 시 청포도를 광복과 상관없는 즉 민족적 차원이 아닌, 오로지 티 없이 맑은 세계에서 같이 지낼 님(그)을 그리워하는 순수 정서를 읊었다고 하든데, 아저씨께서는 어떻게 생각하시는지요?"

귀철에게 자리를 양보한 학생이 진심을 담아 물었다.

"일제 강점기 때 독립운동가 이자 저항 시인인 이육사의 본명은 원록(源綠)으로 옥살이만도 무려 17번이나 했을 정도면 애국자가 틀림없잖아요? 그렇다면 청포도가 내포하고 있는 광복을 향한 꿈을 그렸다는 사실은 확실하지 않을까? 특히 본명을 두고 형무소 수인 번호 264를 따서 이육사라는 필명으로 사용할 정도라면 당연히 일제의 압제에 항거함은 물론이고 광복을 염원하는 내용을 염두에 두지 않고 시를 썼다는 게 오히려 이상할 것 같은데? 사실 이육사 정도의 애국자라면 시인이 아니더라도 일제에 항거하는 시를 써야겠다는 사명감이 생기지 않았을까? 아무튼 이런 대단한 애국자들 덕분에 광복도 맞이할 수 있었다는 건 자명한데 말이지. 그러고 보면 이육사는 1940년 여름 항일 운동과 구금 생활에 지친 몸으로 이곳 포항에 잠입했을 때가 아마 칠월이 아니었을까…? 일제 강점기에 애국청년이라면 누구나 가질 수밖에 없었던 일제에 대한 저항심을, 포도송이처럼 푸른 영일만은 물론이고 떠 있는 돛단배를 보면서 우국 청년의 가슴은 당연히 희망하는 평화의 세계가 찾아온다고 믿고 싶었을 테지. 언젠가 찾아온다고 한 청포를 입은 손님, 즉 우리 조국의 고난을 해방시켜주는 한 구원자를 기다리는 간절한 심정이랄까. 하지만 광복 70년을 넘은 지금도 역시 마찬가지로 잘사는 새로운 세상을 바라고만 있다는 건 좀 아닌 것 같아서 나는 감히 이렇게 정리해 보고 싶네요. 우리는 지금 기다림이 아닌 이미 도래한 기다림의 완성을 책임지는 공간에 있어야 하지 않을까.라고. 손님을 기다리기 보다는 잃어버린 조국으로 인해 흩어졌던 민족들이, 조국의 광복을 맞아 고향집으로 찾아와 즐길 수 있도록 거대한 식탁을 준비해 놓을 수 있는 우리가 되었으면 하는데…? 또한 우리 민족의 혼까지도 말살시키려든 그들까지도 우리의 풍부한 식탁으로 초대할 수 있는 그날을 향해 끊임없이 영일만과 호미곶의 기운을 받은, 호랑이가 꼬리를 힘차게 흔들며 바다를 달려나가 붉게 솟는 태양을 움켜쥐려는 용기까지 겸한다면 금상첨화가 아닐까 싶어."

이때 미리 의논이라도 한 듯 와아! 하는 함성과 동시에 박수가 쏟아졌다.

"안 그래도 아직 해결되지 못한 부분들이 많지만, 그중에서도 특히 독도를 자기들 땅이라고 우기는 문제나 번한 정신대문제는 물론 어린 학생들의 교과서에까지 왜곡된 역사를 실으니 두 나라 간의 화해는 점점 더 멀어질 수밖에 없을 것 같아요. 이런 걸 종합해 보면 제국주의적 사고방식에서 벗어나지 못함은 물론이지만 아직도 우리를 자기들 속국으로 무시하는 근성으로 밖에 안 보인다니까요. 우리 역시 일제 강점기를 역사적인 사건으로만 외워서 알지 실제로 겪지 않았으니, 피부로 느껴지지는 않거든요. 그런데 요즘은 일본과의 실재적 분위기 탓인지, 일본에 대한 저항시인 이육사의 시가 우리 학생들 사이에서도 자꾸 거론되는 건 어쩔 수 없는 상대적 현상인가 봅니다."

이때 또 다른 한 학생이 매우 기발한 제안을 했다.

"친구들아! 아예 지금 이육사의 시 청포도를 함께 낭송하는 게 어떨까…?"

"그래? …환상이겠는 걸!"

그 제안이 나오자말자 연이어 찬성의 목소리가 점점 더 힘차게 터져 나왔다.

"그렇다면 다른 승객분들께 피해가 가지 않게 양해를 얻는 게…?"

고등학생들이라 분별없이 놀지는 않을 것으로 생각하면서도, 귀철이 노파심에서 건의를 했던 게, 생각 외로 몇 명 안 되는 일반 승객들이었지만 매우 긍정적인 반응이었다. 학생들은 일제히 좋습니다! 를 외치면서 환호했다. 대화의 주제가 공감대를 이루게 되자 곧바로 군중심리가 발동되면서 현실을 초월한 제재나 거부감 없이 행동의 일치는 급물살을 탔다.

"안 그래도 강 건너 저 동네만 생각하면 속이 찜찜했는데, 이왕이면 강 건너 동네까지 들리도록 큰소리로 낭송합시다!"

한 학생이 두 손바닥으로 스피커 모양을 만들어 입에 대고 외쳤다.

지하철 안은 동의한다는 승객들의 박수와 환호로 시끌벅적했다. 벌써 학생들은 자기들의 손에 쥐어있던 유인물을 승객들에게 배부하고 있었다. 잠시 침묵이 흘렀다. 우리 함께 청포도 시를 낭송합시다!라고 누가 침묵을 깼다.

청포도

내 고장 칠월은/청포도가 익어가는 시절/이 마을 전설이 주절이주절이 열리고/면데 하늘이 꿈꾸며 알알이 들어와 박혀

하늘 밑 푸른 바다가 가슴을 열고/ 흰 돛단배가 곱게 밀려서 오면/내가 바라는 손님은 고달픈 몸으로/ 청포(靑袍)를 입고 찾아온다고 했으니

내 그를 맞아 이 포도를 따먹으면/두 손은 함뿍 적셔도 좋으련/아이야 우리 식탁엔 은쟁반에/하이얀 모시 수건을 마련해두렴

감귀철은 대보중학교에서 행사가 끝나자마자, 무엇에 끌리듯 걷기대회 출발지를 향해 종종걸음을 쳤다. 포항에서도 특히 호미곶에 오면 예나 지금이나 매한가지로 가슴이 뛰기는 오늘도 마찬가지였다. 육지에 있는 상생의 손 조형물도 그냥 지나치지 못하지만, 바다 위에 우뚝 세워진 상생의 손을 보면 폐부 깊은 곳에서 새 희망이 용트림하듯 오감이 한꺼번에 꿈틀거린다. 귀철은 올렛길이 시작되는 조망대에 몸을 기댄 채 바닷속에 우뚝 서 있는 상생의 손에다가 시선을 박았다. 갈매기가 조형물 손가락 끝마다 앉아서 곡예를 하듯 몸의 균형을 조절하느라 가끔씩 날갯짓을 했다. 귀철은 아슬아슬한 놈들의 모습에 정신을 팔고

있을 때 갑자기 불청객이 등장하는 바람에 뒤를 돌아봤다.

"매제! 정말 혼자 가시기야!"

아내의 오빠 장윤식, 연애할 여가도 없이 성실했던 귀철에게 사랑스런 여동생을 소개시켜주었다. 그는 학생 군사 교육단(R.O.T.C.) 훈련을 받을 때 만났다. 그 후 대학졸업과 동시에 현역 학군단 장교로 2년간 현역 복무 중 김신조 사건으로 3개월 연장근무까지 하고, 전쟁 발발 시 재 징집한다는 뜻을 지닌 병력해제를 할 때도 함께한 질긴 인연이었다. 처남을 선두로 새 천년 기념관을 가득 메운 영남산악회 회원들이 호미 곶을 향해 밀려오고 있었다.

귀철은 순간 자신의 시야에 들어온 광경에 소스라쳤다. 그것은 곧바로 저 높은 백두산의 정기를 받은 거대한 호랑이들이 지금 막, 그 정상에서 점프하여 단번에 영일만의 호미곶까지 포효하며 뛰어내리는 환상에 사로잡혔기 때문이다. 만약 이것이 비록 현실이 아닌 환청이나 환상이라 해도 귀철은 절대로 놓치고 싶지 않았다. 곧바로 포항이 지닌 지리적으로나 인위적으로 불합리한 여건들마저 모조리 다 초월할 것 같은 생각으로 꽉꽉 채웠다. 이것이야말로 부인할 수 없는 실제적 풍광이었다고 엄중히 고백하리라 다짐하면서…

자화상

    황점선이 일과를 마치고 컴퓨터 앞에 앉은 시각은 밤 11시 55분이었다. 이미 사용 가능한 시간은 다 써버리고 잠자리에 들 시각이다. 하지만 자녀들과도 생활의 일부를 나눠야 한다는 일과를 놓치고 싶지 않다는 각오 역시 밤이 깊었다는 핑계로 건너뛰고 싶지 않았다.

    남편은 벌써 십수 년 전 유기농재배로 국민들 건강을 책임지겠다며 가족들의 반대도 무릅쓰고 과수를 심었다. 그 후 일곱 차례나 유기농 교육을 받고 실천하느라 죽을힘을 다했지만 화학비료와 농약으로 재배한 농산물에 비해 맛은 월등한데도 소비자의 눈에는 상품으로서의 가치가 적은 이유로 외면당해 왔다. 결국 철따라 심었던 과수 재배에 지친 남편은 상품 판매를 포기하고야 말았다. 화학비료와 화학농약을 사용하지 않자 여름 과일인 복숭아는 썩기도 하지만 벌레 때문에 사람 먹을 게 없었다. 상품 가치는 다소 떨어진다 해도 봄 과일과 가을 과일은 그나마 수확할 게 있었다.

    황점선이 올해는 밤과 대봉을 판매해 보자고 남편을 구슬렸다. 남편은 단번에 거절했다. 인체에 무해한 농산물을 제공하기 위해 아무리 노력해도 화학비료와 농약으로 지은 농산물의 겉보기가 기준인 것처럼 그 가치를 몰라주는 소비자들인데, 몽땅 버리는 한이 있더라도 더 이상 그들을 위해 고생하기 싫다는 것이었다. 그렇다면 인체에는 더 유익하다는 진가를 아는 소비자들이나 혹 이런 농산물인 줄도 모르고 싼 맛에 사 먹는 서민들을 위해서라도 이 귀한 과일을 소비시켜야 하지 않겠느냐고 종용했다. 과일 따기만 맡아주면 판매까지는 내가 하겠노라고 큰소리를 쳤다. 홍시가 된 대봉감과 밤은 사람들이 다니는 도로변에다가 셀프 판매장을 만들어 진열해 놓았다. 셀프계산대에는 유기농 과일이라는 표시와 대금통과 가격표, 성분까지 꼼꼼하게 적어두었다. 그 외 단단한 감을 선별한 다음 박스에 담아 저울에 달아 포장하여 승용차 짐칸은 물론이고 운전석만 빼고 뒷좌석 앞좌석까지 빼곡히 싣고는 가까운 청과물 경매시장에 실어내고 오면서 셀프 판매장도 정리했다.

　황점선이 집안으로 들어오자 고맙게도 남편은 시장해서 기다리다 식사를 했다며 혼자 먼저 먹어서 미안하다고 했다. 사실은 남편 식사 때문에 마음이 엄청 급했었다. 아니에요! 내가 더 고맙네요. 일을 덜어줘서요. 황점선은 남편의 말을 듣는 순간 무거운 짐 하나를 내려놓은 듯 혼신이 다 홀가분했다. 곧바로 욕실부터 들려 씻는 둥 마는 둥 식사와 설거지도 무엇에 쫓기듯 서둘러 마쳤다. 이미 파김치가 된 몸이라 의자 등받이에 상체를 맡겼지만, 어렵사리 내 시간을 얻었다는데 대한 감사와 여유로움에 앞서 피곤이 그녀의 의지를 단번에 뭉개버렸다. 곧바로 눈꺼풀이 감겼다. 어느 순간 허리가 결리는 바람에 앗! 하고 소리쳤다. 아마 자다가 깨어난 것 같았다. 이어서 몸 여기저기서 통증이 의식되고 의자에 앉기조차 힘들어 몸을 뒤척였다. 하지만 곧바로 습관처럼 오른손으로는 마우스를 작동하고 있었다.

화면이 열리자 곧바로 마중물교회 전경이 스트리밍(streaming)으로 전개되고 있었다. 넓은 주차장이 정면으로 다가오더니 뒤이은 건물에 밀려났다. 건물 위쪽에 파란 글씨로 마중물센터라고 쓰인 거대한 형체가 시선 앞으로 다가왔다가 서서히 왼쪽으로 밀려나더니 곧 십자가가 붙은 건물 앞뜰이 다가왔다. 여러 사람이 오가고 벤치에 앉아서 얘기를 하거나 어린이들이 뛰노는 모습에 취해 함께 즐거워하는 사람들도 보였다. 공간들마다에서 진행되는 다양한 모습들과 각 교육관에서는 모임의 특성에 맞는 활동이 한창이고 놀이터와 넓은 로비 벽에는 사진들이 즐비하게 전시되어있었다. 이어서 바둑판처럼 사면으로 우거진 숲속 중앙을 차지한 집들이 규모 있게 배치된 광활한 LA 시내가 한참 동안 밀려나고 다가오다가 어느 사이 산세가 매우 수려한 높은 등선에 도달했다.

"정말 아름답네!"

언제부터선가 컴퓨터 앞에 앉을 때마다 대하는 동영상이지만 감동과 감격의 부피는 조금도 줄어들지 않은 사실을 지금 순간에도 생생하게 경험하고 있었다. 안 그래도 성전건축이 거의 마무리되어 이사를 할 것이라는 소식은 익히 듣고 있었던 터였다. 어느 날 오후 황점선이 마트에서 카트 위로 식재료를 골라 담고 있을 때 아들한테서 카톡으로 전화가 왔다. 엄마, 우리 교회 이사했어요. 아들은 퍽이나 이성적이면서도 담담하게 보고를 했지만 순간 황점선의 어조에는 고조된 감정이 그대로 묻어나왔다. 그래! 그동안 모두 너무 고생했어! 축하한다!

그동안 마중물교회는 주일날만 되면 LA중고등학교를 빌려서 장년들의 예배는 강당에서 아침 7시 1부 예배를 시작으로 오후 6시에 5부가 끝난다. 그 시기에 남편이 단원으로 활동하는 장로합창단을 초청연주회까지 갖게 해 주었다. 그런 형편인데도 마중물교회가 얼마나 융숭한 대접을 했으면 합창단원들의 칭찬이 귀국 후에도 한참 동안 이어졌을까. 학생들과 청년들의 예배와 활동은 각각 교실을 활용하고 식당까지 가동했었다. 하지만 평일인 수요예배와 새벽기도회는 미국교회를 빌려서 사용했다. 황점선은 미국에 체류할 때면 교회서 음향 팀장으로 일하는 아들을 따라 다니기를 즐겨했다.

토요일 오후만 되면 외인 출입금지인 학교라도 유일하게 현준이만은 들어갈 수 있었다. 황점선은 아들을 따라 학교 출입을 허락받기 위해 여권까지 동원하는 번거로움도 전혀 귀찮지 않았다. 현준이는 토요일 3시만 되면 다음날 예배를 위해 학교 강당에다가 음향설비는 물론이고 구석구석 소리가 골고루 잘 들리는지를 꼼꼼하게 점검했다. 그러고도 주일날 1부 예배 전에는 혹 차질이 생기지 않았는지를 다시 점검한다. 그 일은 평일 미국교회에서도 마찬가지였다. 다행히 미국교회들은 새벽기도회와 수요기도회가 없어서 한인교회들이 이용하기에 안성맞춤이었다.

하루는 아들이 수요기도회를 마치고 오랫동안 성전 안 구석구석을 돌아다니면서 골고루 소리가 잘 들리는지를 점검하고 집으로 돌아오는 중이었다. 한국전쟁 후 미국원조를 받던 대한민국이 지금은 주는 나라가 되었지만, 그중에서도 한국기독교가 특히 미국에 미치는 영향력은 엄청난 것 같습니다. 그 첫째가 새벽기도인데 거의 대부분의 사람이 아메리칸드림을 꿈꾸며 고국을 떠나왔지만 언어도 문화도 다른 미국에서 뿌리를 내리기가 그리 만만치 않다는 걸 현지에 와서야 겨우 알게 되거든요. 그전까지는 미국에 오기만 하면 무조건 행복하게 잘 살리란 기대 때문에 어떤 이들의 말도 귀에 안 들어온답니다. 그러니 온갖 수단과 방법을 다 동원하여 막상 미국 땅을 밟게 되면 바로 그 순간부터 몸서리치는 외로움과 생활고로 자기와의 전쟁이 시작되는 겁니다. 하지만 되돌아가기도 쉽지 않으니 결국 이들은 고국이 그립기도 하고 또 살아남기 위해 정보를 입수하려면, 크리스천이든 아니든 한국인을 만나려 일단 한인교회를 찾아요. 그러다 보면 살아계신 하나님을 만나게 되고 결국 믿고 매달리게 돼요. 그래서 한인교회의 새벽기도는 국내보다 오히려 이민교회들이 기도의 열기가 더 뜨겁지 않을까 싶어요. 고국을 떠나보니 얼마나 내 나라가 소중하다는 걸 알게 되면서 지금 내가 살고 있는 미국에 대한 고마움과 일단은 내가 꿈을 이루기 위해서는 이곳 즉 미국에 대한 욕심이 생기면서 기도 역시 비례하게 되는 것 같아요. 그 옛날 신앙의 자유를 찾아 미 대륙에 정착한 청교도들의 투철한 하나님 제일주의의 정신이 점점 사라져가는 상황에서 유일하게 한인교회들이 새벽을 밝히고 기도의 제단을 쌓는다는 것은 주제넘은 말일지는 몰라도 미국을 지키는 원동력이 아닐까라는 생각까지 들어요. 창조주의 마음을 움직인다는 것 보다 더 위대한 일은 없으니까요. 황점선은 현준의 말을 듣는 내내 옳은 말 같아서 연방 고개를 끄덕거렸다.

"피곤할 텐데 지금까지 안 자고 뭐해요!"

남편이 잠옷 바람으로 욕실에서 나오더니 식탁에 놓인 마호병에 든 따뜻한 물을 컵에 따르면서 걱정을 했다.

"당신도 아직 안 잤어요?"

"벌써 한잠 잤지. 뭐요…? 마중물교회 또 보고 있었어?"

"아무리 봐도 자꾸 보고 싶어요. 볼수록 신명이 나요. 우리 아이들이 저런 훌륭한 교회에서 지구촌을 향해 꿈을 꿀 수 있다는 사실이 얼마나 흥분되는 일인데요. 물론 교인수가 수천 명 이상인 교회들이 비단 마중물교회뿐 아니고 LA 근교에만 해도 여러 개나 된다니요. 거기다가 작은 교회들은 더 많지만, 미국 전역에 분포되어있는 한인교회들은 부지기수겠지요. 사실 지금은 지구촌이라는 개념이지만, 세계 각국에 살고 있는 우리 교민들이 다 본국으로 돌아온다고 가정해 보면 아마 인구들이 사는 거주지만도 국토면적이 모자라지 않을까 싶네요. 그런데도 우리나라 부동산값이 천정부지인데, 그러고 보면 우리 교민들은 다 애국자가 틀림없어요. 하지만 그중에서도 고국을 위해 적극적으로 기도하는 교인들은 더 애국자겠지요?"

"당신이 긍정적이니까. 나도 덩달아 그러네."

"생각해 보니, 우리 현준이가 김영하 목사님을 만나지 않았다면 지금쯤은 어떻게 되었을까?"

"어떻게 되긴, 당연히 지금의 자리에 있겠지. 물론 LA에 계시는 외삼촌의 생각으로는 현준의 꿈을 이루도록 도와주시고 싶었지만, 김영하 목사님을 만나 방향전환을 했으니 서운하실 수도 있었겠지."

"그래도 한번 가정해 볼 수 있잖아요. 우리 현준이가 꾼 꿈대로 갈 길도 열려있었으니 곧바로 앞만 보고 갔으면 더 크게 성공하지 않았을까…?"

"도대체 당신이라는 사람, 무슨 생각을 하는 거요! 아들을 유학시켰다고 오로지 남이 안 하는 일을 우리만 했다고 착각하는 건 아니겠죠. 설마? 우리처럼 시골에 사는 사람들은 매우 드문 일일지 몰라도 교육

열이 높은 우리나라 학부모들로서는 극히 자연스럽게 이어지는 코스란 걸 기억해야 할 거요. 특히 근대는 지구촌이라고들 하잖아요. 이런 시대니만큼 외국 유학하는 건 대단한 게 아니고 어디서든 아주 평범하게 섞여서 살아갈 수 있는 자격을 갖췄다고 믿으면 되는 거라고요. 그만큼 우리나라 교육수준이 높다는 의미이기도 하지만 특히 국제어를 자유자재로 사용할 수 있으려면 그만큼의 노력 없이는 얻을 수 있는 것도 아니지요. 우리 현준이도 그가 가진 천부적인 신체적 요건에 따라 소질을 살릴 수 있은 것도 복이지만, 특히 우리나라 사람들이 가장 선호하는 미국에서 그 전문 직종에서도 가장 보람 있고 가치 있는 곳에서 일할 수 있다는 건 돈이 많고 적고를 떠나 아무나 가질 수 있는 특권이 아니라고 봐요. 그런데 어미란 자가 은근히 자식을 돈으로 가치 기준을 측정하려는 건 속물이 아니고서야 어떻게 그런 말을 입 밖으로 내놓을 수가 있단 말이요."

"하긴, 곰곰이 생각해 보니 성공의 기준이 뭔지 나도 정답을 모르겠네요? 히히힛! 그러고 보면 보스턴에 있는 현준이를 LA에 계신 오빠가 영화제작의 중심지인 할리우드가 있는 여기로 와야 한다면서 큰 영화제작사까지 알선해 놓고 불러 내린 것도 결과적으로는 김영하 목사님을 만나게 되는 과정이었네요. 그런데 참, 지금 막 생각난 건데, 김영하 목사님께서 우리 현준이를 어떻게 아시고 그 교회로 불렀을까요? 그 이유를 아직까지 모르고 있었네요?"

"궁금한 것도 많아서 좋겠슈다. 정 궁금하면 아드님한테 물어보셔요. 직접."

순간 예배실 전체가 둘의 시선 가까이로 다가왔다. 넓고 확 터인 전체공간에 빈틈없이 채운 수많은 의자에 앉은 사람들을 보는데 처음 볼 때와 마찬가지로 가슴이 벅찼다. 화면에는 앞 강단이 점점 시야 가까이로 다가오는 중이었다. 강단 바로 아래에는 성도들을 마주 보고 기타를 매고 선 남자를 중심으로 좌우에 여러 명의 남녀 청년이 찬양을 하고 있었다.

"당신 말 듣고 보니 모든 게 다 감사하네요."

"하긴 미국교계서도 인정하는 훌륭하신 김영하 목사님을 만나 교회 음악을 하게 된 게 얼마나 복인지 몰라요. 현준이가 원하던 영화음악을 했으면 촬영장을 따라다니느라 신앙생활도 제대로 못 했을 거요. 교회 일은 돈보다 봉사가 수반되어야 하는 일이긴 해도 주님의 일에 동참한다는 건 아주 귀하고 가치 있는 일이죠. 사실 교회서도 여러 음향세미나에 참석시켜 많이 키웠잖아요."

"맞아, 저 정도 교세라면 그 분야에서는 어디 내놓아도 뒤지지 않겠어요."

어느덧 화면에는 넓은 예배실을 가득 메운 성도들을 마주 보고 설교하는 장면이 클로즈업되었다. 순간 황점선이 외쳤다.

"김영하 목사님 나오셨어요!"

"김영하 목사님과 마중물교회를 보면 하나님께서는 불가능이 없으신 분임을 인정할 수밖에 없다니까. 대부분 교회에 다니는 분들이 한인들이지만 어디서 그렇게들 찾아오는지. 거기다가 웅장한 건물도 그렇지만 광활하기 그지없는 알짜 대지를 하나님께서 거저 주신 거나 다름이 없으니, 어쨌든 그분이 하시는 일은 사람의 두뇌로는 언감생심 상상이나 할 수 있겠어? 김영하 목사님께서 아무리 꿈이 있었어도 하나님께

96

서 미리 계획하신 바가 없었다면 그 어려운 기간들을 인내해 낼 수 있었을까 싶다니까? 하나님께서는 오래전부터 마중물교회를 설계하시고 거기에 필요한 요건들을 갖추기 위해 여러 정황을 전개하시고 걸맞은 사람들과 가장 적합한 환경을 순간순간 확보해 가시다가 여기까지 이르게 하신 거라고."

남편은 물을 마시면서 시선을 컴퓨터 화면에 꽂은 채 감격해했다.

"당연하죠. 하긴 며칠 전 김영하 목사님께서 심장 쪽에 수술을 하시고 지금은 댁에서 회복중이시라는데 주치의가 한 달 동안은 설교도 못하게 하고 절대적으로 안정을 취하라고 명령하셨답니다. 그런데 놀라운 사실은 목사님께서 1982년도에 미국으로 가신 후 처음으로 갖는 안식월이라네요. 그동안 저토록 마르신 분이 거의 40년 동안이나 줄기차게 뛰기만 했다는 거 아닙니까. 아무리 생각해도 인간의 한계로는 불가능한 일로 밖에 볼 수 없다니까요. 안식년은 고사하고 첫 안식월이라는 사실은 누가 들어도 하나님이 붙들어 주시지 않으셨다면 저런 체력으로 쉴 여가 없이 일하셨는데도 어떻게 지금까지 끄떡없었겠어요. 안 그래도 집안 형편이 어려운데 아버님까지 일찍 돌아가시고 어머님이 삯바느질로 집안을 책임지셨다니 가족들 건강 챙길 여가나 있었겠어요? 그러니 이번 수술은 하나님께서 보너스로 주신 안식이 틀림없어요."

"듣고 보니 그럴 수 있겠는데…?"

"그런데 나도 고백할 게 있어요."

"…?"

"당신이 아들을 어렵게 유학까지 시켰으니 돈을 많이 벌어야 한다고 요구할 줄 알았는데 그러지 않아서 참 존경스러운데요?"

"날 어떻게 보고! 욕심이 잉태하면 죄를 낳고 죄가 장성하여 사망을 낳는다는 말도 몰라요! 돈을 쫓다 보면 온갖 유혹이 다 와. 하지만 주님을 가까이함으로 양심대로 올곧게 살아갈 수 있다는 것만큼 귀한 건 없지. 그러니 주님을 위해 그 어렵게 공부한 걸 사용할 수 있다는 건 오히려 고마운 일인 거고."

"하긴 현준이가 황당한 꿈을 꾸는데도 온 가족이 군소리는 고사하고 전적으로 민 것부터가 신기했다니까."

현준이가 대학 2년을 마친 후 휴학계를 내고 입대를 했다. 그런데 전역 전 마지막 휴가를 오더니 이틀을 꼬박 잠만 잤다. 3일째 되는 날은 마침 주말이었고 큰딸 가족이 왔다. 큰딸은 가까운 해원시에 거주하는 시아버지 생신 행사에 참석하려고 서울에서 내려와 있었다.

이튿날 점심을 부랴부랴 먹은 황점선은 딸 가족에게 줄 농산물을 챙기기 시작했다. 하지만 남편은 그렇게도 예뻐하던 손녀도 마다하고 농번기 때 미뤄두었던 독서 삼매경에서 좀처럼 헤어나지 못한 채 부랴부랴 서재로 다시 향하는 게 아닌가. 사위는 서울까지 장거리 운행을 하려면 눈을 미리 좀 붙여야 한다며 경애가 결혼 전에 쓰던 방으로 들어갔다. 그때부터 현준은 3살배기 어린 조카의 눈높이에 맞추어 거실 바닥과 소파를 오가며 함께 뒹굴고 깔깔대는가 하면 기특하게도 목말까지 태워주고 있었다.

마침 설거지를 마친 경애가 손녀와 놀고 있는 현준에게 다가가면서 제대하면 한 달 정도 쉬다가 곧바로 복학하면 딱 맞겠네?라고 말을 걸었다. 현준은 누나의 말을 들은 척도 않다가 한참 후 동작을 멈추고는 겸연쩍은 표정으로 머리를 긁적거리자 경애가 왜?라며 놀란 표정으로 물었다. 복학을 안 했으면 한다고 했다. 황점선도 순간 너무 놀라 일손을 멈춘 채 멍하니 아들에게 시선을 꽂았다. 현준의 입술이 다시 굳게 닫히더니 쉽게 열리지 않았다. 참 답답하구나! 말을 꺼냈으면 마무리를 지어야지! 궁금하게. 결국 큰딸이 질책을 했다. 그냥 학교를 그만두겠다는 게 아니라… 현준이 겨우 말을 꺼냈지만 역시 여운을 남긴 채 입을 닫았다. 정말, 남자가 뭐가 그렇게 뜸을 드리니! 경애가 다시 동생이 입을 열도록 다그쳤다. 그때서야 황점선이 인내의 한계를 초월한 채 결국 둘의 대화에 끼어들었다. 현준이 너 그 말이 무슨 뜻이니!라며 거칠게 채근했다. 하지만 현준이는 애매모호한 미소만 입에 문 채 쉽게 실토하기를 꺼려하는 눈치였다.

황점선은 아들의 모습을 보다가 이러다가 대학 졸업도 못할 게 아닌가.라는 생각이 들자 가슴이 바싹바싹 타는 것 같았다. 특히 남자는 대학졸업장이 없으면 취직은 물론이고 장가보내기도 힘든 시대라는 걸 모를 리 없기 때문이다. 엄마하고 나한테까지 털어놓지 못할 이유라도 있는 거니?라는 큰딸의 어조에는 격한 감정이 그대로 묻어나왔다.

현준은 비로소 그럼, 라며 운을 뗐다. 일단 전공을 바꾸려고. 하지만 국내서는 학원 말고는 그걸 공부할 데가 딱히 있는 것 같지도 않아서 좀 고민이 되긴 하지만, 라며 머쓱하기는 여전했다. 아빠가 그렇게도 의대를 지망하라고 할 때도 넌 역사학 교수가 꿈이라며 우기더니 지금 와서 새삼스럽게 뭘 바꾸겠다는 건데! 갑자기 큰딸이 복장이 터진다는 투로 고성을 질렀다. 현준은 짧게 음향, 했다. 그러더니 전공을 바꾸려면 아무래도 대학은 포기해야 될 것 같다며 단호한 어조로 내심까지 스스럼없이 토해냈다.

아들이 군대에 있는 동안 어디서 누구에게 영향을 받았는지는 모르지만 대학을 포기하다니 황점선은 망연자실했다. 거기다가 국내 어느 대학에도 음향에 대한 전문교육을 받을 마땅한 데가 없다는 게 가장 문제였다. 하지만 현준이 대학을 졸업할 때쯤이면 그런 학과가 생길지도 아니면 마음이 바뀔지도 모를 일이었다. 하지만 지금으로서는 그 분야를 위해 해외로 유학을 간다는 것은 가정 형편상 불가능한 일이었다. 그런 와중에도 큰딸은 밀어 줄 수만 있다면 전망은 매우 밝은 분야라고 못내 아쉬움을 남겼다. 가까스로 급한 불은 끄고 봐야한다는 의견일치가 이루어진 데는, 무작정 학교를 자퇴하여 대학졸업장도 없으면 앞으로 아무것도 못하게 될 수 있으니 일단은 복학해서 졸업부터 하고 나서 다시 생각해 보자.라는 황점선의 말에 경애가 적극적으로 동의를 했다. 가족들의 적극적인 관심에도 현준이가 끝까지 대답을 피하는 걸로 보아 꿈이 확고한 것 같았다.

"당신 생각나요?"

"…?"

"현준이 전역하고 복학하라니까. 더 이상 하던 공부해봐야 별 의미가 없을 것 같다면서 헛일하느니 학업을 포기하겠다고 했을 때 일 말입니다…?"

"나는 그때만 해도 그러다가 말 거라고 생각했지."

"그런데 하필이면 새 학기 한 달 전에 전역을 했는데도 또 다시 복학을 하지 않겠다고 했을 때 당신이 했던 말도 그럼 기억나겠네요?"

"생각나는 건 당연하지, 유학은 엄두도 못 내니, 학교 말면 당연히 농사나 지어야지 별 수 있어? 그런데 당신은 현준이 저런 체력으로 무슨 농사냐고 야단이었잖아. 사실 대학 못 가는 학생들이 얼마나 많은데 배가 불러서 엉뚱한 생각하니 농사일하면서 고생해 봐야 되겠다고 생각했던 거지. 그런데 누나들이 동생을 위해 애쓰기 시작하니까. 부모가 밀어줘야 하지 않겠느냐고 자네가 우기지만 안 했어도 또 모르지."

"그것 보세요. 나한테도 선견지명이 있다니까요."

"선견지명까지랄 수야."

"아니지요? 나중에 알았잖아요. 이미 우리 현준이의 뛰어난 청각 기능은 음향을 전공하는데 가장 기본이 되는, 아주 미세한 소리까지 분별할 수 있는 신체조건까지 갖추고 있었다는 사실을요."

"아무튼 제 누나들 덕분이지만, 우리 현준이가 그 유명한 미국 버클리음대를 졸업할 줄이야…"

"사실 현준이는 큰누나 아니었으면 미국 유학이 가당키나 했겠어요? 물론 작은 누나도 옆에서 언니 하는 일에 적극 협조하느라 애먹었지. 그래도 작은딸이 언니의 의견을 존중해 주는 바람에 현준이가 꿈에만 그리던 미국 유학길에 올랐지만. 이건 어디까지나 공동작품이라고 해야 맞을 거요. 사실 어느 한 사람만으로 이룰 수 있는 작품이 아니었으니까. 창조주가 먼저 현준이에게 꿈을 주시고 누나들이 그 먼 미래를 볼 수 있는 시선을 갖고 뒤에서 민다고 엔간히 고생들 했지. 둘 다 결혼 초기라 자기들 살기도 어려운데 신랑들까지 처남 위해 협조하게 한다는 게 쉬운 일이 아니지. 방학 때마다 불러올려서 영어학원은 물론 집에서는 경애가 가르치면서 영어 실력을 쌓고 학교입학까지 큰딸이 직접 해냈다는 건 동생을 그만큼 신뢰했기 때문이기도 하지만 기대도 컸겠지. 아무튼 현준이는 평생 갚아도 누나들 은혜는 못 갚을 거야. 그때는 무료국제전화도 없었지만 국제 전화료가 좀 비쌌어요? 제 매형들도 신입들로 얇은 월급봉투에, 거기다 경애는 애기가 있어서 잘나가던 영어강사인데도 그만둬야 했으니까. 그런데도 친정 동생의 장래를 위해 누나들로써 최선을 다했으니, 그때 현준은 당연하게 여겼겠지만 이제 결혼해서 그런 과정을 겪어보면 누나들이 얼마나 고마운 존재인지 충분히 알겠지요?"

"아다마다, 다들 성공과 돈은 비례한다고 생각하는데, 누나들이 정성 드린 현준이가 갈고닦은 재능으로 자기 일보다 마중물교회를 더 중점적으로 섬기게 되었다는 건 선택된 일이라며 오히려 동생을 자랑스럽게 여기니 고맙지."

"하여간 현준이는 특별한 신의 은총을 입은 건 분명해. 전혀 불가능한 일이었음에도 모든 환경이 꼭 짜 맞춘 듯 필요적절한 시기에 준비된 길을 가면 되었으니까. 현준이 작은 누나 대학 친구의 가족들까지 때마침 미국 보스턴으로 이민을 갔다는 것도 우연으로 보기에는 좀 그래. 안 그랬다면 IMF로 가자마자 공부도 못하고 되돌아왔을 거야."

"사실 그분들이 물심양면으로 협조해 주었기 때문에 안 돌아오고 졸업까지 갈 수 있었던 거지."

그해의 그날, 얼마나 가슴 설레고 행복했던가. 먼눈팔 여유조차 없었던 성실한 삶의 보너스치고는 덩치가 지나치게 컸다. 엄마, 현준이 졸업식에 다녀오시라고 아빠 엄마 두 분 항공권 끊었어요. 큰딸 경애의 목소리가 전화기를 타고 귀청을 때리더니 까마득히 사라졌다. 그 잠깐의 순간에 뒤통수를 강타하며 지나간 그 자리에는 먹먹함이 자리를 잡았다. 도무지 꿈이나 동경의 대상에서도 제외될 수밖에 없을 것 같기만 해서 아예 미지의 세계에서만 존재가능하리라. 치부했던 그 불가능의 실체가 황점선 앞에 홀연히 날아와 하늘거리며 유혹하는 것이었다. 아, 하지만 황점선으로서는 수많은 세월 동안 쌓아왔던 불확실의 관념에서 선뜻 헤어나지 못했다. 아직도 먹먹한 상태에서 오감의 전율을 조심스럽게 절제하는 데에 신경을 곤두세웠다. 일단 귀청부터 의심한 채 그 소리의 정체를 지우려 도리질을 했다. 이때 동일한 내용으로 경애의 목소리가 전화기에서 또렷이 다시 들렸다.

"엄마! 듣고 계세요? 동생 졸업식 때 다녀오시라고 엄마 딸들이 비행기 표를 구입해 뒀으니 아빠 엄마 준비하시라고요…?"

황점선은 긴가민가했던 딸의 목소리가 재차 들리는 순간 가슴이 벅차오르면서도 뇌리로는 딸들의 생활이 걱정되었다. 그래도 고마움과 이 벅찬 환희까지 함께 엮어서 표현해야 한다는 생각이 들었지만 입이 열리지 않았다. 곧바로 마음을 가다듬고 흥분을 포장한 채 조심스럽게 입을 열었다.

"너무 무리했구나. 너희들도 어려운데, 그냥 환불하면 어떻겠니?"

"엄만, 무슨 말씀이세요! 원래부터 딸이 비행기 태워준다는 말도 있잖아요. 딴 생각마시고 다녀오세요. 그동안 고생하셨으니 여행도 하실 겸. 안 가시면 동생도 서운하죠. 아들 잘둔 덕에 미국 구경 하시는데 뭐."

그렇게 그해의 봄은 봄날처럼 화창하고 행복에 겨운 채 두 딸 가족의 배웅을 받고 비행기에 올랐다. 그때가 아들의 졸업식 일주일 전이었다. 미국 체류 기간과 비행기에서 보내는 날짜를 합쳐 총 15일 간이었다. 하지만 졸업식까지는 아들의 얼굴 보기도 어려웠다. 저녁시간에는 일식집에서 아르바이트를 했고 졸업 준비하느라 밤에도 사람들이 다 잠든 조용한 시간을 이용하여 녹음을 하러 학교에 가면 새벽녘에야 돌아왔다. 그때서야 남은 시간만큼이라도 눈을 붙이다가 황점선이 차려주는 아침밥도 먹는 둥 마는 둥 다시 학교로 갔다. 이런 아들의 생활을 보고서야 벽장에 있던 라면 박스를 떠올리며 한숨을 불어냈다. 라면으로 끼니를 때울 수밖에 없는 아들의 건강이 염려됐다. 웬 한국 라면이냐며 놀라는 황점선에게 한국 마켓에 가면 우리나라 것 없는 것 없습니다. 졸업식 마치면 엄마 아빠 모시고 한번 가죠. 했다. 사실 한국인 중에는 많은 사람이 일부러 미국 관광을 위해 여러 해를 준비한다고 들었다. 황점선은 아들이 한국 마켓에 간다던 약속은 물론이고 미국까지 와서 다른 지역은 고사하고 정작 같은 보스턴 시내도 관광 못 할 줄 누가 상상이나 했겠는가.

황점선은 아들이 없는 집안에서 음식을 만들고 청소를 하는 동안 낯선 환경에 쉽게 적응하지 못한 채 빈둥거리던 남편이 유일하게 할 수 있는 책 읽기에 차츰 빠져들어갔다. 황점선은 이미 한국에서 준비해 온 식재료들로 한국식 밑반찬과 요리와 간식을 만들어 아들의 룸메이트와 들락거리는 한국 학생들에게 제공하느라 시간 가는 줄 몰랐다. 거기다가 준비해간 한과를 챙겨주는 것도 잊지 않았다. 3일째부터는 본격적으로 집 안 청소에 돌입했다. 얼마나 닦지 않고 쓸지 않았으면 바닥에 깔려있던 카펫과 욕실 바닥은 물론 욕조까지 때가 덕지덕지 끼어 아예 색깔 자체가 변색되었다. 카펫도 끼어 있는 먼지와 때로 인해 제 형체와 색깔을 잃고 있었다. 마른걸레로 힘껏 문지르기도 하고 사용하지 않는

칫솔로 카펫 사이사이를 일일이 긁어서 발생한 부스러기들은 진공청소기로 치웠다. 이 일은 이틀 동안 계속되었다. 혹 남아있는 먼지나 머리카락은 테이프로 찍어냈다.

거기다가 짙은 회색 욕조도 지나치게 우중충해서 욕실에 들릴 때마다 혹시나 하고 손가락과 수세미로 문질렀지만 아무런 변화가 없자 미국에는 이런 색깔도 있구나. 하고 지나쳤지만 욕실에 들릴 때마다 찜찜하기는 마찬가지였다. 한 번은 손가락에 비누를 묻혀서 문질렀다가 다음은 수세미에 비누를 묻혔고 그 다음은 세제를 묻혔다. 또 뜨거운 물로도 씻어보았다. 역시 변함없기가 마찬가지라 비로소 미국인들의 취향인가 보다. 미국인들은 참 희한한 색깔도 좋아하구나. 했다. 그러나 의아심이 사그라지기는커녕 욕실에 들어서면 먼저 그놈의 욕조 색깔이 눈에 들어와 마음이 편치 않았다. 샤워를 할 때도 역시 처음 느꼈던 그 알쏭달쏭한 기분에서 자유롭지 못하자 식초와 소다를 희석하고 그것도 모자라 거친 수세미에 세제까지 묻혀 한곳을 집중적으로 있는 힘을 다해 박박 문지르자 드디어 원래의 흰색이 불거졌다.

비로소 아들의 유학 생활은 시간과의 피 나는 싸움이었다는 사실을 깨닫는 순간 눈시울이 젖었다. 이렇게 지나기를 일주일, 졸업식 날은 이럭저럭, 그 다음날 현준은 긴장이 풀리는지 일어날 기미를 보이지 않자, 황점선은 밥을 먹고 다시 자는 한이 있더라도 아들을 잠에서 깨워야 한다고 했고, 남편은 이럴 때는 밥보다 잠이 더 보약이라고 했다. 그래서 끝내 아들이 좋아하는 찰밥과 명태 전을 부쳐놓고도 먹이지 못하자 어깨에 힘이 쏙 빠졌다. 이럭저럭 죽여 없애버린 시간들과 남은 시간을 헤아려 보다가 출국 날짜가 의식되는 순간 왈칵 눈물이 치솟았다.

결국 관광을 하면서 회포를 풀리란 사실에 시름을 달랬다.

관광코스로는 뉴욕 맨해튼을 비롯하여 엠파이어스테이트빌딩 그 외도 자유의 여신상을 꼭 관람하리라. 하지만 첫째는 당연히 아들이 보스턴에서 공부하는 동안 가장 가고 싶어했다든 메이플라워호가 있는 플리머스였다. 오늘날의 화려한 미대륙의 조상인 네덜란드에서 거주하던 청교도(퓨리턴)들이 신앙의 박해를 피해, 가족들과 함께 102명이 1620년 8월 4일 포도주 운반에 이용되던 두 척의 범선을 타고 영국의 항구도시 플리머스항을 떠나게 된다. 하지만 항해 중 스피드웰호가 고장 나 메이플라워호에 합승하여 도착한 곳이 그해 12월 11일 미국의 북동부 매사추세츠 이름 없는 항구였다. 그들은 이곳의 출발지인 플리머스로 이름을 지었으며 이듬해 4월 5일에 런던으로 돌려보냈던 메이플러워호를 먼 훗날 이곳으로 다시 가져와 '문화재'로 보관하게 되었다.

아들은 한국 유학생치고 거의가 다녀온 거기에 갈 여유가 없었다고 했다. 현준은 아빠 엄마와 같이 갈 기회가 올 줄은 몰랐다면서 친구들과 안 가기를 잘했다며 어린아이처럼 얼마나 좋아했던가. 하지만 바로 그날 늦잠에서 깨어난 아들은 미안함이 역력한 표정으로 겨우 운을 뗐다. 엄마, 미안해요. 모시고 다녀야 하는데…? 왜? 황점선이 무슨 일인가 하고 되물었다. 하필이면 인턴사원 인터뷰가 오늘이라서…, 현준은 매우 낙담하는 표정이었지만, 황점선이 너무 반가워 안심을 시키려는데 남편이 먼저 이런, 경사가! 했다. 황점선은 걱정 말고 다녀와. 오늘만 날인가. 하자, 아직은 몰라요. 여기는 LA하고 달라서 우리 쪽 시장이 좁아요. 했던 현준이 귀가 때는 사색이 되어 돌아왔다. 황점선은 아무래도 결과가 좋지 않나보다며 걱정이 앞섰다. 그런데 이튿날부터 출근을 하란다는 것이었다. 일단 아빠 엄마께 미안하기도 하지만 저도 아직 보스턴도 잘 몰라요. 그래서 관광 좀 하려했는데… 라며 아쉬워했다. 그러면서 두 분을 또 집에만 계시게 해서 정말 죄송해요? 라더니 황점 선에게 다가와 손을 맞잡고는 자기 얼굴 여기저기에다 문질렀다. 남편 은 아들 가까이로 다가와 앉더니 우리 현준이는 관광보다 훨씬 더 좋 은 최상의 것으로 우리에게 효도했어. 정말 장하다! 내 아들, 라며 등 을 토닥거렸다. 이날 황점선은 솜씨란 솜씨는 다 발휘하여, 현준의 졸 업식에 뉴욕에서 일부러 참석한 회계사로 일하는 작은 딸의 친구와 아 들의 남녀친구들 그리고 룸메이트의 친구들까지 불러서 파티를 열었다.

황점선과 남편은 귀국 전 주일 낮 예배 후에 아들을 따라 매사추세 츠 주 보스턴과 바로 연결된 캠브리지에 있는 미국 최고의 명문대학인 그 유명한 하버드대학교를 관광했다. 하버드대학교는 영국식민지로 있 을 당시 미국에서 최초로 설립된 대학으로써 성직자 양성이 목적이었 다고 한다. 재산의 절반과 책 400권을 기증한 존 하버드의 뜻을 기리 기 위해 교명을 하버드로 부르게 되었다는 하버드대학교, 교정에 세워 진 존 하버드의 동상을 배경으로 사진 촬영까지 하자 황점선은 미국을 다 관광한 듯 여한이 없었다.

황점선은 카톡으로 현준에게 전화를 걸었다. 간만에 즉시 전화를 받 았다. 아들은 전화를 받자마자 엄마, 용건만 간단히 말씀해 주세요. 안 그래도 지금 막 일을 시작하려든 참이었습니다. 순간 황점선이 서운한 생각이 들려고 할 때 상대방의 마음을 즉시 꿰뚫은 듯 현준의 침착한 목소리가 다시 들려왔다. 이 불효 녀석이 울 엄말 또 속상하게 했네요!

그래도 할 수 없답니다. 지금은 좀 바빠요. 오늘은 다른 교회에서 음향 점검 중인데다가 음향강의까지 하려면 바지런을 떨어야 하거든요. 그러니 급한 일 아니면 집에 가서 전화하면 안 되겠느냐는 것이다. 그래 알았다. 하지만 이 말은 기억날 때 꼭 해야겠구나. 작은 누나 친구가 네 졸업식장까지 와서 축하해 줬잖아, 결혼하여 뉴욕에 산다며? 전화라도 자주 해야지! 그리고 그의 부모님들께도⋯라고 하자 현준이가 껄껄대면서 엄만, 또 그 말씀이세요! 아무튼 울 엄만 알아줘야 한다니까. 알았습니다. 네, 네, 나중에 다시 전화 드리겠습니다. 전화 끊습니다!라는 말도 채 끝나기 전에 이미 전화기는 먹통이 되어있었다.

화면에는 여전히 스트리밍을 통해 마중물교회 전경이 펼쳐졌다. 곧 넓고 넓은 주차장이 끝없이 이어지고 있었다. 준비된 그릇만큼 채워준다. 라고 하던 말이 떠올랐다. 마중물교회로 인해 구원 얻을 자들이 저토록 많단 말인가. 불현듯 황점선의 시야에 김영하 목사가 주차장 한가운데 서서 인자한 미소를 짓는 모습이 들어왔다. 그 옆에는 아들 가족들이 정답게 손을 잡고 활짝 웃으며 꼬리에 꼬리를 물고 주차장으로 진입하는 차량들을 마주 보면서 고개를 숙여 공손히 경례를 하고 있었다.

골격

벌써 추석 명절이 내일모레로 다가왔군! 그녀는 진공청소기를 돌리다 말고 켜있던 TV 화면을 보면서 웅얼거렸다. 오늘도 역시 뉴스진행자는 민족대이동 시 필수인 교통대란을 우려해, 귀성길과 역귀성 길에서 지켜야 할 예방수칙을 예고하느라 열을 올리고 있었다. 마침 잠시 귀국한 큰딸과 명절 장을 보기 위해 시장에 가기로 했던 게 기억난 그녀는 주방으로 달려가 뒷설거지를 서둘렀다. 마침 욕실에서 샤워를 마친 큰딸이 젖은 머리를 타월로 닦으면서 나왔다.

"참, 엄마, 외할머님 추도일이 언제라고 했어요?"

"추석 5일 후야."

"이번에는 외삼촌, 외숙모님들 찾아뵙지 않아도, 한목 인사하면 되겠네요?"

"그럼."

"그리고 보니 외할머님 추도식에 처음 참석하는 거네? 그동안 우리 할머님 많이 서운하셨겠네요. 그지? 엄마."

"외할머님께서 살아계셨으면 너희들은 엄마 아빠처럼 사람 살 곳도 못 되는 데서가 아니고, 서울도 아니고 미국에 산다며 엄청 좋아하셨을 거야."

"틀림없이 그러셨을 거예요. 할머님께서는 우리가 얼마나 안쓰러웠으면 어린 너희들이 무슨 죄가 있니, 참 고생이 많다. 부모를 잘못 만난 탓에…, 하시면서 주일만 지나고 나면 곧바로 또 달려오셔서는 이것저것 만들어 주셨거든요. 그리고도 아빠 엄마가 농사지은 것들을 가까운 5일 장날이면 아빠에게 경운기로 운반해 달라고 사정사정하셔서는 하루 종일 땡볕에 앉아서 파셨다니까요. 농사는 짓는 것보다 파는 게 더 중요하다시면서, 아무리 농사를 잘 지으면 뭐하니? 팔아서 돈을 만드는 게 농사짓는 목적이고 보람이지. 그래야 너희들 공부도 시키고…,라고 하셨어요. 그래서 나도 호기심에서 할머님 따라가서 팔곤 했는데… 물론 할머님께서는 내가 따라가겠다고 하자 못 오게 하셨어요. 그래도 따라나서자 끝까지는 반대하시지 않더라고요. 처음 한 번 가보니 너무 재미있는 거야. 그런데 내가 가면 할머님은 나 보고 꼭 돈을 받으라고 하셨어. 그러다 보니 거스름돈이 필요하더라고, 그래서 잔돈을 모으기도 하고. 아무튼 그 재미로 학교 입학하기 전까지는 멋도 모르면서 장날만 되면 내가 미리 할머님께 조르곤 했지. 참, 그때 생각하면 좋은 추억이네…?"

"할머님은 너 보고 따라오지 말라 하셔도 마음속으로는 네가 같이 가면 힘이 되셨던 거라고. 그것은 너보고 돈을 받으라고 하신 걸 보면 그래. 사실 사람은 돈이 모이면 재미가 나거든, 할머님께서는 벌써 그걸 알고 계셨든 거야."

"그러고 보니, 그러네? 할머님은 날 위하는 척하시면서 내가 따라가지 않을 수 없게 만드셨구나…? 진짜 우리 할머님 머리가 보통 분이 아니시네. 하긴 그게 다 하나님께서 주시는 지혜였을 거예요. 하나님 섬기시는 게 우리에게 귀감이 되셨으니까. 주일날 하루 보내시려고 외가로 가셨다가 월요일 날 다시 오시면 너무 번거로우시니 그냥 우리 교회 같이 가시면 안 돼요?라고 하면 주일날은 어떤 일이 있어도 본 교회에 가서 내 자리를 지켜야지. 라시며 토요일이면 미리 먹을 것 잔뜩 해 놓으시고 하시는 말씀이 농사는 하루 정도 안 돌봐도 되지만 짐승들 돌보는 일은 쉴 수가 없으니…, 라시며 바쁜 딸의 짐을 들어주려고 얼마나 애썼던지 엄만 모르시죠? 그래서 할머님은 토요일만 되면 종종걸음을 쳤어요. 막차를 놓치지 말아야 하셨으니까."

"사실 할머님께서는 나 때문에 엄청 자존심 상하는 일을 겪으셨거든. 그러니 할머님은 우리가 빨리 성공했으면 싶어서 힘드신 데도 열심히 우리를 도우셨던 거야."

어머니가 같은 마을에 사는 아저씨와 함께 온 적이 있었다. 그녀가 결혼한 지 2년이 지난 어느 초여름이었다. 아저씨는 어머니에게 사위가 젖소를 사육한다니 꼭 한번 견학을 하고 싶다며 하도 조르기에 시간을 냈다고 했다. 아직은 한국 농가로서는 생소한 업종이기도 하고 특히 전망 있는 고소득품목인 만큼 앞서가는 젊은이들의 농업현장이 궁금하다며 간곡히 부탁했다는 것이다. 그녀는 남편이 외출하자 젖소를 운동장으로 몰아내고 축사 청소를 하던 중이었다. 그녀는 아저씨를 방으로 안내했다. 아저씨는 그녀가 반가워하는 것과는 달리 시무룩한 채 건물 안으로 들어서더니 사방을 두리번거리며 축사 안까지 둘러보았다. 사실은 방이라지만 주택이 따로 있는 것도 아니고, 출입문으로 들어서면 앞쪽은 사람이 사는 방과 부엌이 있고, 뒤쪽은 젖소를 사육하는 축사였다. 물론 젖소들이 들락거리는 출입문은 반대쪽에 따로 있었다.

그날까지 그녀나 남편은 한 번도 이런 건물구조에 대해 잘못되었다고 생각한 적이 없었다. 오히려 외딴 곳이라 한 건물 안에 가축이라도 있어서, 의외로 훈기를 느끼면서 외로운 줄도 몰랐다. 뿐만 아니고 이런 환경 때문에 젖소들을 돌보는데도 시간도 절약되고 훨씬 수월해서 전혀 불편함을 모르고 살았다. 물론 수입을 내기 위해 사육하는 가축이지만 갈수록 서로 교감까지 나누는 반려동물이나 진배없었다.

2년 전 그녀가 결혼 날짜를 잡은 그 이튿날이었다. 해거름이 되어 밭에서 김을 매고 돌아오는 어머니를 따라오면서 아저씨는 열변을 토하고 있었다. 걸레로 마루를 닦고 있던 그녀는 어머니의 손에 들린 호미와 푸성귀가 담긴 바구니를 받으려 달려갔다. 그녀를 보자 어머니는 다음 주자에게 바통을 넘겨주듯, 자네가 직접 내 딸에게 말해 보게나. 나는 더 이상 할 말이 없네! 했다. 아저씨는 어머니의 말을 듣자마자 재빠르게 마루에 걸터앉더니, 그녀더러 지금이라도 파혼하고 자기가 소개하는 총각과 잘해 보라는 것이다. 그래야 너도 편하게 살고 어머니에게는 효도한다고 단언했다. 총각은 대학을 졸업하고 취직을 하려다가 이왕지사 아버지가 운영하는 영화관을 물려받아야 하기 때문에, 처음부터 영화관 경영을 배우는 중이니 이런 횡재를 마다하고 왜 하필이면 쥐뿔도 없는 농사꾼이냐! 부모한테 물려받은 게 있어도 농사는 고생인데, 굳이 보장된 길을 두고 고생길이 훤한 그것도 빚으로 시작하는 농사꾼을 선택하는 건 절대로 정상적인 사람의 짓이 아니라고 했다. 만약 네 어머니가 이 결혼 안 말리면 불구덩이에 들어가는 딸을 구경만 하는 거나 같다는 악담까지 스스럼없이 내뱉었다. 그러다가도 금방 어조를 바꾸어 농사를 만만히 보다가 낭패 보기 십상이니, 부잣집에 시집가서 호강하는 게 낫지 않느냐. 여자는 시집을 누구에게 가느냐에 따라서 귀한 신분일 수도 아니면 천한 신분으로 그 위치가 하늘과 땅 사이처럼 달라진다는 말까지 하면서 그녀의 마음을 돌리려 애썼다.

그때 어머니는 이렇게 말했다. 나는 내 딸의 의견을 존중하고 싶다. 수많은 사람 중에 남은 여생을 함께할 동반자를 선택하는 일은 본인의 고유권한이기 때문이라고 생각한다. 사람은 누구나 서로 마음과 생각이 통할 수 있어야 이 힘든 세상을 헤치고 나갈 것이라고 믿는다. 거기다가 가세가 기울어 누구에게 손 벌리기도 어려운 내 형편에 맞기도 하고, 그러니 이제 그만 하시게. 내 딸의 마음도 절대로 변하지 않을 것 같고.라고 하자 아저씨는 화가 머리끝까지 난 모양이었다. 말이 나왔으니 말이지만, 저쪽에서 자기들 수준에 맞게 해 오라고 한 것도 아닌데 무슨 놈의 형편 타령입니까. 내 원 답답하군. 오히려 이쪽 사정 생각해서 시집올 때 집안 어른들 예단해 올 돈까지 마련해 준다고까지 했다고 몇 번이고 말했는데도 그 말은 어디로 들었습니까. 설사 내가 말하는 자리가 그쪽 보다 하나라도 기울면 또 몰라. 단지 총각이 예수쟁이 아니라는 것이 이유가 돼? 그래 알았어. 네가 믿는 예수가 밥 먹여주나? 어디 한번 보자구나! 저쪽에서도 헌법에 보장된 신앙의 자유를 가족이 말릴 정도로 무식하지 않다고 안심하라고까지 했으면 엔간히 양보했잖아! 그리고 툭 까놓고 하는 말이지만, 여자가 마음에 들면 예배당엔들 안 따라갈 남자가 어디 있냐고. 그런데 뭐가 그렇게 네가 대단하다고 버텨? 버티기를! 내 이 말까지는 안 하려고 했는데…, 사실 너는 아버지가 있니? 거기다가 네 오빠들에게 갈라붙이고 이제 겨우 손바닥만 한 밭뙈기와 이 촌집 달랑 하나 남았는데도 넌 그렇게도 생각이 없니?

너나 네 엄마에게 어떤 게 덕이 될지도 모르고 굴러들어온 복을 차니?
참 한심하구나. 나는 널 생각해서 저쪽 집에 너와 너희 집에 대해 좋은
점만 말했는데, 내 성의도 모르고. 엄마라는 사람도 그렇고, 그래 좋아
한 번 가서 살아봐. 얼마나 잘 사나 내 눈으로 똑똑히 볼 거다! 했다.

  아저씨의 행동이 얼마나 껄끄러웠으면 지금까지 잊고 살았던 그때의
기억이 되살아났겠는가. 하지만 그녀는 그 기억 앞에서도 전혀 주눅 들
거나 자존감이 손상되지 않았다. 지금의 남편과 결혼하기로 결심한 데
는 진정한 크리스천이라는 결혼 첫째 요건이 성립되기도 했지만, 아직
도 국민의 무관심 속에 방치된 무수한 자원이 존재하는 한국농촌에다
가 뼈를 묻겠다던 남편의 뜻에 동의한 것이 가장 큰 비중을 차지했기
때문이다. 그녀는 대부분의 사람이 가지는 행복의 기준인, 비교의식으
로 불행을 자초할 정도로 빈약한 가치관에 사로잡혀 있지도 않았다. 아
저씨에게 친절을 베푸는 행위마저, 자신의 선택에 대한 확신과 책임감
으로 꽉 채워진 마음에는 그 어떤 것도 끼어들 틈이 없었다. 하지만 아
저씨는 자신의 자존심을 뭉개 버린 그녀의 삶이 후회로 전철되기를 손
꼽아 기다렸는지도 모를 일이었다. 하지만 어머니로서는, 그나마 절망
하거나 꿈을 잃지 않고 한 걸음씩 전진하는 딸과 사위의 모습이 너무나
예쁘고 기특해서 보통 부모들의 마음같이 칭찬으로 일관했을 것이었
다. 거기에 반해 아저씨는 불행의 요소들을 확인하기 위해서라도 현장
답사가 필요했을 것이다. 설령 어머니가 그녀의 결혼생활을 자랑했다고
해도, 그것은 아저씨의 가치관과는 다를 것이다. 단지 어머니는 딸과 사
위가 꿈을 포기하지 않고 한 걸음 한 걸음 밟아가는 단계별 성과에 대
한 안도의 한숨에 가까운 표현에 불과했을 것이기 때문이다.

그녀와 어머니의 친절에도 아저씨는 본성답잖게 침묵을 유지한 채, 끝내는 아예 차 한 잔 대접할 기회도 주지 않은 채 시종일관 여기저기로 어슬렁거리다가 마지막으로 운동장에서 쉬고 있던 젖소에게로 갔다. 그녀는 아저씨가 젖소를 구경할 동안 마실 거라도 준비하느라 부산을 떨었다.

그해 수확한 감자를 안치고 우유는 중탕해 놓고는 바깥에 놓인 평상도 닦았다. 어머니도 아저씨가 싫어하는 방보다 평상이 낫겠다고 했다. 그 당시만 해도 우유가 대중화되지 못한 때라 특히 서민들은 우유를 맛볼 기회가 없었다. 어머니는 이런 상황을 잘 알기 때문에 당연히 아저씨도 귀한 손님으로 특별히 우유를 대접한다는 걸 알아주리라 기대하면서 정중하게 평상에 앉기를 권했다. 그런데 중년에 겨우 접어든 아저씨는 그녀 어머니의 성의도 무시한 채 청천벽력과도 같은 말을 따발총 쏘듯 쏟아냈다. 아무래도 내가 말해주지 않으면 평생 자기 주제도 모를 것 같아서…, 라며 운을 뗀 아저씨가 드디어 입을 열었다.

말자 네가 내 여동생 같아서 말해주니까 새겨들어! 맹인도 아니고 그렇다고 아직 젊은이의 코가 막혀서 냄새를 맡지 못할 리도 만무할 텐데…? 돼지우리가 여기보다는 훨씬 나을 거란 생각은 안 해 봤니? 여기도 사람 사는 데냐! 사람이면 여기서 목구멍으로 뭘 넘긴다고 넘어가겠어? 나는 네 어머니가 하도 자랑을 하시기에 정말인가 싶었지, 역시 내 예상은 빗나가지 않았어.라더니 침을 퉤퉤 연거푸 뱉고는 간다온다는 인사도 없이 휑하니 가버렸다.

그로부터 반 시간 정도가 흘렀을까. 어머니가 먼저 입을 열더니 그녀에게 용서를 빌었다. 부모의 도리를 상실한 엄마니까. 용서 받기를 바라지는 않는다. 하지만 내가 솔직하게 용서를 구할 수 있는 기회를 얻어서 다행스럽구나. 아저씨를 원망하지 말거라. 아저씨 때문에 늦게나마 나 자신을 알 수 있어서 천만다행이다. 그때 내가 끝까지 네 결혼을 반대하던지, 아니면 너희들이 최소한의 살림이라도 갖춰 살도록 빚을 내서라도 준비를 해 줬어야 맞았어.라더니 목이 멘 채로 눈물을 훔친 후 다시 말을 이었다. 사실 너한테 못 할 짓을 했어. 김 서방이 아무 것도 서로 주고받지 말자고 하는 바람에 단지 내 어려운 형편만 생각했지, 내 딸이 시집가서 어떻게 살지에 대해서는 걱정도 안 했어. 정말, 미안하다! 내 딸 말자야, 라며 고개를 숙인 채 치마폭로 눈물을 닦았다.

그때 그녀는 어머니에게 이렇게 말했다. 엄마, 걱정 마세요. 복의 근원은 하나님이라는 걸 다 알잖아요. 그러니 두고 보세요. 길고 짧은 건 원래 맞춰봐야 안다고 했잖아요. 아직은 몰라요. 끝까지 살아보고 나서 대봐야 하거든요. 그러니 절대로 기죽지 마세요. 옛말에 언덕은 내려다봐도 사람은 내려다보면 안 된다고 했어요. 저 나름 분명한 복안이 있답니다. 사람은 한계가 있지만 창조주는 한계가 없는 분이십니다. 사람의 지혜로움보다 하나님의 미련함이 더 낫다고 했거든요. 전 그 사실을 믿어요. 그것은 천지를 창조하신 사실과 지금도 우주를 주관하고 있기 때문이랍니다. 그때서야 어머니는 긴 한숨을 휴! 하고 내쉬더니 내 딸이라서가 아니라 이토록 생각이 반듯한 널 안 도와주면 천지를 창조한 신이 아니지!라며 드디어 무거운 짐을 내려놓은 사람처럼 평상에 몸을 쭉 펴고 누었다.

"외할머님이 좀 더 오래 사셨으면 서울만 아니고 미국 구경도 시켜 드렸을 건데, 그거 생각하면 지금도 아쉬워요."

"하긴, 외할머님께서 너희 어릴 때 하신 걸 생각하면 많이 아쉽지. 그래도 그렇게 후손들을 아끼고 성장을 돕고자 하는 마음을 가진 조상들이 있었으니까. 너희들이 세계로 뻗어 나가는데 필요한 원동력이 되지 않았나 싶어."

"맞아! 할머님의 그 아름다운 마음 씀씀이는 우리에게 얼마나 큰 힘이 되었는지 몰라요. 늘 부족함이 없이 우리에게 꽉 찬 느낌으로 살게 하셨어요. 엄마 얘기 듣고 보니 할머님의 그 따뜻하고 후손들이 잘 자라기를 바라시면서 헌신하신 그것이 얼마나 소중했던가를 이제야 깨달았네요. 엄마는 항상 일에 묻혀 사시니, 맛난 것 해 주시는 외할머님 오시기만 기다렸죠. 그래서 말입니다. 엄마, 이번 외할머님 추도식에는 저가 밥 살게요."

"네가 밥 사면, 나는 아무것도 안 해가도 되겠구나?"

"당연하지요, 엄마 연세에 뭘 하시려고요?"

"언젠가부터 추도식 마치면 식당에서 식사만 하니까. 뭔지 모르게 자꾸 서운한 생각이 남아서 약간의 간식이라도 해야 직성이 풀렸거든."

"엄만, 연세를 생각하셔야지요. 이제는 돈으로 해결하는 것 말고는 절대로 일거리 만들지 마세요. 건강이 최고니까요."

딸은 외출준비를 다 마치자 방안 벽에 걸어두었던 차 키를 호주머니에 넣더니 현관문을 나섰다. 그녀는 이미 챙겨두었던 시장 가방을 들고 딸의 뒤를 따르면서도 말은 끊지 않았다.

"그래도 1년에 겨우 한 번 모이는 행산데 밥만 먹고 헤어질 수는 없지. 처음 몇 년은 외숙모님이 외할머님 좋아하시던 걸로 이것저것 준비하셨어. 그때는 많이들 모였지. 재미도 있었고. 그런데 해가 거듭될수록 먹는 것부터 줄어들더니, 모이는 수도 줄어들더라고. 결국에는 추도 식 마치고 나면 식당에 가서 간단하게 밥만 먹고 헤어지는 거야. 그러니 뭔가 채워지지 않은 느낌이 들면서 서운하더라고. 그래서 내라도 간식을 준비하자고 생각했지. 설령 밥 먹고 나면 배가 불러서 먹지 못한다 해도, 남으면 나눠서 싸가기도 하고, 별것 아니라도 이런 것이 사람 사는 맛이기도 하지만 정을 더 돈독하게도 하니까. 네 할머님께서도 그런 걸 엄청 좋아하셨으니까. 그리고 음식은 사람들이 모이는 데는 활력소가 되기도 해. 그런데 점점 그런 게 없어지니 너무 살벌한 느낌도 들고, 참 사람 마음이 간사한가 봐. 별것 아니라도 남의 집에서 챙겨주면 얼마나 기분 좋은데? 그래서 좀 귀찮아도 형제들이 모여서 즐거운 시간을 보낼 것을 생각하면서 준비하면 그것도 신나는 일이지. 따지고 보면 사람은 정으로 사는 건데, 우리 어릴 때는 밤중에 제사를 지내자마자 언니들이 이웃집에 제사음식을 나눠주러 다녔어. 또 다른 집에서도 가져오기도 하고, 네 외할머님께서는 우리 마을 집집마다 제삿날까지 다 외고 계셨어. 그래서 그날은 절대로 불을 안 끄셨어. 깜깜한데 남의 집에 오기 힘들다면서, 제삿밥을 받고서야 주무셨다니까?"

"엄마도 참! 그때는 먹을 게 귀할 때였잖아요. 거기다가 요즘은 다 바쁘기도 하고, 또 먹을 게 남아도는 세상이 되었는데, 일부러 다이어트 하느라 안 먹는 세상이라고요. 괜히 들고 다녀봐야 좋아할 사람도 없어요."

"예나 지금이나 사람들이 모이는 곳에는 먹을 게 푸짐해야 인심도 넉넉해 보이고, 정도 좋아진다니까? 아무리 먹을 게 많은 세상이라지만 먹는 것 빼면 무슨 재미로 사니? 다 먹어야 사니까. 결과적으로 사람들이 일하는 것은 먹기 위함이라고 할 수 있지 않을까? 아무튼 먹는 게 많아야 모이는데 관심도 갖게 되면서 자연히 친목도 잘 되는 건 부인할 수 없을 거야."

"그래도 시대에 뒤지지 않고 젊은이들과 어울리려면 양보와 포기는 기본이랍니다. 안 그러면 젊은이들한테 외면당하고 왕따 당해요."

"젊은이들은 안 먹고 살아? 먹는데 초연해지는 게 지성인이 갖춰야 할 덕목이라고 위세 떨어봐야 별 수 있으려고? 어리석은 젊은이들이 시대나 세대니 따지면서 늙은이들의 사고방식을 꺾으려하나, 먹거리만은 아무리 부정하려 해도 그럴 수 없지. 어차피 사람들이 있는 데라면 당연히 그 분위기 자체를 좌우하게 되는 존재라는 건 아무도 부인할 수 없을 걸? 아무리 세월이 변한다 해도 말이야. 과학이 발달하면 할수록 먹거리도 점점 더 진화해서 보다 건강에도 좋으면서, 보기 좋은 떡이 맛도 좋다는 그런 걸 추구해 나간다고 봐."

"아무튼 울 엄마는 못 말린다니까. 그럼, 엄마가 정 서운하시다면, 점심 말고도 할머니가 좋아하시는 떡이나 약밥을 준비하시면 되겠네요? 물론 엄마 손수 하시지 마시고 떡 방앗간에다가 주문하셔서 말입니다."

그녀는 큰딸의 말이 고마웠다. 내 자녀들만이라도 이기적인 생각이 팽배해만 가는 요즘 젊은이들의 사고방식에 물들어 버리지 않았으면 하는 바람이었기 때문이다. 다행히 딸이 그녀의 기대에 어긋나지 않은 표현을 해 주어서 일단은 위로가 되었다. 하지만 순간순간 자신이 추구하는 생각들을 확인하기 위한 노력은 포기하지 못한 건 사실이다. 시간과 노력을 절약함으로써 충족하고자 하는 여유로움이 삶의 질을 높여준다고 여기는 사고에 대한 모순점을 지적하다 보니 끝이 없었다. 그녀가 평소에 끓어오르는 울분을 삼켜만 왔다. 어느 순간부터 그것들이 원망과 불만으로 발전하면서도 제자리걸음만 할 수밖에 없었다.

드디어 어렵게 잡힌 기회를 활용하고자 하는 의지가 자신도 모르는 순간에 기지개를 펴고 맹활약하게 될 줄이야. 풍습과 습관에서 얻어지는 삶 그 자체를 잘 이어받아야 하는 것은 너희들의 소명이다. 그러니 넉넉한 인심으로 살기를 바란다. 그녀는 한번 얻은 기회를 놓치고 싶지 않아서 평소에 눌러두었던 소신을 고취시키려는 언어에다가 날개를 달았으나 정작 듣고 실행해 줄 큰딸은 운전하느라 듣는지 마는지 운전석에 앉자마자 뉴스까지 틀어놓았다. 그녀는 안 그래도 세대차니 시대가 변했다느니, 라며 노인 취급할 때도 있었던 딸이란 사실을 떠올리다가 꼭 자신처럼 살아라라는 기대는 하지 말아야 한다고 자책했다. 자신만이 옳다고 당당하게 주장한다는 것도 실은 어리석은 짓일 수도 있겠다는 생각이 문득 들었기 때문이다. 상대방이 자신을 바라보았을 때 어떤 모습으로 보일지? 궁금했다.

복잡한 시장 근처라도 차를 세울 수 있는 곳을 찾느라 여기저기 기웃거리는 그녀였지만 딸은 당연하다는 듯 생각할 여지도 없이 유료주차장에다가 차를 넣었다. 뿐만 아니고 막상 명절 장을 보는 데는 그녀의 수준과는 달리 딸의 의지대로 아낌없이 준비했다. 그녀는 괜한 말을 딸한테 해서 무리한 지출을 하게 했다는 죄책감에 좀 절약하면 좋겠어.라고 하자 엄마, 우리가 자라면서 누구한테 배웠는데요? 그러니 엄만 제발 그런 걱정일랑 하시지도 마시라고요. 저가 언제 명절날 엄마와 이처럼 장 보러 다닐 기회가 얼마나 또 있겠어요?라고 웃으면서 농담까지 늘어놓았다. 딸의 대답을 듣자 그녀는 섬뜩했다. 부모는 자식의 거울이

다.라고 하던 말이 기억났다.

특히 어릴 때부터 익혀왔던 습관이나 풍습은 쉽게 지워지지 않을 뿐 아니라 나아가 그 사람의 인품이나 됨됨이를 결정하는 매우 중요한 역할까지 한다고 하지 않았던가. 사실 그 사람이 자라온 환경이나 배경은 물론이고 그 주변 여러 사람을 보면 그 사람을 알 수 있다던 말이 나온 것도 우연이 아닐 것이다. 그녀는 이런 여러 정황을 헤아리다가 갑자기 과거 자신의 언행이 자녀들에게 좋은 영향을 주는 것만 기억되었으면 좋겠다는 생각이 간절했다.

추석날 아침은 딸과 함께 어제 저녁부터 준비한 음식으로 일찍 식사를 마치고 시부모 산소와 친정부모 산소를 다녀왔다. 형제들은 거의가 다 고인이 되었지만, 그 자녀들은 각각 모여서 제사를 지내고 나면 삼촌에게 인사를 오기 때문에 서둘러야 했다. 딸 셋을 출가시키고부터는 해마다 남편과 그녀가 조촐하게 보냈지만 간만에 딸 때문에 화기애애한 게 명절 기분이 났다. 딸과 사촌인 조카들이 오랜만에 만난 자리라 사촌들끼리 여러 해 동안 못다 나눈 얘기꽃을 피우느라 시끌벅적했다.

친정 남동생한테서 전화가 온 건 추석 연휴 마지막 날이었다. 막 마지막 손님으로 타 지역에 사는 큰댁 조카 부부가 자기 부모님 납골당에 들렸다가 삼촌에게 인사를 하고 돌아간 후라 여유롭게 전화를 받을 수 있었다. 안 그래도 어머니 추도식 때문에 동생에게 전화를 해 볼 참이었다. 작년 어머니 추도식을 마치고, 어머니와 한집에서 같이 살았던 둘째 올케가 산소는 아무래도 가니까. 그냥 거기서 예배를 드리기로 합시다. 했기 때문이다.

몇 년 전에는 둘째 올케와 교회에 다니는 막내 남동생 가족이, 추도

예배를 더 이상 드릴 필요가 없다는 의논을 추석날 했다며 그녀에게 통보한 적이 있었다. 그 말을 듣자마자 그녀는 난감했다. 교회 다니는 자녀들은, 십계명과 성경에 네 부모를 공경하라고 했다. 며 효도한다고 스스로 자부한다. 그렇다고 비기독교인들의 제사처럼, 며칠 전부터 온갖 정성으로 음식을 장만하고 격식을 갖추어서 자정이 되어서 제사를 모시는 것도 아니고, 부모 가신 날짜까지도 자신들이 정하여 예배드리는 것뿐인데도 이것마저 않겠다니!라고 하자 동생이 제사는 아무리 정성을 드려봐야 조상이 와서 먹고 가는 것도 아닌데, 부모가 죽고 나서 많은 걸 차려놓은들 무슨 소용이 있겠어. 그러니 우리는 부모님 살아계실 때 잘하면 되지요.라고 했다. 그럼 살아서 섬길 부모님은 이미 이 세상에는 없지 않느냐?라는 말이 목울대를 타고 올라오는 걸 억지로 삼켰다. 하지만 동생의 그 말이 목에 가시처럼 걸렸다. 네 보물이 있는 그곳에 네 마음도 있다고 했는데, 사실 형식을 무시하면 마음 역시 멀어지는 건 당연하지 않은가. 격식을 차리기 위한 행위를 하는 기간만이라도 돌아가신 분들을 생각하게 되기 마련 아닌가.

우리 기독교인들이 비기독교인들 보다 부모님 살아계실 때도 더 효도한다고 당당하게 말할 수 있을까? 첫째 집안의 행사가 대부분 주말에 있지만 각자 교회에 맡은 직분 때문에 본 교회를 떠나지 못한다는 이유로 행사에 불참하거나 부모님도 찾아뵙지 못할 경우가 많다. 사회 구조상 주말이 아니고는 자유롭게 시간 빼기가 그리 쉽지 않지 않기 때문이다. 이런 현실을 무시하고 기독교인들이 부모 살아계실 때 더 효도한다고 자부할 수 있단 말인가. 순간 그녀는 동생의 말에 반응하고 싶은 생각마저 상실되고 말았다. 이때 동생이 그녀의 생각을 읽기라도 한 듯 매우 유순한 어조로 그냥 의논대로 하면 되죠. 옳고 그른 걸 따진다고 정답이 나올 것도 아니고, 좋은 게 좋다고 누나가 하는 게 좋다면 그럼 그렇게 합시다. 했다. 그 일이 있은 후로 몇 년 동안 잡음 없이 어머니의 추도식을 잘 지켜오고 있다.

"안 그래도 이번 어머니 추도식 때는 미국에서 온 큰딸이, 외삼촌과 외숙모님들 그리고 사촌들에게 점심을 대접한다기에 연락하려던 참이었어."

그녀는 큰딸의 말이 고마워서 빨리 전하고 싶다는 마음에, 동생이 전화를 한 목적을 말하기도 전에 먼저 입을 열었다.

"…어쩌죠? 올해는 형수님이 몸이 아파서 추도식 날 병원에 가는 날이라 안 하기로 했어요. 조카들도 올 사람 없고 해서…"

그녀는 동생의 말을 듣자, 옛날 기억이 떠올랐다. 장례를 마치고 어머니와 한집에 살았던 둘째 오빠가 먼저 추도식을 인정하는 발언을 했다. 교회 다니신 어머니의 추도식은, 아무래도 교회 다니는 막내아들인 동생이 맡아서 해야겠다는 내용이었다. 물론 둘째 오빠는 크리스천이 아니었지만 아내인 권사 올케가 즉시 자기가 맡겠다고 나섰다. 어머니의 추도식은 내가 살아있는 동안은 절대로 다른 집에 못 준다!라며 단정적으로 말하자 올케의 남편인 둘째 오빠는 물론이고 그 외 어느 누구도 반대의견을 내지 않았다.

그녀는 동생의 말을 듣는 순간 몇 년 전과는 달리 이제 올 것이 왔구나. 싶었다. 사실 그동안 나이가 팔순을 한참 넘었음에도 불구하고 아무런 불평 없이 추도식을 계속했다는 것은 올케가 자신이 한 약속을 지키느라 최선을 다하기 위해서라는 생각이 들었기 때문이다. 물론 그때도 대두된 말이지만 지금도 마찬가지인 문제로는, 추도식을 접으면 큰 오빠 아들인 친정 장조카가 추도식 전날 그러니까 고인이 산 날에 지내는 제사를 혼자서 음성적으로 계속 지내고 있기 때문에 거기에라도 참석해야 한다는 생각이 들었다. 형편에 따라서 그렇게 할 수도 있지만, 이미 크리스천이었던 어머니의 추도식을 제사로 대체한다는 건 고인에 대한 예의가 아닐 것 같았다.

"…그래? 그럼, 올케가 병원 가는 날 말고 다음 날이나 또 다른 날이라도 가능한 날 잡아서 모이면 되겠네. 연락은 다 하지만 바쁜 사람들은 할 수 없고, 올 수 있는 사람들은 모이면 되니까. 미국 큰딸이 모처럼 참석하게 되어 식사 대접한다니까. 달리 준비할 것도 없고 하니, 산소는 각자가 가기로 하고."

그녀는 용케도 목울대를 타고 오르던, 작년에 의논한 대로 산소에는 어차피 가야하니까. 그냥 거기서 추도예배를 드리자.라고 한 말은 삼켰다.

"그래요? 그럼 의논해서, 다시 연락하겠어요."

그녀는 그 잠깐의 순간에 머리가 매우 복잡했다. 비기독교인들은 조상들의 제사를 4대까지 지낼 뿐만 아니라 5대부터는 묘사로 대체한다. 어머니보다 훨씬 먼저 돌아간 아버지의 제사도 장조카가 이어받아 50년 넘게 지내고 있지 않은가. 4대까지 가려면 아직도 한 참은 더 지내야 한다. 이런 상황인데 효도를 자처하는 기독교인들이 부모의 추도식을 20년도 채우지 못하고 접어버린다는 것은 자식의 도리가 아닐 것 같았다. 그녀는 아들들의 일방적인 통보에 절대로 동의할 수 없었다. 하지만 일단 의견충돌은 피해야 하기 때문에 시간은 벌어놓고 볼 일이었다.

올케와 의논한 결과라며 동생이 다시 전화가 왔을 때는 그녀도 할 말을 잃었다. 형수님은 몸이 너무 아파서 다른 날도 모일 수 없다고 하더니 결국에는 동생마저 오지 않겠다고 했다. 아무리 생각해도 이것은 고의적으로 추도식을 거부하는 통보로 밖에 볼 수 없었다. 동생은 그녀의 감정을 직감이라도 한 듯 부랴부랴 전화를 끊었다. 순간적으로 그녀도 자신의 감정을 추스르기에는 힘들었다. 보통 예수쟁이들이라면 거의가 다 스스로 부모에게 효도한다고 자처하면서 이럴 수가 있단 말인가! 그녀는 느닷없이 닥친 황망한 상황에서 그 책임을 물을 대상을 찾아 지금의 이 기막힌 문제를 해결해 보려고 기억을 더듬었다. 하지만 결정적으로 책임을 질 만한 대상을 찾아내기에는 매우 애매했다.

"엄만, 외숙모님 연세를 생각해 보세요. 억지로 모이자면 실례지요. 할머님 추도식 날인데도 병원에 안 가면 안 될 정도면 우리가 함께 가서 병문안도 하고 거기 가까운데서 식사하면서 할머님과 후손들을 위해 기도하면 되겠네요. 추도식이래야 별 것 있나요? 돌아가신 분의 이력을 되새기면서 후손들의 건강과 안위를 위해 기도하면 되지요. 외삼촌은 왜 못 오신데요? 저가 생각해도 팔순을 한참 넘은 외숙모님께 시어머님 추도식 안 하신다고 타박한다는 건 아무리 딸이라도 도리가 아닌 것 같아요. 그동안 하실 만큼 하셨다는 생각이 드네요. 저 생각으로는…?"

큰딸이 그녀의 통화내용을 옆에서 듣고 나름대로의 의견을 내놓았다. 매우 즉흥적인 발언이긴 해도 그럴수록 더 그 본연의 사고에서 나올 수밖에 없는 순수한 사고방식이라는 생각이 들었다. 그녀는 딸의 말을 듣는 순간 어른들이 바른 가풍을 세워서 후손들에게 물려주어야 한다는 소명감에서 자유롭지 못한 것은 사실이라고 생각했다. 하지만 그녀

입장으로는 아직은 정확한 판단이 서지 않은 상태에서 섣불리 대답할 수가 없었다. 1년을 지나면서도 언질한 마디 없던 어머니의 추도식 문제를 일방적으로 통보하다니, 비단 자신만 아니라 어머니도 무시하는 처사로밖에 생각되지 않았다. 그녀는 이런 상황일지라도 좀 더 생각할 시간을 벌고 싶었다. 세상에 없는 사람 때문에 살아있는 사람들과의 소통을 막는 것도 옳지 않은 것 같았다. 이런 와중에 하필이면 어머니에 대한 기억이 되살아나자 마음은 더 편치 않았다. 어머니는 그녀의 결혼을 찬성하기까지 얼마나 반대했던가. 그렇게 결혼을 강행한 딸이 기대와는 달리 노동에 시달리는 일반 농민들과 동일한 생활에서 벗어나지 못하자, 끝까지 말리지 못한 게 당신의 탓인 냥 얼마나 괴로웠으면 시간만 나면 달려와서 그녀에게 힘을 보태려고 애썼겠는가. 결혼한 딸한테도 끝까지 헌신과 희생을 아끼지 않았던 어머니의 추도식을 없애버린다고 생각하자 부모 때문에 친정 갈 일이 없어지면 형제끼리도 남남으로 살아가겠다는 생각이 들자 심란하기 그지없었다.

"모르겠어."

"일단, 우리가 할 수 있는 일만 생각해요. 엄마가 느끼는 외할머니에 대한 애틋함이 다 같을 수는 없잖아요? 영혼은 이미 하늘나라에서 편히 계신데…, 뭐가 아쉬워 귀찮은 짓을 강요받겠어요? 나이에 따라 내 몸 건사하기도 힘든데…, 제사를 고집하는 사람들의 신념처럼 영혼도 음식을 먹지 않으면 허기가 난다든가, 구천을 떠돈다든가, 하면 아무리 못된 자식이라도 모른 척 못하죠. 아무리 봐도 그 쪽 면으로는 비기독교인들 따라가려면 한참 멀었어요. 그렇지만 부모님의 영혼이 영원히 하늘나라에서 영생복락을 누리게 된 것에 대한 것을 우선으로 생각하

126

서야지요. 세상적인 효도의 순위까지 차지하려는 건 좀 그러네요? 히."

"듣고 보니 네 말이 맞네? 나도 유난 떨 필요 없겠어. 장조카가 제사를 따로 지내니…, 둘째 올케도 이제 노쇠한 마당에 굳이 자기 아들들에게도 이중으로 추도식 하라고 강요할 수도 없겠지. 자기 부모도 아니고 할머니를, 사실 추도식 말자고 할 그 당시, 딸자식도 자식이라며 네 아빠가 자녀들 집마다 돌아가면서 하자고 제안도 했었어. 하지만 그 말에는 묵묵부답인 걸 보면 우리 세대들은 아직 딸은 출가외인이라는 관념에서 벗어나지 못하는 것 같아."

"이왕지사 쏟아진 물이나 같으니, 정 서운하시면 엄만, 제삿날 다녀오시면 되겠네요? 사실 영혼이 와서 먹는 것도 아닌데, 어디까지나 자식의 도리로 부모님 가신 날 잊지 않았다는 뜻에다가 덧셈하여 살아있는 가족들 얼굴 보는 거니까요."

"지금으로서는 그럴 수밖에 없겠어. 서운하면 산소에 가서 예배드리고."

"하긴, 돌아가신 네 외할머님을 위해 추도식에다가 제사까지, 안 그래도 각각 다른 집에서 각각 다른 형식으로 추모한다는 게 좀 그랬는데…"

그녀는 큰딸과 함께 어머니 추도식 다음 날 올케 병문안을 가기로 했다. 큰딸은 외숙모에게 전화를 냈다. 외숙모가 쾌히 승낙했다며 정오에 식당에서 만나기로 했으니, 시간을 맞춰서 출발하자고 했다. 일단 자신의 딸에게 시간을 내준다는 것은 닫았던 마음 문을 열어놓았다는 의미로 생각하자 새삼스럽게 그런 올케가 고마웠다. 그래, 조금만 욕심을 버리면 소통이 가능한 것을, 왜 모두가 자기의 생각에 갇혀서 집착하는지 모를 일이었다.

바깥에는 가을 햇볕이 유난히 따스하고 모처럼 하늘 또한 청명했다. 어제까지만 해도 번민과 갈등으로 우중충하던 내면이 어느 순간 활짝 개여 있었다. 언제나 시끌벅적대는 가족들을 보면 너희들 보니 안 먹어도 배가 부르다. 늘 오늘 같은 날만 있었으면 좋겠다. 그러면 더 바랄 게 뭐가 있겠어.라며 좋아하던 어머니가 무척 기뻐할 것 같았다.

적응

알람소리의 여운이 귓가를 맴돌고 있었다. 이때 생리적 현상이 의식되는 순간 금방 상체를 일으켰다. 아직 사방은 어둠에 묻혀있었다. 잠자는 동안에도 장기들은 쉬지 않고 본래의 소명을 충실히 이행한 모양이었다. 원래 이 액체는 혈액 속의 노폐물과 수분이 신장에서 걸러져서 방광 속에 괴어 있다가 요도를 통하여 몸 밖으로 배출된다고 했다. 나는 욕실로 향하던 발걸음을 재촉한다. 소변은 참을 수도 없지만 억지로 참을 경우 여러 가지 부작용이 유발될 수 있다는 사실을 알고부터는 일어나기 아무리 귀찮아도 즉각적으로 화장실로 향하곤 한다.

어젯밤에도 심한 수족냉증으로 일찍 잠자리에 들 수밖에 없었지만, 밤새도록 충전된 에너지가 냉증을 따뜻하게 녹였다는 사실이 느껴지자 안도감이 밀려왔다. 아, 다시 이 하루를 건너는데 필요한 에너지가 무리 없이 공급되어야 할 텐데, 라며 나는 기도하는 마음으로 웅얼거린다. 이때 무의식의 세계로부터 시작된 농밀한 상념이 느닷없이 나를 엄습했지만, 새 날과 동시에 거부할 수 없는 현실에서의 일상은 이미 시작되고 있었다.

나는 화장실을 나와 빼꼼히 열린 건넛방 문틈으로 안의 사정을 살폈다. 남편의 흔적은 어디에도 없다. 코로나19가 가져다준 변화라면, 남편의 가부장적 사고방식에서 명령되는 행동수칙이 현실적 만족도를 높이려는 욕심에서 조금씩 더 뒷걸음질 쳐 오고 있다는 점이다. 곧바로 현관문이 열렸다. 남편은 가족의 건강을 위해 남겨둔 젖양에게서 짠 양유를 들고 들어오다가 따뜻할 때 마셔두라고 권하면서 인심을 하나 더 곁들였다.

"좀 더 자 두지 않고?"

한해를 거의 다 지나오면서 훈련되었나 보다. 어느덧 생소하다는 느낌보다는 제법 자연스럽게 들렸다. 시원할 때 조금이라도 서둘지 않고! 뭘 머무적거려! 남편 입에서 스스럼없이 내뱉던 명령조의 다그침은 이미 기억에서 까마득하다. 백신과 치료제가 개발되지 않은 코로나19로 인한 상황이 상상을 뛰어넘을 정도로 지속되자, 인색하기만 하던 변화도 진화를 거듭하는 중인 셈이다.

화장실에서 손을 씻고 양치까지 마침 나는 부엌에서 데운 냉수를 마셨다. 마침 어젯밤에 종량제 봉투에 담다 말은 쓰레기를 마저 넣기 위해 일단 부피부터 줄이기 시작했다. 자네도 몸부터 생각하는 버릇을 길러야겠어! 남편의 눈에는 종량제 봉투에 쓰레기 한 줌이라도 더 쑤셔 넣으려고 발까지 봉투 안으로 투입한 채 낑낑거리며 밟던 내 모습이 안쓰럽게 보였나 보다. 사실은 천지개벽할 일이지만 여전히 내 가슴은 전혀 동요하지 않는다.

참 희한한 일이다. 사람은 환경의 동물이라고는 하지만 아직 1년도 채우지 못했는데 벌써 수십 년의 습관을 망각해 버릴 만큼 환경에 잘 적응한다는 게 신기할 따름이다. 코로나19 전에는 지금의 내 모습은 안쓰럽기보다는 도리어 남편 눈에는 분노의 대상이었다. 두 식구에 무슨 놈의 쓰레기가 그렇게도 많아! 좀 꼼꼼히 분리수거를 했더라면 쓸모없는 쓰레기에다가 생돈 쏟아붓는 미련은 떨지 않았을 건데, 쩌쩌! 나는 남편의 비아냥거림을 듣고 있으려면 내심 울분이 올라 올만도 하다. 하지만 얼마나 신물이 났으면 감정을 아예 거세라도 시켜버린 듯 체념이 몸에 이미 배였으니, 하지만 한 귀로 듣고 한 귀로 흘러버리는 명언을 곱씹으면서 이럴 때마다 순간의 위기를 극복하다가도 억울한지 내심 울부짖는다. 당신은 나 길들이는 사명을 띠고 결혼했을 거야, 아마!라며 목울대를 치고 올라오던 울분을 급기야는 짓누르고 대신 평온한 표정으로 포장한 채 남편의 눈도장을 찍는다. 그런데 벌써 이 습관마저 코로나19란 놈이 나나 남편의 그 진절머리 나는 양극화의 현상을 어느 사이 하나로 묶어놓다니, 나는 기억을 떠올리며 피식 쓴웃음을 날렸다.

"자넨, 요즘 불만이 없겠어!?"

내가 컴퓨터 앞에 앉아있는 꼴을 못 보던 남편에게 긍정적인 입버릇이 생긴 건 순 코로나19 때문이다. 안 그래도 며칠 전 누구와 하는 통화인지 휴대전화기에 대고, 그래, 우리 집사람…? 무료한 시간 관리하느라 우울증 걸릴 여가는 당연히 없지. 글 쓰느라 언제나 시간이 모자라는 사람이니 그런 걱정일랑 할 엄두도 내지마요. 사실 요즘 생각해 보니 이런 시기에 또 이 나이에 집사람이 글 쓰는 일이라도 없었다면 진짜 우울증 걸렸을 거야. 그걸 생각하면 우리 나이에 해내야 하는 일이 있다는 게 얼마나 다행인지 모르겠더라고.라던 남편의 말이 떠올랐다. 여태껏 나는 나의 할 일에 대해 남편이 전혀 이해하지 못한다는 데 대한 서운함이나 그 역할을 감당하려고 애쓰거나 이해를 구걸할 생각을 버린 지는 오래다. 그런 내 고정관념이 그날 남편의 통화에서 무너졌다. 그럼에도 남편은 내심을 포장한 채 권위의식만이 가장으로서의 위치를 보존할 수 있다는 법칙처럼 고수했으니, 사실에 직면하면서 인간의 양면 구조를 매우 자유자재로 넘나들면서 순간마다 본연의 목적을 달성하기 위해 굳게 지켜나가는 남편의 의지가 대단하다는 생각이 들었다.

내가 처음 소설 습작을 시작한 건 맏딸이 중학교 3학년에 올라갔을 때였다. 다행히 초저녁잠을 거역하지 못하는 남편에게 들킬 염려 없이 2주일을 잘 넘긴 날이기도 했다. 저녁밥을 먹자마자 남편은 거실에서 늘 보던 TV 뉴스도 마다하고, 처리해야 할 서류가 있다며 밥상 하나를 방으로 들고 들어갔다. 그런 남편이 밤 11시가 되어서야 일이 끝난 모양이었다. 나를 찾고 있었다. 너희, 엄마 어딨어! 시간이 몇 신데…? 이렇게 늦게까지도 안 자면 내일 일은 어쩌려고! 그때까지 일에 빠져있느라 주변을 의식하지 못하다가 막상 일을 마치자 내가 없는 걸 알았던 모양이었다. 나는 책상 앞에 앉아서 공부하는 딸한테 방해가 되지 않기 위해 최대한 거리를 두고 방바닥에다가 밥상 하나를 놓고 습작에 몰두하고 있었다.

딸은 내가 소설가를 목표로 습작을 하겠다고 했을 때 얼마나 좋아했던가. 안 그래도 입시생이 잠을 줄이자니 고민이었는데 엄마하고 같이 공부하면 선의의 경쟁심도 생길 것 같아서 자기에게 엄청 도움이 되겠다면서, 내가 남편 몰래 하려는 소설 습작생으로서의 각오지만 적극적으로 응원했다. 그런데 이날 남편이 이 모든 사실을 알게 될 줄이야. 남편이 거실에서 나를 찾을 때 딸 방을 나갔더라면 등단할 때까지 숨기겠다던 계획이 성공을 거뒀을지 모른다. 하지만 숨을 죽이고 숨어있는

데 남편이 불쑥 딸의 방문을 노크도 없이 열고는 네 엄마,라는데 하필이면 방문이 내 원고지가 올려져 있던 밥상에 부딪히면서 모든 사실이 들통나고 말았다. 남편은 안 그래도 아내의 행방에 잔뜩 긴장되어있던 터인 데다가, 터무니없는 짓을 한다는 게 너무 화가 났던 모양이었다.

일단은 현실성에 입각한 변명부터 시작했다. 수험생인 딸의 잠을 쫓는데 일조하기 위해서라고, 이렇게 시작된 공방은 결국 근본 취지에까지 침투하기에 이르렀다. 뭐? 소설가…? 참, 내…라며 피식 쓴웃음까지 날려버리는 걸로 보아 무슨 헛소리!라는 내심이 그대로 전달됐다. 그리고도 도무지 참기 힘들다는 투로 한숨까지 내쉬면서 한탄을 했다. 어이가 없어! 다른 건 다 두고라도 첫째 평범한 샐러리맨의 아내로만 산다면야 시간이라도 넉넉하니까 또 몰라. 자넨, 터무니없는 짓 일찌감치 접는 게 모두를 위하는 길이라는 걸 명심했으면 좋겠어! 남편은 그나마 감정을 절제하면서도 자신의 의견을 전달해야 한다는 의무감으로, 정제된 언어를 구사해 내느라 시간을 많이 소모했다.

그날 이후로 남편은 내 뜻을 꺾느라, 평소에 사용하지 않던 온갖 험한 말까지 다 동원했다. 사람은 감정의 동물이라더니 남편이 분노 조절의 한계를 초월하면 할수록 목표를 향한 내 의지는 더 강하게 반응하는 것이었다. 최소한 자존심만은 건드리지 말았어야 하는 데도 남편은 스스럼없이 자네가 소설가가 되겠다고? 쳇! 지나가는 개가 다 웃겠다. 자네 주제에 그런 꿈을 꾸는 것만도 소설가들이 엄청 자존심 상할 거란 생각은 안 해봤어! 소설가가 아무나 되겠다고 되는 것도 아니지만, 자네는 소설가가 되겠다는 꿈을 꾼 것만도 대단한 꿈을 이룬 거니까. 제발, 헛세월 죽이고 나서 땅을 치며 후회하지 말고 하루 속히 정신 차리라고! 남편의 말이 거칠면 거칠수록 나는 점점 더 겁도 없이 오기를 부리며, 아예 대놓고 원고지를 붙들었다.

남편의 반응은 격할 대로 격해져 노발대발은 다반사고, 초저녁 잠버릇까지 긴가민가할 정도로 잠자리에 드는 시간이 자정을 넘기기가 일쑤였다. 암수 두 마리 분양받은 젖양이 번식하여 열 마리가 넘는 놈들의 뒤치다꺼리만도 혼자 벅찬데, 아직 이른 과수원 작업까지 출근 전에 지시하는가 하면 그것도 모자라 근무 중에 확인 전화까지 했다.

"마당에 나가 유산소 운동 함께 할까?"

"코로나19가 날 사람대접 받게 해 주네?"

"나 만큼 자넬 생각하는 사람 있어? 일을 많이 할 때도 운동은 별도로 해 줘야 한다는데…, 코로나19로 집에만 갇혀있다 보면 건강에도 이상증세가 보이는 게 공통된 현상이래요. 그중에서도 첫째가 체중이 불어난다나? 그러니 우리는 마음대로 바깥에서도 운동을 할 수 있으니 얼마나 좋아. 특히 나이가 들면 다리 근력강화운동은 필수라고. 그래도 자네가 여태껏 가정을 지켜 준 덕에 나도 무사히 임기를 끝내고 소일거리로 우리 가족 먹거리라도 재배할 수 있으니 얼마나 다행이래?"

"사실은 당신이 농협조합장 한 회기로 깨끗이 물러날 때 서운하기보다는 당신이 존경스럽더라고, 그런데 이제는 날 감동시키는 말까지 다 하다니요."

"말은 바로 해야지. 사실은 다 코로나19 때문이겠지. 그리고 말단부터 평생을 농협에서 썩었으니, 조합장 이름이라도 달아보려는 게 인지상정 아닌가? 하지만 한번 해 봤으면 됐지 뭐. 차례를 기다리는 분들한테도 기회를 줘야지."

남편은 간단한 스트레칭을 하더니 벌써 과수원 둘렛길을 저만치 앞서 걸어가고 있었다. 나는 잰걸음으로 남편을 뒤쫓았다. 고향 농고에서 남편은 농대로, 나는 국문학과를 선택할 때만 해도 좋은 친구 사이였었다. 남편은 5녀 1남이라 처음부터 선택의 여지 없이 졸업과 동시에 부모의 농사일을 도우려고 고향 농협에 자리를 잡았다. 연애할 때는 다소 무뚝뚝하기는 해도 순하고 착해서 권위의식을 가질 거라고는 상상도 못 했다. 부모와 누이들이 있을 동안에는 물론 착한 아들, 동생, 오빠, 남편, 아빠이더니 막내 누이까지 결혼하고 부모 역시 세상을 떠나자, 조금씩 자신에 대한 존재감을 찾아가기 시작했다. 그것이 시아버지가 지켜왔던 가부장적 사고를 고수하려던 걸 무척이나 싫어하면서도 그 자리가 비자, 자연스럽게 남편은 빈자리의 주인공이 되어가고 있었다.

자신의 권위를 지키려는 각오가 갈수록 더 굳어진다는 게 상대 가족들에게는 무척이나 불만스러웠다. 자신의 목적을 달성하기 위해 상대방이 포기하도록 만드는 데는 좌절과 절망만이 유일한 길이라고 생각했던 모양이었다. 그렇지 않고서야 참을성에 유순하기 그지없던 남편의 성품과 언어가 매우 단정적이고 직설적으로 변해가고 있었겠는가. 농협조합장 시절에는 운영조건을 화합과 민주 의식을 중심으로 직원은 물론이고 조합원들의 복지와 인권을 존중한다는 소문이 자자했다. 이런 남편이 지나친 독선과 권위주의적 행동수칙만이 살길인 양, 가장 소규모의 사회 구성원인 가족들 앞에서는 결사적으로 지켰다.

"그러고 보면, 자네 고집도 대단해?"

"…아무렴, 당신 고집에 비할까…?"

과수원 둘렛길을 절반 정도 축내었을 즈음, 남편의 입에서 뜬금없는 말이 나왔다. 나는 남편이 무슨 뜻으로 하는 말인지 도통 알 수가 없었다. 아무렴 감정의 날이 무디어진 남편의 어조를 충분히 읽은 이상 이 좋은 기회를 놓치고 싶지 않아서 평소에 차곡차곡 쌓아놓았던 불만을 얼른 쏟아놓았다. 하지만 남편은 나의 대꾸에는 아랑곳하지 않고 생각에 잠기듯 침묵한 채 걸음을 멈췄다. 남편보다 뒤처져 걷던 나도 순간적으로 우뚝 멈춰 섰다.

"자네가 이미 인정받은 시를 두고 힘든 소설은 하겠다고 했을 때, 내가 돌지 않은 게 오히려 비정상이지. 사실 내가 마음 놓고 직장생활하는 것도 자네가 집안일을 다 맡아주니까. 가능한 건데…, 자네가 소설가를 끝까지 고집한다고 생각하니까 앞이 캄캄하더라고, 그렇게 되면 당연히 가장인 내가 직장을 그만둬야 하기 때문이지. 아이들이 다 초등학교에 다닐 때 전교생 학부모 시화전에서 자네가 대상 받았을 때만 해도 내 마음은 시를 본격적으로 써보라고 권하고 싶었지만, 내 형편상 감당할 자신이 없었어. 거기다가 도 문인협회 백일장에서 대상은 아니지만 입상했을 때는 이미 시를 할 수 있는 자질을 인정받은 거나 같은 데도, 우리 형편상 권하지는 못하니 양심의 가책이 되더라고. 그런데 소설가가 꿈이라고 하자 그땐 하늘이 무너지는 것 같은 충격을 받았다니까."

"당신 입장에서는 그럴 수 있었겠네요? 하지만 내 입장에서는 생활을 접겠다는 생각은 전혀 없었다고요. 그냥 일과 가운데서 작은 자투리 시간이라도 활용하여 갈고 닦다 보면 언젠가는 쌓여서 이룰 날이 오겠지.라는 기대감이었지요. 그리고 소설가라는 목적을 달성하겠다는 것보다 가슴에서 끓어오르는 그 뭔가가 내게 주어진 사명이라는 생각에서 자유롭지 못했던 거였어요. 아무리 잠재우려 해도 수시로 끓어올랐거든요. 내가 누구의 아내이기 전 딸이었을 때, 딸에게는 항상 부러움의 대상이었던 아들이라는 존재에 대한 복수심이랄까? 나는 어릴 때부터 딸이라는 열등감에서 어떻게 하면 벗어날까, 고민했어요. 똑같은 감정을 가진 사람인데…, 왜 차별대우를 받지? 어머니는 여자이면서도 철저하게 세뇌된 채 순응하는 게 더 싫었으니까.

결국 여자의 목소리를 내는 데는 커트라인도 정년도 없는 소설쓰기만이 내가 할 수 있는 유일한 길이라고 생각했죠. 아무튼 소설가의 꿈은 먼 그 옛날부터 시작되었던 거지요. 소통과 내 마음의 전달을 위한 도구로 말입니다. 사실 딸들은 감히 꿈도 못 꾸는 일인데도, 아들들은 토지나 키우는 짐승이라도 돈이 필요하면 언제라도 팔아서라도 주었으니까. 대화는 아예 상상도 못 하고 하늘과 땅 같은 사이였어요. 그러니 오빠들에게는 입도 뻥긋 못했지만, 오죽하면 오빠들을 호랑이로 불렀을까. 이런 호랑이를 어떻게 맨손으로 상대할 수 있겠어요."

"듣고 보니, 결혼 후에는 나를 겨냥했겠네?"

나는 내심이 들키자 실언을 자책하면서 입을 닫았다. 아무리 느슨한 분위기라 해도 긴장은 늦추지 말아야 한다는 나 스스로와의 수칙을 의식하는 순간까지는 지킬 각오를 했기 때문이다. 사실 생각지도 않은 순간에 남편의 갑작스런 질문을 받자 잠시 갈등했다. 맞아요. 당신한테 복수의 칼날을 갈고 있었다고요! 남자라는 고자세를 꺾겠다는 내 의지와 자존심이 나를 가만두지 않았다고요! 남편과 아내가 왜 차별을 받아야 하는지? 그걸 꼭 증명해 보이려고 소설이라는 무기의 날을 갈고 있었기에 용케 인내할 수 있었던 걸요. 내 딸들 때문이라도 해내야 했다고요! 지금까지.라는 찰라! 뒤통수를 한 대 얻어맞은 듯 정신이 번쩍 들면서 입을 더 굳게 봉했다. 이 잠깐의 순간에 나는 위기를 모면하듯 부랴부랴 잰걸음으로 앞서 길을 재촉했다.

"자네는 왜 내 질문을 피해? 찔리는 게 있나 봐…?"

남편의 어조에 가시가 박힌 채 내 뒤통수에 와서 꽂혔다. 코로나19로 감정의 칼날을 완전히 제거해 버렸다고 방심했던 내게 처음으로 닥친 위기였다. 한 번 버티기 시작하면 끝을 보아야 직성이 풀리는 남편, 생각 없이 내뱉은 내 언어에 대한 자동반사 현상이란 걸 깨달았을 때는 이미 화근거리를 제공한 뒤였다. 그렇다고 내 머리를 굴리면서 해결하려 했다가는 오히려 불씨가 되어 그 화염이 나를 덮칠 것이다. 침묵이 약이다. 나는 감정이 식을 동안 피하는 게 최선이라고 판단하고 종종걸음을 쳤다. 사람은 절대로 변하지 않아. 다만 환경의 변화에 따라 다르게 나타날 뿐이랍니다. 그러니 절대로 긴장을 늦추면 안 된다고! 어느 지인의 충고가 기억났지만 이미 쏟아진 물이다. 하지만 지금이라도 입만 닫으면 살 수 있다는 것도 나는 안다. 그나마 내 마음을 내보이지 않았으니, 기회는 얼마든지 있다. 나는 지금까지 터득한 게 있다면 인생은 자생력을 기르기 위해 나날이 노력하는 과정이다.라고 정의를 내렸다.

나는 소설 습작을 해갈수록 전문가의 잣대가 필요하다는 걸 느꼈다. 일단 검정받기 위한 그 과정을 거치려면 많은 시간을 요하는 긴 장편이 아닌 짧은 단편소설이어야 될 것 같았다. 결국 가까운 지방대학 국문학과 연구실마다 상담을 요청했다. 겨우 어느 한 교수님과 인연이 닿았다. 국문학 박사에 지방 도 문인협회장이라는 직함을 가진 대단한 분을 만난 건 행운이라고 자처한 나는 그날로 이미 준비된 단편소설을 들고 교수를 찾았다. 나는 날개를 달은 듯 매주 단편 한편씩 완성했다.

거기다가 교수의 호의적인 반응이 내가 소설에 접근하고 있다고 착각하게 만들었다.

드디어 책 한 권의 분량이 찼을 때, 교수는 권했다. 책을 출판하라고, 나는 깜짝 놀랐다. 내가 바라는 목표는 관문을 통과하는 것이었다. 나는 실망했다. 거기에 응모해 봐! 라가 아닌 출판사를 소개할 터니 출판하라! 는 네가 그렇게 원하는 소설책 한 권을 출판하고 나가 떨어져! 로 들렸다. 내가 쓴 소설을 보고도 충고 한마디 없는 건 고사하고, 소설지도랍시고 띄어쓰기와 오탈자 수정 정도로 소설집을 출간하라는 말에 끝내 할 말을 잃었다. 그날 교수가 건네준 도 문인협회서 출간하는 문학지를 읽다가 나는 또 다시 놀랐다. 교수는 수필가였기 때문이다.

그런 내게 소설전문인에게 지도를 받을 수 있는 기회를 준 건 남편이었다. 남편이 그나마 시를 공부하라고 문예대학까지 권했기 망정이지, 그냥 머무적거리고만 있었다면 소설 수명은 벌써 끝났을지 모른다. 내가 소설습작을 시작하고 2년이 지난 어느 날이었다. 아침밥을 먹는 자리에서 남편이 진지하게 말했다. 소설은 꿈이나 재능도 중요하지만 첫째가 시간을 많이 투자해야 하는데, 자네는 첫 조건부터 자격 미달이니 당연히 실격이라는 생각이 들어.라는 남편의 말은 진심 같았다. 하지만 곧바로 내가 진이 빠질 정도의 단정적인 말이 남편의 입에서 나올 줄이야. 그런데 자네는 새삼스럽게 미혼도 아니고 남편과 자녀들까지, 자네한테 주어진 책임이 막중한데 소설가의 꿈이 가당키나 한가! 생각하면 할수록 여자가 겁도 없다는 생각이 들어. 즉흥적으로 시상이 떠오르면 글로 남길 수 있는 시인이 목표라면 또 모를까.라더니, 신문 한 장을 내 앞으로 불쑥 내밀었다. 내가 신청했으니까. 시 공부해 보라고. 했다. 중앙 일간지인 지구촌신문이었다. 남편이 지적하는 광고가 실린 페이지 하단에는 이미 붉은 펜으로 밑줄을 그어 놓았다. 여름 방학기간에 진행하는 문예대학의 장르별 시간표도 자세하게 적혀있었다.

나는 시 강좌에 가는 척하면서 소설 강좌로 옮길 기회를 얻게 되었다. 소설가이자 대학에서 소설 창작학과 교수이기도 한 강사에게 소설 작법과 합평회로 통해 소설을 알아 가는 동안 피곤도 잊은 채 일주일에 세 번씩 최남단에서 서울을 오르내릴 그 기간이 내가 소설을 쓰는 동안 가장 행복했던 때였다고 기억한다. 그걸 시작으로 제일 먼저 컴맹에서 벗어나야 했다. 문학지와 신문사 신춘문예에 도전하면서, 또 다른 소설가 전문교수들을 만났다. 하지만 그러면 그럴수록 기대와는 달리 고지를 오르는 길을 찾겠다고 첩첩산중을 헤매고 있다는 느낌을 지울 수가 없었다. 정년과 커트 라인이 없다는 매력 때문에 덤벙 뛰어들었던 소설, 알면 알수록 커트 라인 기준이 여간 높지가 않았다.

내가 단편소설 당선작을 낸 신문사의 신춘문예 시상식에서 만난 심사위원인 소설가로부터 이제 시작입니다!라는 말을 들었을 때도 귀담아듣지 않았다. 반대로 그날로 나는 정상의 자리에 올랐다고 믿었기 때문이다. 하지만 그 뒤로도 소설을 쓴다는 게 만만치 않았다. 결국 나는 시상식장에서 만난 교수에게 소설지도를 부탁했다. 교수는 첫 번째로, 문예대학 강사와 마찬가지로 많이 읽고 많이 쓰라 했다. 거기다가 작가는 이론보다 먼저 인간이 되어야 하는데, 그 이유는 소설에는 독자에게 영향을 미치는 작가의 인생관과 세계관 거기다가 개성까지 깔릴 수 밖에 없다고 했다. 일단 교수의 주문대로 출력하여 보낸 단편소설이 며칠 후 예리한 회초리를 동봉한 채 돌아왔을 때 나는 단번에 질려버렸다.

교수의 전문서적인 '소설작법'은 물론이고 본인의 저서인 소설집과 장편도 보내왔지만, A4 용지를 빽빽하게 채운 수정을 주문하는 오탈자는 물론이고 띄어쓰기와 첨부되고 삭제되었으면 하는 재료들에 대한 교수의 의견까지 진솔하게 꼬집어 놓으면서도, 선택권은 절대로 강요하지 않고 작가의 자유의지를 존중하는 아량만은 놓치지 않았다.

교수는 친절하게도 내가 구분이 가능하도록 모든 수정 부분은 각자 다른 색깔의 펜으로 꼼꼼하게 지적해 놓았다. 나는 한없이 깊고도 넓은 소설의 본체를 감지조차 못하면서 소설가라도 된 냥 자만했던 걸 겨우 깨달았다. 비로소 한없이 작은 내 모습이 보이기 시작했다. 하지만 긴 터널을 지났다 싶으면 황량한 광야가 펼쳐져 있었고, 그 끝에는 험산 준령이 내 앞을 가로막고 있기도 했다.

그때는 꿈을 향한 도전을 멈출 만큼 나의 욕망이 빈약하지는 않다고 자부했던 게 곤두박질쳤다. 나는 겁도 없이 소설 쓰기에 덤벼들었던 걸 후회했다. 당연히 그럴 때마다 포기냐, 전진이냐의 갈림길에서 갈등하기도 수없이, 하지만 나를 위해 회초리를 마다하지 않은 교수의 정성에 힘입어, 몸살로 끙끙 앓으며 누워있던 자리에서 결국은 다시 털고 일어났다.

"자네 걸음 못 따라가겠는 걸…?"

남편은 울컥하던 감정을 추스르느라 나를 따라잡지 못하다가, 언제 왔는지 나의 등 뒤에서 부드러운 어조로 딴전을 피웠다.

"이렇게 여유롭게 걸을 수 있다는 게 새삼스럽군."

코로나19의 덕분이라는 생각이 들었다. 나는 순간 남편에게 기대고 싶다는 생각이 슬그머니 고개를 들었다. 하지만 즉시 짓눌러버렸다. 가정의 평화를 위해서도 안전수칙은 철저하게 지켜야 한다. 가급적 양심의 소리에는 무디어라! 그리고 지나치게 진솔하려고도 말아라! 그리고 너무 깨끗한 정리정돈도 말고, 그냥 그대로 현실을 인정하면서 침묵하는 걸 훈련해라! 나 스스로 세뇌시키기를 반복했다. 요즘 들어 척추협착증으로 인한 허리통증보다 일상에서 초과된 노동으로 오는 어깨 결림과 등판의 근육통이 더 심하지만 함구하는 게 더 편하다. 그 정도는 시간이 지나면 완화될 것인데 평화를 위해 긁어 부스럼 만들 필요는 없다. 아직은 남편의 성향이 상대방의 얘기는 타박을 주면서 자기 할 말은 다 한다. 나이가 들면 가장 중요한 게 다리근육이란다. 열심히 걸어야 하고 다리를 움직여야 한단다. 책상 앞에만 앉아있으면 안 된다. 우리 나이만큼 반복해 왔는데도 남편 생각에는 늘 처음이라고 생각하는 것 같다.

"우리의 여생이 얼마인지는 모르지만, 사랑만 하다가 가야 할 텐데…"

변화무쌍한 인간, 갑자기 남편의 말이 내 심금을 울렸다. 나는 허리를 꼿꼿이 세우고 바른 자세를 고집하면서 남편의 걸음을 따라잡았다.

"여기까지 오는 동안 그리도 멀고 험했을까요…?"

나는 아쉬움이 울컥했다.

"다 내가 못난 탓이었소!"

코로나19가 남편의 말투까지 진화시키고 있다. 시원할 때 조금이라도 더 일을 해 둬야지! 하던 그때의 그 명령이 그립나? 나는 순간 내면의 의중에 귀를 기울인다. 생소하다. 미루어 짐작하건데, 남편의 쓴소리가 귀 고막이 찢어질 정도로 쟁쟁하게 들릴 때면, 비로소 우리의 못된 습관들을 끊어놓는 백신인, 코로나19가 사라지고 죽었던 우리 경제가 되살아났다는 신호일 것이리라.

울타리

몽롱함 중에, 의식이 조금씩 깨어나고 있었다. 방안은 어두운데 창문에는 벌써 여명이 와서 걸렸다. 새날이 곧 밝아오겠다는 생각을 했다. 마침 오늘 자부가 신혼여행에서 돌아오는 날이라는 사실을 떠올렸다. 환은 즉시 상체를 일으켜 세웠다. 부리나케 옆자리를 더듬었다. 아내의 부재를 확인하는데, 청각은 벌써 아내를 찾아 집안 곳곳을 누비고 있었다. 불현듯 우리가 결혼한 다음 날 새벽, 온 부뚜막을 지저분하게 어질러놓았던 부엌 집기들을 치우던 아내의 모습이 떠올랐다. 환은 즉시 되뇌었다. 우리 며느리에게는 절대로 그런 대접은 하지 않으리라!

자부를 맞이한다는 것은 참 생소하지만 희망적이고 기쁜 일이다. 하지만 한편으로는 매우 부담스러운 일이라는 건 부인할 수 없다. 성인이 되도록 각자의 가족과 다른 환경에서 사는데 익숙해진 남녀가, 같은 환경에서 한 가족으로 친해져야 하고 또 협동하는 법을 익혀야 한다. 그 기간 선택의 기로에서 갈등할 때도 있을 것이고, 거짓과 진실을 가려내지 못해서 오해로 서로가 서로에게 상처를 주고 입는 과정도 도래할 것이다. 이제 한 가족이라는 운명의 울타리 안으로 들어섰다. 어차피 함께 가야 하는 운명이기에 양보와 이해도 동원해야 하겠지. 하지만 가끔은 상상도 못 할 만큼의 미움과 고뇌로 번민하다가 끝내는 스스로 해결받지 못해, 외롭고 외톨이로 겉돌던 새아기에게 그 짐을 다 지워버리는 크나큰 실수를 범할까 벌써 두렵다. 그땐 틀림없이 변명을 늘어놓겠지. 가장 원만하고 타당했노라고 합리화시킬 지도 모른다. 그래서 두렵다.

새 가족이 진정한 가족으로 마음까지 화합하는 그 순간까지 어떻게 인내할지가 과제인데, 이 과제를 풀어가야 한다고 생각하니 참 막막하다. 그런 순간마다 더 넓고 깊은 배려심과 아량으로 나를 비우고 어떤 오해도 나 중심의 해석은 안 했으면 얼마나 좋을까 싶다. 새아기야! 자그마치 내 아버지가 네 시어머니한테 한 정도라도 내가 너한테 했으면 소원이 없겠다. 부디 새아가, 우리는 상대를 다 알 때까지 서둘지 말고 아주 천천히 서로가 서로를 알아갔으면 좋겠어. 시간을 두고 한 가족으로 이해하고 사랑할 때까지 훈련을 멈추지 말자구나. 너와 너의 자녀들을 위해서, 그리고 또 그 자녀들과 그들의 자녀들을 위해서…

"오늘 아이들은 몇 시에 도착한데요?"

"11시까지는 도착하라고 했으니…, 알고 있겠지요."

아내는 개수대에 수북이 쌓인 깨끗한 그릇들을 행주로 박박 문지르면서 짧게 대답했다. 찬장 안에 진열되어있던 그릇들을 벌써 여러 번째 씻는다. 아무리 그럴 이유가 충분하다지만 건강도 생각했으면 좋으련만, 아내는 그릇을 물로 헹구다 말고 가스레인지 불을 줄였다. 곧 넓은 스텐찜통에서 끓고 있는 쇠고기 갈비찜을 뒤적거렸다. 환은 일인이역에 바쁜 아내가 갑자기 안쓰러운 생각이 들어 욕실로 달려가 손을 깨끗이 씻고는 그릇을 헹구기 시작했다. 비로소 아내는 주걱을 환에게 내 주면서 역할을 바꾸자고 했다.

"우리부터 먼저 며느리도 자식이라고 생각합시다."

아내는 묵묵부답인 채 일에만 집중했다. 환은 당연히 아내가 대꾸하리란 기대를 했다가 반응이 없자 이유가 뭔지 궁금하기 시작했다. 막상 말을 이어갈 판단도 서지 않아서 머무적거리고 있을 때 드디어 아내가 입을 열었다.

"이제 새 사람도 들어오니까. 당신도 알아야 될 것 같아서 하는 말인데…, 가족이라고 너무 편하게 생각하는 게 문제가 될 수도 있다고요. 가까울수록 더 예의를 지키라는 말도 있잖아요. 특히 손윗사람이 먼저 조심하지 않으면 자칫 아랫사람인 상대방에게 오해의 소지를 제공할 수가 있으니까요."

환은 아내의 말을 듣는 중에 문득 옛날 결혼할 당시의 상황이 떠올라 대답을 잃어버렸다. 그 전 해에 빚도 내고, 이웃 마을 김 부자네 고방에 쌓여있던 벼까지 장리를 내어 여동생을 시집보냈다. 다행히 밭과 산을 갈아 심은 고구마와 호박 그리고 김장 무로 담근 동치미가 훌륭한 식량이 되어주었다. 쌀보리와 밀을 심고 일찍 나오는 완두콩도 심었다. 그해의 겨울은 유난히 길었다. 그 긴 겨울 동안 환은 다음 해 농사를 위해 영농에 관한 서적들을 탐독하는가 하면, 병아리와 오리 새끼를 자신의 방에서 키웠다. 하루 종일 온돌방의 온도를 일정하게 맞추려고 산에서 부지런히 나무도 해 왔다. 봄이 오자 식량대용작물인 감자를 심고 방안에서 미리 키운 고구마 줄을 잘라서 꺾꽂이도 했다. 산과 들을 누비며 나물과 약초를 채취해서 아버지가 기력을 잃지 않도록 봉양하는데도 게을리 하지 않았다.

감자 수확이 끝나자 환은 재래식방법으로 벼를 재배하지 않고, 과감하게 지도소의 지도대로 다수확 신품종인 벼를 재배한 결과 다행히 일반 품종에 비해 벼농사 소출이 훨씬 많았다. 그 덕에 비록 식구들 먹을 식량은 없어도 그해 수확한 벼를 싹싹 긁어서 여동생 결혼자금을 위해 쓴 장리는 다 갚았다. 이런 형편에 아내와의 결혼은 도무지 엄두가 나지 않았다. 형들은 결혼과 동시에 분가했고 누나들과 여동생까지 다 결혼을 하고 나니 막내아들인 환과 아버지만 남았다. 이미 농토들을 팔아 결혼한 형들에게 나눠준 후라 두 식구 연명할 곡식 한 톨 없었다. 이런 실정일 때 아내가 시집을 왔으니, 뒤돌아보면 모험이 따로 없었다. 결혼식은 아내의 형편을 감안해서 졸업 전 겨울방학 기간으로 정했다.

아내의 아버지인 교회 목사가 다음 해 첫해 첫 주일날 다른 곳으로 임지를 옮기기 때문이었다. 아내는 시집온 첫날 그날도 오늘과 마찬가지로 새벽부터 밀려있던 뒷설거지를 하고 있었다. 아내가 부엌에서 어제 어질러놓았던 그 많은 뒷설거지를 하고 있다는 걸 알고서야 환은 미안함에 사로잡혔다. 사실 그때까지는 그런 문제가 도래하리라고는 짐작도 못 했다. 당연히 대접을 받아야 하는 시집온 새색시가 아니던가. 환이 고집만 부리지 않았다면 온갖 예절을 다 갖추고 집안사람들과 형제들의 환영을 받으며 시집을 왔을 것이다. 하지만 환은 결혼할 형편이 여의치 않자 모든 형식을 다 포기할 수밖에 없었다. 자신 때문에 시집오자마자 아무 잘못도 없는 아내가 천대를 받는 걸 보니 마음이 아팠다. 시댁의 가풍이나 환경에 적응하지 못한 상태인데 어떻게 받아들일지도 신경 쓰였다.

전날 저녁 집안의 몇 안 되는 환 또래의 남자들이 늦게까지 놀다가 돌아갔다. 뿐만 아니고 누나들과 여동생도 함께 놀다가 같은 마을에 사는 형님네로 갔다. 환은 자기 전에 물이 먹고 싶어서 부엌에 들렸다가 놀라운 광경을 목격했다. 그야말로 부엌은 난장판이 따로 없었다. 온갖 음식물 찌꺼기가 묻은 그릇들과 부엌 식기들은 고사하고 부엌 바닥에 널려있던 땔감, 아궁이에는 타다 남은 땔감들도 지저분하게 그대로 널려있었다. 화재가 발생하지 않은 것만도 천만다행이라고 생각되자 끔찍했다. 환의 고집이 마땅찮아 형님들과 형수들은 오지 않았다 해도 누나들과 여동생이라도 왔으니, 다른 건 몰라도 부엌이라도 정리정돈 하고 갔을 거라고 걱정도 하지 않았다. 환은 아내가 부엌으로 나간 사실을 알고 겨우 어젯밤에 보았던 부엌의 광경이 떠올랐다. 갑자기 얼굴이 화끈 달아올랐다. 그래도 새 사람인데…, 아내를 향한 안쓰러움에 앞서 집안의 분위기가 아내에게 들통났다는 사실이 몹시 민망하고 부끄럽기 짝이 없었다.

환은 시집온 새색시가 결혼식 날 손님 치른 뒷설거지 하는 건 아내뿐일 거라고 생각했다. 미안해요! 내가 일찍 일어나 치운다는 게 그만, 환은 부엌으로 들어서면서 겸연쩍음에 못 이겨 기어들어 가는 소리로 웅얼거렸다. 반대로 아내는 환과는 전혀 다른 어조였다. 환씨 벌써 일어났어요! 아내는 환의 염려를 한꺼번에 싹 지워버리듯 활짝 웃으면서 명랑한 어조로 아침인사를 했다. 그런 다음 덧붙이기를 이제부터는 이 부엌의 솥뚜껑 운전사는 난 걸요?라는 아내의 표정에는 어디에도 기분 나쁜 기색이라고는 찾아볼 수 없었다. 그때서야 환은 안심을 하고 땔감을 나르고 물을 길어왔다.

아내는 가마솥이 걸려있는 부뚜막 한 귀퉁이에 아무렇게나 널브러져 있던 쌀자루 주둥이를 벌리더니 환씨? 쌀이 어디 있죠? 여기는 조금 뿐입니다. 했다. 환은 가슴이 철렁 내려앉았다. 어쩌지? 저 쌀이 마지막인데…? 말을 해야 하나 말아야 하나? 환이 안절부절못한 채 길러 온 물을 항아리에 천천히 부으면서 답을 준비하고 있을 때 마침 아내가 솥뚜껑을 열더니, 어제 먹고 남은 밥이 많이 남았네요? 환은 위기를 모면하자 한숨이 쏟아졌다. 안 그래도 환은 결혼식이 다가오자 아버지가 다른 건 몰라도 쌀은 있어야 하지 않겠느냐며 마을 방앗간에서 외상으로 쌀 한 말을 구했다.

"우리 마나님, 말씀이 백번 옳아요! 네, 네, 시켜만 주십시오. 마당쇠는 마나님 시키는 대로 따르겠사옵니다."

환은 아내가 시집오던 그날의 슬픔 기억을 날려버리고 싶어서 일부러 농을 섞었다. 하지만 그렇게도 지긋지긋하게 싫은 기억이 하필이면 이럴 때 또 찾아올 줄이야. 아내가 시집오던 그 다음날이었다. 아내가 새벽같이 일어나 어제 손님들이 어질러놓고 간 식기들을 다 씻어 정리한 후, 서둘러 준비한 아침 밥상을 들고 아버지 앞에 놓으면서 식사하시라고 했다. 아내의 말을 듣던 아버지는 방에 누웠다가 벌떡 일어나더니 너희들 밥은? 했다. 아내가 우리도 먹을 것이니 아버님 먼저 드십시오.라고 하자 빨리 상을 가지고 와서 같이 먹자는 것이었다. 이 말을 들은 환은 며느리를 챙기는 게 고마워서 제가 가지고 오겠습니다.라며 부엌으로 가려하자 사내가 부엌에는 왜 들락거려!라더니 아내더러 가서 들고 오라 했다. 아내가 부엌으로 가자 아버지는 환에게 장가를 가기 전이면 몰라도 장가를 갔으면 사내가 함부로 부엌에 들락거리면 체통머리 없어 보이니 조심하라고 했다. 환은 아버지가 갑자기 왜 이러시지?라는 의문이 들었지만 좋은 취지에서 하는 말일 거라고 치부해 버렸다. 곧 아내가 밥상을 들고 왔다. 아버지는 두 밥상 위의 음식을 살피기 시작했다. 아내는 이유를 몰라 긴장한 채 주눅이 들었고 아버지는 한참을 두 밥상 위를 비교하더니, 비로소 밥상을 물리면서 내 밥상은 치워라! 했다.

아내는 사색이 되었지만 환은 화가 났다. 아버지가 평소와는 전혀 다른 언행을 하자 기가 막혔다. 며느리까지 맞이한 첫날인데 무슨 트집인지 도무지 이해할 수가 없었다. 안 그래도 아내는 쌀이 없어 새 밥도 짓지 못한 데다가 반찬도 만만찮은 밥상을 시아버지에게 드리는 게 미안하다고 하던 참이었다. 아내는 기어들어가는 소리로 아버님 저가 실수를 했다면 용서하시고 알아듣도록 말씀해 주시면 고치겠습니다.라고 하자, 아예 소리까지 버럭 지르면서 그걸 몰라서 묻어! 어디서 배워먹은 버릇이기에 우리 집에 와서 써먹는 거니! 개밥도 이것보다는 낫겠다. 이것도 시집온 새색시 첫날 시부모 밥상이라고 들고 왔니? 아무리 쌍놈의 집안이라도 그렇지 딸을 시집보내면서 하다못해 자반 한손도 준비 안 해서 보낸 친정엄마도 있다든? 그 엄마 밑에서 뭘 보고 배웠겠어. 그놈의 가정교육 안 봐도 뻔하네. 예수쟁이들은 하늘 아부지만 섬기고 부모는 발바닥의 때만도 안 여기는 기라.라더니 곧바로 아버지 밥상을 손수 뒤덮어 엎었다. 그 바람에 상다리가 부러지고 몇 안 되는 그릇도 산산조각이 나면서 음식들과 뒤범벅이 되어 방바닥은 그야말로 쓰레기장이 따로 없었다.

환은 이 모습을 보고 있자니 속이 부글부글 끓어올랐다. 처음에는 형편도 안 되면서 결혼을 서두른 자신을 속으로 자책하다가 결국 하소연으로 바뀌었다. 우리 결혼을 누구 때문에 이렇게 부랴부랴 했는지 벌써 잊으셨어요. 아버지? 우리가 아무것도 해 줄 형편이 못되니 아무것도 필요 없다고 하셨잖아요. 살림살이는 다 있으니까. 아가씨 아버지가 이사 가기 전에 어서 결혼을 서두르라고 하신 분이 아버지 아니셨어요? 그러시면서 아무것도 준비할 필요 없으니 몸만 오면 된다고 몇 번이고 말씀하셨어요? 그래놓으시고 지금 와서 이러시면 우리는 어쩌라는 겁니까? 네? 말씀해 보세요! 제발. 갑자기 환의 눈에서 눈물이 비 오듯 쏟아지더니 꺼이꺼이 울음보를 터뜨렸다.

"그래도 우리 며느리가 복이 많긴 해. 당신처럼 이해심 많은 시아버지를 만나게 되었으니, 당신도 내 시집 왔을 때를 잊지는 않았겠지요?"

"이 마당쇠는 마나님의 분부대로만 거행하겠사오니, 제발, 그 옛날 아픈 기억들은 지워주시면 안 될까요?"

며느리한테만은 아내와 같은 전철을 밟게 하고 싶지 않은 마음은 환도 마찬가지였다. 자칫 옳고 그름을 따졌다가는 아무래도 갑이 을한테 갑질한다는 소리를 들을 것이다. 아내는 자신이 시집오던 날 얼마나 한이 맺혔으면 몇 날 며칠을 청소와 밑반찬부터 시작하여 레시피를 검색해가면서 요리를 할까. 음식은 원래 먹고 남는 한이 있어도 넉넉하게 준비해야 그 집안의 인심을 안다면서 양도 충분히 장만했다. 아내는 준비하는 내내 얼마나 즐거웠으면 찬송가를 흥얼거렸다. 그런 아내를 향해 자신도 모르게 요리할 때는 위생상 말없이 해야 하는 게 아닌가?라고 하자 걱정도 팔자십니다. 그래서 허밍으로 하잖아요! 원래 음식은 즐거운 마음으로 정성껏 만들어야 맛도 좋지만 먹는 사람의 피와 살이 되는 법이라고요.라며 우스갯소리로 대꾸했다. 처음으로 맞이하는 며느리에게 손수 장만한 음식을 먹이고 싶다는 게 소원이라며 아내는 평소에 입버릇처럼 말해왔다. 왜 안 그럴까. 아내가 시집오던 날 푸대접 받았던 기억이 지워지지 않는 한은, 며느리에 대한 애정을 누가 나무라겠는가.

"이런 말 안 하려고 했는데, 내가 시집오는 그 날부터 가족들한테 부당한 대접을 받았다는 걸 당신은 알잖아요. 홀아버지 모시고 사는 막내아들이 장가드는데 당신 형님들이 한 분도 안 오신 건 고사하고, 형수님들까지 안 오실 수가 있단 말입니까. 물론 당신이 말도 안 되는 고집을 부리니까. 창피스럽기도 하고 그렇다고 사회적으로 선도할 위치에 있는 동생도 아니면서 잘난 척한다 싶으니까. 사실 형들로서는 기분이 당연히 나쁘죠. 그렇게 남의 이목을 두려워하는 형님들이라면 자기들이 돈을 내서라도 최소한의 체면은 살려야 하는 게 맞지 않나요? 한데도 꼼수를 부려 꿩 먹고 알 먹었다고나 할까? 남의 이목에 상응하는 척 동생의 의견에 반대만 하면, 결혼자금 일 푼도 보태지 않아도 자신들의 면목을 넉넉히 세울 수 있다고 생각하실 수 있었겠지요. 하지만 어디 그게 인간의 도린가요? 물론 일시적인 생각으로는 굴러온 복으로 착각했겠죠. 하지만 굴러온 복이 아니라 자신들의 치부를 고스란히 들어내는 줄도 모르시고는 말입니다."

"당신도 역시 나와 똑같은 사람이라 다행이네! 사실 나는 그동안 가끔 가다가 당신은 사람이 아니라 천사라고 생각했거든. 그런데 지금껏 어떻게 참았을까? 그것만으로도 충분히 아무나 할 수 없는 일인데…? 그래도 너무 참으면 자신도 모르는 사이 독이 되어 결국 그 독이 전신에 퍼지면 생활 전면에 악영향을 미치게 될 수 있다는 게 일반적인 상식이니, 지금이라도 털어놓아서 천만다행이오. 내 건강은 내가 지켜야지요. 당신, 지금이라도 사람으로 돌아와 줘서 고맙네요. 히!"

"시집오면 귀머거리 3년 벙어리 3년이라는 말도 있잖아요? 이제 와서 실토하는 건데요. 하긴 당신이 내 이 말 들으면 아마 거짓말한다고 할지도 몰라요. 하지만 진실이랍니다."

"뭔데 그렇게 뜸을 드려요?"

"나도 지금 와서 이 말 하려니 사실이 아닌 것 같은 생각이 드네요. 아버님도 섬겨야 되지만 사실은 아버님 눈에 나면 살 수가 없다는 생각이 지배하더라고요. 그러니 아버님이 타박을 하시면 그냥 머리가 하얗게 되면서 내가 꼭 바보가 되는 느낌이 드는 겁니다. 그래서 옛날부터 시집살이라는 말이 내려오나 봐요. 꼭 시어머니만 시집살이 시키는 게 아니고, 하긴 말이 나왔으니 말이지만 이제 와서 털어놓는 건 달리 목적을 둔 건 아니네요, 뭐. 이젠 얘기해도 될 것 같기도 하고, 하지만 이미 내 뜻을 밝혔잖아요. 사람의 시각으로 본 것은 사실 아무 의미가 없죠. 다 지나가는 과정일 수밖에 없으니까. 중요한 건 하나님의 시각이지, 그분이 우리를 순간순간 어떤 과정을 거치게 하느냐에 따라서 우리의 존재가치가 좌우되는 거라고 생각해요."

"그래요. 오늘 당신 말 다 들어줄게!"

"안 들어주면 어쩔 건데요? 말 해봤자 거의가 고인이 된 마당에, 일어나서서 변명이라도 하실 수 있다면 들어보고 싶다니까요. 사실 너무 궁금해서, 하지만 나로서는 어머니가 계시고 안 계시고의 차이라고만 생각할 수밖에 없었으니까. 아무리 그래도 그렇지, 세상 이치까지 뭉개버리나 싶더라고요? 자그마치 형들이라면 절약하겠다는 동생의 뜻이 기특해서라도 꼭 돈으로서가 아니라, 성의껏 협조해야 하는 거 아닌가요? 이미 지나간 일이긴 하지만 사실 이런 야박한 형제들도 또 있을까. 결론은 우리 친정집 가족들을 대놓고 무시하는 처사였다는 겁니다. 나는 사실 자존심 상해서 친정에도 지금까지 그 사실에 대해서는 입을 굳게 닫아 버렸지만, 정말 이해가 안 되는 것은 결혼 후에도 지속적으로 당신에게 형님들이 번갈아 가면서 찾아와서까지 질책을 했던 걸 생각하면 아직도 나로서는 이해가 안 가요. 왜 그러셨던지…? 그건 그렇고 누님들과 여동생은 참석했잖아요. 그러면 빈자리를 채우기 위해서라도 잔칫집 형식은 갖춰줘야 하는 거 아닌가요? 한데도 갓 시집온 나 말고는 뒷정리할 사람이 아무도 없는 줄 알면서도 손님은 물론 자기들이 먹은 뒷설거지까지 나 몰라라 하고 가버리다니요. 아무리 쌍놈의 가문이라도 이런 경우는 없을 겁니다."

아내의 어조는 줄곧 실타래를 풀어가듯 순조롭다가 마지막 대목에서 갑자기 흥분되었다. 환은 아내가 이보다 더 흥분하고 설사 화를 불같이 낸다 해도 할 말이 없었다. 형편도 안 되는 결혼식을 강행하려니, 사실은 본의 아니게 아무것도 안 받고 안 주고 피로연이고 뭐고 오로지 결혼식만 하자!라는 말 말고는 달리 방도가 없었다. 그땐 환의 형편도 형편이지만, 아내의 가정도 만만치 않았다. 교인 수도 몇 명 안되는 농촌교회 목사생활이래야 뻔했다. 얼마 안 되는 사례금과 여 성도들이 밥할 때마다 기도하는 마음으로 조금씩 떠 모은 곡식을 일주일마다 합쳐서 목사 가족의 식량으로 주는 게 전부였다. 이런 상황에서도 아들 셋은 자유롭게 나가 아르바이트에 장학금으로 대학까지 했지만, 아내는 막내에 고명딸이라 아버지인 목사가 함부로 객지로 내보내지 못하겠다며 끼고 살았다.

환이 다니는 교회 담임목사로 부임하는 아버지를 따라온 아내는 대학 검정고시 준비생이었다. 그때 환은 중학교를 나와 집안일을 도우면서 고등학교 검정고시에 합격한 후 대학진학을 준비하다가, 군에 입대하여 전역한 지가 겨우 3일밖에 되지 않았다. 둘은 대학 진학 준비생이라는 동질감 때문에 격 없는 사이로 발전해 갔다.

드디어 아내는 원하던 간호전문대에 입학하여 결혼하던 그해는 졸업반이었다. 때마침 아내의 큰 오빠의 장인이 서울 대형교회 장로인데, 그 교회서 개척한 교회로 아내의 아버지 목사를 담임교역자로 초빙했다. 이 사실을 알고부터 환의 마음은 무척 급했다. 환은 그때 통신대학 영문과에 진학하여 아버지가 하는 농사를 돕고 있었다. 겨우 아내와 사이가 가까워졌는데 이사를 가면 틀림없이 놓쳐버리고 말 것 같았다. 하늘이 무너져도 솟아날 구멍이 있다고 했든가. 마침 그 당시 전국이 새마을 운동이 한창이었다.

환은 그때를 생각하면 지금도 꿈만 같다. 어디서 그런 용기가 났던지, 아내를 놓치고 싶지 않다는 절박감이 얼마나 간절했으면 그토록 과감했을까. 마침 정부가 새마을운동의 일환으로 허례허식이 심한 우리나라의 관혼상제를 간소화하자는 운동이 일어나고 있었다. 환은 이 운동을 구실로 삼으면 되겠다는 생각이 머리에 떠오르는 순간 얼마나 기뻤던지. 특히 결혼을 앞둔 우리나라 젊은이들이 꿈과 희망의 첫 출발이 허례허식으로 낭비하는 엄청난 비용으로 빚더미에서 시작한다. 그 결과 행복해야 할 결혼생활이 시작부터 불행으로 이어진다는 것이다. 하지만 이 운동을 모두가 긍정은 하면서도 과감하게 실천하지 못하고 있던 터였다. 다행히 환이 정부시책에 부응하기 위해서라는 슬로건을 내걸긴 했으나, 따지고 보면 어려운 사정 때문이다 보니 실천하기가 민망하고 자존심 구겨지는 행위였다. 그런 상황이지만 아내를 잡아야 한다는 간절함이 얼마나 절박했으면 그토록 거대한 장애물도 뚫어냈겠는가. 물론 아내의 가정형편도 넉넉하지 못하기는 마찬가지였다. 도둑질도 손발이 맞아야 한다는 말처럼, 아내는 환이 주장하는 허례허식을 뿌리 뽑자고 앞장서자는데 흔쾌히 동의해 주는 바람에 그해 겨울방학 기간에 결혼식을 올렸다.

오랜 관습이 쉽게 바뀌지겠는가. 환의 형들은 체면이나 위신이라도 깎일까 봐 괜히 타박만하고 뒷짐 지고 강 건너 불구경하듯 하면서도, 실제로는 형제들에게 손 벌리지 않은 동생을 속으로는 은근히 환영했을 수도 있을 터였다. 남편의 형제들은 남의 이목을 의식한 나머지 반대하는 척 참석하지 않으면 오히려 두 마리 토끼를 단번에 잡는다고 생각했을 것이다. 첫째는 이웃들에게 비난을 받아도 모든 책임은 말도 안 되는 고집을 부리는 동생한테 있다. 두 번째는 골치 아픈 행사에 끌려다니지 않아도 되고, 실재적 책임에서도 회피할 수 있다고 믿었을 것이다.

"입이 열 개나 있어도 내가 무슨 변명을 하겠어. 당신한테."

"날 엿 먹이자는 계획적인 발상 아니고는 절대로 상상도 못 할 일이라고 봐요. 처음부터 길을 단단히 들이자! 뭐, 그런 거 있잖아요? 하지만 내가 지금껏 묵인할 수 있었던 건 우리를 위한 높은 데 계신 그분의 계획이 분명히 있다고 믿었기 때문이었어요. 그들의 행위가 절대로 그날만의 일이 아니었다는 것은, 그 이후로도 지속적으로 아버님께 자녀들의 물밑작업이 이어지고 있었다는 사실을 한참 세월이 지나서야 알긴 했지만 말입니다. 그렇지 않고서야 자녀들 집에 잘 가시지 않으셨다는 분이 내가 시집와서는 그렇게도 자주 다니러 가셨잖아요? 그리고 이미 저가 목사 딸인데도 어서 결혼하라고 재촉하실 때는 언제고, 너희들은 하나님 아버지만 있으면 되니까. 여기 말고 너희들이 좋아하는 하늘 아버지 집에 가서 살아라! 하신 것도 절대로 아버님 혼자 생각이 아니신 거죠. 물론 처음에는 부모 자식 간에 무슨 소리를 못 할까 싶어서 예사롭게 듣고 넘겼지만, 그 말씀을 한 번도 아니고 자녀들 집에 다녀오셨다 하면 눈치도 없이 어김없이 하셨거든요."

"며느리 사랑은 시아버지란 말이 있지만, 시집살이시키는 이는 구별이 없나 봐."

"지나고 보면 쫓겨나지 않았다면 아버님 혼자 두고 우리까지 독립할 엄두는 꿈에도 생각 못 했잖아요. 사실 우리가 얼마 되지도 않은 부모 유산 바라보고 안주했더라면 오늘은 절대로 없었을 겁니다. 하지만 아무리 부모를 옆에서 부추겨도 갈 데 올 데 없는 자식을 빈손으로 쫓아내는 건 좀 심했어요. 신앙의 자유가 있는 나라에서 예수 믿는다고 자식이 아닌가요? 아브라함을 정든 고향을 떠나라고 했던 하나님께서, 우리에게도 계획이 계실 거라는 믿음이 나에게 어렴풋이 있기 했지만, 하나님께서 우리와 함께 하신다는 확신을 심어준 당신의 말이 귀에 들어왔다는 것도 우연은 아닐 테니까요. 그때 당신도 참 안쓰러웠었어요."

환은 수십 년을 묻어두었다가 한꺼번에 꺼내 놓는 아내의 속내 때문에 잊고 있었던 기억들이 주마등처럼 뇌리를 스치고 지나갔다. 사실 그때는 믿음 하나로 버텼다. 물론 지금은 산전수전 겪다 보니 믿음도 오염이 되어 순수하지 못하지만, 그때는 정말 티 하나 없이 투명했기에 누가 봐도 초라하기 그지없는 여건인데도 눈곱만큼의 걱정도 비비고 들어올 틈이 없었다.

그 믿음 덕인지 마을 어귀에서 지방도로를 따라 시내 쪽으로 조금 가면, 도로 주변에 잎담배를 재배하던 폐가가 있어서 일단 거처를 거기로 옮겼다. 환과 아내는 폐가를 손보고 비록 남의 땅이지만 다음 해 재배할 영농준비도 했다. 이런 사정을 알게 된 처가댁 가족들이 다달이 생활비를 모아서 조금씩 보내왔다. 아내가 졸업하는 날 장인이 환에게 조심스럽게 건의를 했다. 공무원 지방공채에 도전해 보면 어떻겠느냐고? 환은 거절할 이유가 없었다. 즉시 머리를 싸매고 공채준비를 한 결과 단번에 해냈다. 9급에서 시작된 환의 공직생활은 그야말로 보장된 대로나 마찬가지였다. 그것을 시작으로 통신대도 무난히 졸업을 했고, 계속해서 행정고시 준비도 할 수 있었다.

그 결과 시장 자리에까지 오를 수 있는 발판이 마련되어 주었다. 아내는 병원에서 간호사로 일하면서도 쉬는 날만 되면 환을 도와 집수리와 텃밭 가꾸기에도 열심을 다했다. 둘은 시내를 선택하지 않고 자신들을 구제해 준 땅을 조금씩 사 모아 나갔다.

"하나님의 뜻을 이루기 위해 일시적으로 악역을 맡아 예수님을 팔아 버린 유다가 아니었다면 인간의 구원은 없었겠지. 마찬가지로 우리를 향한 하나님의 계획이나 아버지의 구원을 위해서는, 먼저 형제들이 아버지가 악역에 사용되도록 부추기게 한 거였어. 하지만 자식 이기는 부모 없다고 즉시 마음을 돌려 우리가 다니는 교회까지 출석하셨다는 것은 우리도 우리지만, 아버지의 구원을 위해서는 그런 과정이 필요했던 거라고요. 아버지께서는 스스로의 실수로 인해 자식에게 못 할 짓을 한 걸 통회하는 마음으로 자식이 가장 소중하게 생각하는 주일날 교회 예배에 동참하게 되신 게 틀림없을 겁니다."

아들 부부가 신혼여행에서 돌아올 시간이 가까워지자 아내는 마음이 조급한지 대답도 미룬 채, 정성껏 준비한 요리들을 뷔페식 빈 식기를 채우기에 바빴다. 봄 날씨답게 화창한데다가 시원해서 음식 보관에도 안성맞춤이라고 아내는 좋아했다. 환의 뒤를 이어 시청에 근무하는 사내 커플인 딸과 사위는 조퇴를 했다며 제일 먼저 도착했다. 10시 반이 되자 신혼여행에서 아들 부부가 돌아왔다. 목사, 장로, 안수집사들 내외와 권사들은 11시 5분 전에 도착했다. 예배가 끝나자 교회 개척 멤버인 원로장로가 제일 먼저 입을 열었다.

"할아버지께서 살아계실 때 예배시간 시작부터 마칠 때까지 당신의 무릎에 손자를 앉혀놓고 계시니까. 하루는 그 당시 담임목사님께서 강단에서, 어르신! 그렇게도 손자가 좋으세요?라고 묻자, 서슴지 않고 하시는 말씀이 눈에 넣어도 아프지 않다고 하시던 그 목소리가 얼마나 우렁차던지, 지금도 그때 그 목소리가 귀에 쟁쟁하다니까요. 나는 조 군이 자라는 과정을 지켜보면서 늘 이렇게 생각했어. 사랑을 듬뿍 받고 자란 사람은 확실히 다르구나.라고. 조환 장로님은 하나 아들이라도 열 아들 부럽지 않겠어요?"

"별말씀을요. 하긴 저의 선친께서는 손자 사랑은 좀 유난스러웠지요. 안 그래도 내리사랑이라는 말도 있지 않습니까. 그런데 노쇠한 할아버지라 할 일도 없으니 외롭지요. 저의 아들 역시 외딴곳이라 친구도 없어 외로울 수밖에 없잖습니까. 그러다 보니 저의 선친께서는 매일 출퇴근하다시피 하셨어요. 그리고 보면 일 대 일 가정교사인 셈이었어요. 하도 충실하셔서 유치원에 보낼 필요가 없었어요."

아버지는 마을에서 2㎞ 거리를 매일 왕래하면서도 한결같이 만면에

웃음을 잃지 않으시고, 마중 나간 손자의 고사리손에 이끌리듯 나타나곤 했다. 아들은 태어나자마자 외할머니 손에서 자랐다. 아내가 산후조리 휴가를 마치자 그녀의 어머니는 이미 각오한 듯, 외손자 돌보기가 시작되었다. 하필이면 아들의 돌날에 아버지가 환의 집에 매일 들락거릴 수밖에 없었던 사건이 일어났다.

　마침 그날이 토요일이라 시댁과 처가 가족들이 모이기로 되어있다. 첫 새벽부터 아내는 아들과 띠동갑인 딸까지 동원하여 자기 어머니를 도와 음식을 준비하느라 바빴다. 환 역시 손님 대접 준비에 힘을 보태느라, 집 안 청소를 한 후 음식 차릴 상을 닦고 있을 때였다. 갑자기 아버지의 고함소리가 들리는 게 아닌가. 그 소리가 얼마나 다급했으면 하늘이 무너지는 엄청난 이변이 일어났다는 신호처럼 들렸다. 아무리 바빠도 이 정도의 소리에 즉각 행동하지 않을 사람이 있다면 청각이 마비된 상태이리라.

　아내는 물론이고 순발력이 강한 딸은 벌써 환을 앞질러 소리 나는 곳을 향해 비호처럼 달렸다. 점심시간에 모이는 돌잔치에 언제 도착했던지 아버지는 마당 끝에서 지팡이를 앞세워 걸음을 재촉하느라 부지런을 떨고 있었다. 그 앞에는 아들이 낮은 우물 어귀 난간에 엉덩이를 올려놓고 앞으로 구푸려 시선을 아래로 고정시키고는, 재미있다는 듯 가끔씩 손을 앞으로 내밀면서 깔깔대고 있는 게 아닌가. 하지만 거기에는 기겁할 정도의 광경이 벌어지고 있었다. 두꺼비 한 마리를 이미 절반 정도 입안으로 삼키던 중인 붉은 반점에 윤기까지 자르르 흐르는 커다란 뱀이 아들을 마주 보고 있었기 때문이다. 아무리 미물이지만 천진난만한 아들의 행동을 충분히 감지했음인지 도망도 치지 않았지만 그렇다고 자기를 방어하기 위해 아들을 해치지도 않은 채, 꼭 친구마냥 서로 마주 보고 자기 할 일에만 충실하고 있었다. 이때 비호처럼 나타난 딸이 자기 동생을 안고 도망치기 시작했다. 뒤이어 도착한 환은 용케도 큼직한 돌 하나를 찾아 번쩍 들어 뱀의 머리를 향해 내리쳤다. 뱀은 순식간에 길게 펴고 있던 몸통을 꼬아 똬리를 틀었다. 하지만 돌 밑에서는 이미 검붉은 피가 흘러내렸다. 환과 아버지는 즉시 집에 있는 나무에서 가지를 꺾어 새끼로 엮어서는 임시로 우물 뚜껑을 만들어 덮었다.

"그럼, 할아버지께서는 언제부터 손자를 돌보셨어요?"

목사 사모가 궁금하다는 투로 물었다. 그러자 원로장로가 즉시 나섰다.

"아마…? 할아버지께서 처음 교회 나오실 때가 손자 돌날 이후부터로 알고 있습니다만?"

"맞습니다. 돌날 그다음 날이 바로 주일이라, 내 손자는 내가 책임지고 지켜야 한다면서 교회로 출석하시더라고요. 그리고는 월요일부터는 집으로 출근하기 시작했고요. 그 일은 아들이 초등학교에 입학하기까지 지속되었지요."

"그러고 보면 손자가 할아버지를 교회로 인도한 셈이지요? 허허!"

원로장로가 만면에 웃음을 머금은 채 칭찬을 하자, 모인 모두가 하나님이 하시는 일은 그 누구도 짐작할 수 없을 정도로 엉뚱한 데가 있다면서 고개를 끄덕거리거나, 또는 웃으면서 박수를 치기도 했다. 그때 나이가 제일 많은 권사가 매우 진지하게 말을 꺼냈다.

"할아버지께서는 그때와 마찬가지로 지금은 더 확실하게 손자를 지키시는 것 같아요. 당신의 손자가 이렇게 새파랗게 젊은 나이에 대학교수라니…, 아무나 박사가 되고 대학교수가 되나요? 저 생각에는 할아버지께서 지금은 주님 가까이 계시니까. 더 확실하게 손자를 잘 도와달라고 자나 깨나 주님께 보채시는 게 틀림없어요."

"권사님 말씀이 맞습니다. 저의 시아버님만 아니고 아들 역시 할아버지께서 큰댁에 못 가시게 지팡이를 감추곤 했어요. 하지만 어려운 우리 살림에 밥 한 끼라도 축낼 수 없다하시며, 지팡이 대신 나뭇가지를 짚고 가셨어요. 그러자 그 다음날 아들은 할아버지의 신발을 감추는 겁니다. 거기다가 할아버지 올 시간이면 어떻게 아는지 뜰 끝까지 마중을 갔어요. 그렇게 끈끈한 사이였답니다. 그리고 할아버지 호주머니에는 항상 돈이 떨어지지 않았어요. 왜냐면 한 번 돈이 들어갔다 하면 절대로 나올 줄 모른다는 소문까지 나 있었으니까요. 그런데 유일하게 저의 아들을 위해서는 그 주머니를 여셨거든요. 손자가 좋아하는 동그란 눈깔사탕을 매일 잊지 않고 호주머니에 넣어오셨어요. 어디 그뿐인 줄 아세요? 저희 장로님이 아버님과 같이 살 때 병아리와 오리 새끼를 사다 키웠는데, 그놈들이 낳은 알을 매일 가지고 오셨어요. 그런데 그 알이 깨질까 봐 철사로 동그랗게 만든 그 안에 넣어 다니시는 거예요. 그러다가 아들이 초등학교에 입학을 하는 날이었어요. 진짜 기절초풍할 일이 일어났었어요. 운동화와 가방까지 사 오신 겁니다. 아마 아버님이 쓰신 돈 중에 가장 거금이었을 겁니다."

"저는 새신랑 할아버지께서 세례 문답하실 때, 목사님께서 왜 예수님을 믿게 되셨는지요?라고 물으시자, 나중에 내 손자 가는 데 먼저 가서 기다리려고…, 왜? 그러면 안 되나요?라시며 껄껄 웃으셨다던 말씀이 잊혀지지가 않아요."

권사는 다시 입을 열더니 아내의 말에 흥미를 보탰다. 그때까지도 묵묵히 미소만 짓고 있던 목사가 드디어 입을 열었다.

"옷을 짓기 위해서는 먼저 천을 재단하여 여러 조각으로 내잖아요? 하지만 재단하는 목적은 옷을 만들어 가는 과정일 뿐, 쓸모없게 하는 무책임한 행동이 아니지 않습니까. 물론 멀쩡한 천을 가위로 자르고 조각을 낼 때, 당연히 아깝고 또 얼마나 아프겠습니까. 하지만 그 조각낸 것을 싸매어 박음질하여 멋진 옷을 탄생시키려면 재단은 필수거든요. 원래 가족관계란 이런 이치와 같은 것이라고 생각합니다."

목사의 말이 끝나자 그 의견에 동의하듯 모두가 고개를 끄덕거렸다.

이식

손 원장은 외출준비에 바빴다. 벌써 7년이 지났다. 그동안 남편을 만나러 다닌 지도 셀 수 없을 만큼 많았건만, 나설 때마다 처음이라는 생각은 변함이 없다. 사실 남편이 태어나고 자란 남천면민 전체가 큰 인물이 났다며 기대를 할 만큼 비상한 두뇌를 이미 타고 태어났다고 했다. 그것을 증명하기라도 하듯 남천면에서 학교라고는 유일하게 하나뿐이었던 남천초등학교에서부터 대학을 졸업할 때까지 남편은 수석 자리를 양보한 적이 한 번도 없었다고 했다. 그런 양반이 정작 본인이 죽어 한 줌의 재가 되어서도 손바닥만 한 땅 하나 차지하지 않았다. 자그마치 후손들에게라도 자신의 흔적을 남겨야 했거늘, 아직도 손 원장으로서는 그 숨은 진심을 끝내 알아내지 못했음이 못내 아쉽다. 그래서인지 넋이라도 위로할 겸 그를 찾는지 모른다.

남편은 추위가 오기 전에 서둘러 떠났다. 꼬박 2개월 동안 병원 신세를 졌다. 강소주를 즐기는 편이라 위장에 탈이 생기면 어쩌나 늘 걱정이었다. 이런 걱정과는 달리 엉뚱하게 신장에 탈이 날줄이야. 혈액투석을 할 수밖에 없을 만큼 신부전이 진행되고 있었는데도 본인이나 가족들까지도 이상 증상을 발견하지 못하고 있었다. 체중이 다소 줄었지만 그것으로는 별로 심각하게 생각하지 않았는데 구토와 두통이 너무 심해졌을 때 비로소 병원을 찾았다. 그 결과 말기 신부전증이라는 판정을 받았을 때는 치료방법을 선택하기 전에 이미 혈액투석은 필수였다. 건강회복을 위해서는 가장 중요한 것이 치료를 갈망하는 환자의 의지라고 했다. 동시에 모든 질병은 환자의 정신적인 자세가 회복을 좌우하는데 상당한 도움이 된다는 말은 이미 다 아는 사실이다. 그럼에도 불구하고 남편에게는 전혀 살아야 하겠다는 의욕이 보이지 않았다. 물론 그 질병이 가지고 있는 증상 중 무기력증에서 오는 영향일 것이라고도 생각했다. 사실 투석은 증상을 호전시키려는 치료방법인데도 불구하고 횟수가 더해지면 질수록 삶의 끈을 놓아버린다는 느낌이 들었다.

일주일에 3번에다가 한 번 혈액투석을 하는데 걸리는 시간만도 4시간 정도였다. 그 많은 혈액투석 환자 중에 남편만이 유일하게 힘들어 보였다. 그들 대부분은 혈액투석 4시간을 생활의 일부로 잘 활용하고 있었다. 간식을 먹으면서 TV를 보거나 어떤 젊은이는 귀에 이어폰을 끼운 채 눈을 감고 음악을 감상하는가 하면 또 어떤 이들은 독서를 했다. 그중에 남편만은 그 4시간 동안 고통을 음미만 했지 그 한계를 탈출하려는 의지는 전혀 보이지 않았다.

천으로 손수 만든 가방에다가 소주 한 병과 새우깡 한 봉지를 집어넣었다. 그 가방에 달린 긴 끈을 어깨에 메고는 스텐 주전자에 끓여놓은 양파껍질 물을 물병에 채우고는 마개를 닫아가면서 집을 나섰다. 현관문을 열자마자 문밖에서 기다리고 있던 햇볕이 손 원장을 덮쳤다. 순간 아차! 탄성과 동시에 거실로 되돌아왔다. 손 원장은 안방 화장대에 놓인 선크림을 골라내어 도닥거리며 얼굴 전면에 골고루 펴 바른 다음,

다용도실에서 차양모자를 꺼내 머리에 썼다. 집을 나서면서는 현관 앞 창문에 걸어둔 마스크도 착용했다.

요즘 손 원장의 소원은 곱게 늙고 건강하게 살다가 세상을 이별할 때도 건강한 모습으로 남편을 만나는 것이다. 거기에 부응하기 위해서는 체력관리는 필수고 피부 관리 역시 최선을 다하자는 게 나름 철칙으로 지키려고 노력중이다. 그래서 그런지 안 그래도 늘씬한 몸매에 허리까지 곧아서 팔순을 훌쩍 넘긴 노인네라고 믿어지지 않았다. 마침 둑 너머 이웃집에서 올라오던 개가 손 원장을 보더니 꼬리를 거세게 흔들면서 눈을 맞추려고 고개를 쳐들었다. 하지만 손 원장이 딴전을 피우자 자존심이 상했던지 미련 없이 뒤돌아 쪼르르 내려갔다. 곧 누렁이는 외출복으로 갈아입은 주인 부부를 따라 다시 올라왔다.

"손 원장님, 오늘도 낭군님 만나러 가시나 보네요?"

"아시잖아요. 거기가 저의 놀이터요, 작업장이라는 걸."

"참 정성도 지극하시지."

"그런데 오늘 두 분께서 어딜 가시기에 곱게 차려입으셨어요? 그러고 보니 지금 버스가 내려올 시간이군요?"

"우리가 바쁘게 갈 데라곤 병원 말고 어디 있겠어요? 손 원장님은 건강해서 좋겠어요. 나이는 내가 더 적은데도 우리는 병원 가는 게 일이랍니다."

"당연히 병원 가시는 것도 일이지요. 젊을 때는 자식들 돌보느라 내몸 돌볼 여가 없었으니, 골병들 수밖에요. 전 두 분 믿고 여기 사는 줄 아시죠? 무조건 건강하게 오래오래 사셔야 합니다!"

"손 원장님은 아직 허리도 꼿꼿하시잖아요. 전 종합병원이 따로 없답니다."

손 원장보다 다섯 살 아래인 무동댁은 말을 마치자 두 팔을 허리에 대고 앞으로 밀면서 쭉 폈다. 이때 마침 윗마을 정류장에서 손님을 태운 버스가 내려오자 급한 마음에 팔을 놓자 무동댁의 허리는 다시 원래대로 고꾸라졌다.

"조금만 건강에 신경을 썼어도 저 정도는 안 될 수 있었을 텐데…"

손 원장은 오늘도 역시 무동댁 부부가 더 오래 살아주기를 빈다. 둑위에 있는 손 원장 집과 둑 안쪽에 있는 무동댁 집 말고는 모든 농가가 4대강 사업장으로 집을 내주고는 이주를 했다. 손 원장 자녀들은 한사코 어머니를 외진데 둘 수 없다고 우겼지만 네 할아버님과 할머님 그리고 네 아버지 계신 곳에 살다가 갈란다,라며 거절했다. 버스가 출발하자 누렁이가 주인이 탄 버스를 따라가면서 낑낑거렸다. 얼마큼 버스의 속도에 맞춰서 달리다가 결국은 포기한 듯 멍! 멍! 두 번 버스 꼬리를 향해 짖더니 쏜살같이 자기 집으로 달려갔다. 이때 누가 큰소리로 인사를 했다.

"손 원장님, 오늘도 변함이 없는 모습이 부럽습니다!"

농촌에서는 청년으로 분류되는 60대의 남자가 바로 둑 아래서 인사를 했다. 그는 벼 이삭이 한창 물이 오르고 있는 볏논에서 피를 뽑던 동작을 멈추고 손등으로 이마를 훔치고 있었다. 그때 논 바로 옆 둑 밑자락에 세워둔 승용차에서 준비한 음식 꾸러미를 내리던 그의 아내가 웃으면서 불만을 토로했다.

"원장님, 이이는 항상 이래요. 손 원장님 본 좀 보라고요. 죽고 나면 알기나 해요? 그리고 누가 먼저 갈지도 모르지 않아요? 혹 저가 먼저 간다면 자기더러 그렇게 하라고 강요 안 해요. 다 자기 마음 아닙니까."

"그럼요. 다들 수고 많으십니다. 나처럼 더 늙기 전에 열심히들 하세요. 그리고 두 분이 원도 없이 서로 아옹다옹해야 한이 맺히지 않아요. 나도 처음에는 한이 맺혀서 우리 양반 흔적이라도 붙들어 보려고 여길 찾아서 다니기 시작했지만, 사실 지금은 여기가 내 놀이터가 되어 버릴 줄이야. 우리 집 양반이 살아있을 때는 사실 남남이나 다름없이 살았잖아요. 물론 나도 바빴지만 우리 집 양반도 찾는 사람들이 뭐가 그리도 많았든지, 우리 집 양반한테 집은 하룻밤 묵어가는 여관에 불과했으니까요. 내가 말 안 해도 이미 아는 분들은 다 알잖아요? 돈은 못 벌어 와도 그렇게 바쁜 사람은 그때나 지금이나 드물 겁니다."

"그러니 모두가 존경을 하는 거지요. 요즘 정치인들은 다들 자기 속부터 차리다가 비난의 대상이 되거든요. 하지만 김 회장님 같은 분은 우리나라뿐 아니라 지구촌 어디서도 찾아보기 힘들걸요?"

남자가 논 밖으로 나오면서 말했다.

"사실 그땐 나도 그 양반 진가를 몰랐지. 가고 나서야 겨우 깨달았지만, 그리고 요즘은 특히 더 우리나라 정치인들 보면서 우리 집 양반만큼 청빈을 침묵으로 끝까지 지켜낸 사람도 드물다는 생각이 들기도 하지, 그것 생각하면 참 나도 한심한 사람이야. 사람의 인격을 돈과 비례한다고 생각했으니까. 아이들 등록금도 자기가 낸 적이 없었으니, 가족들은 항상 불만에 차 있었으니까. 저런 사람이 왜 장가는 들어가지고 가족들 고생만 시키나 싶었다니까. 가족들 돌볼 생각은 아예 안 했으니, 그런데도 내가 결혼하던 날에는 사람들이 시집 잘 간다며 우리 친정 온 읍내가 발칵 뒤집혔다니까."

손 원장이 결혼하던 날 노천읍내가 발칵 뒤집혔다. 그 당시만 해도 예식장이 아닌 신부 집에서 혼례를 올렸다. 결혼식 날 신부 집에서 손님 접대를 미리 준비하기 위해 신랑과 동행할 상객 수를 중매인으로 통해 물었더니 약간 명이라고 했다는 것이다. 신부 집에서는 그 말에 따라 크게 신경 쓰지 않아도 된다는 생각으로 준비를 했는데 막상 결혼식이 되어서야 그 말과는 달리, 신랑과 상객이 탄 승용차 외도 대형버스 좌석을 다 채우고도 모자라 통로에다가 보조좌석까지 빈틈없이 놓고 앉은 우인들을 본 신부 측 가족들과 하객들은 눈이 휘둥그레졌다. 놀라움은 거기서 끝나지 않았다. 버스가 신부 집 넓은 뜰 입구에 멈추자 하나같이 흰 양복에 빨간 넥타이를 착용한 청년들이 내리기 시작했기 때문이다. 이 광경을 보던 모든 하객의 입이 딱 벌어졌다. 거기다가 더 놀라운 건 이 광경을 본 하객들의 입소문이 얼마나 빨랐으면 노천읍민들이 구름떼처럼 몰려들었다. 심지어는 먼 거리에서 차를 타고 오는 구경꾼들도 있었다. 그날 혼례식장은 그야말로 난생처음 보는 희귀한 광경을 구경하느라 인산인해를 이루었다. 근 백여 명에 이르는 젊은 장정들이 버스가 주차를 하자마자 질서정연하게 내렸다. 뿐만 아니고 승용차에서 내리는 신랑을 ㄷ자로 시작하여 전 혼례청을 타원형으로 포위한 채 혼례가 끝나도록 망부석마냥 도열해 있었다.

"그래도 원장님은 김 회장님 덕분에 어린이집 원장님까지 하셨잖아요. 남편이 벌어다 주는 돈으로 살면 편하겠지만, 그래도 내가 벌어서 쓴다는 건 보통 능력자가 아닌걸요. 그리고 여자들이 사회생활 하는 게 얼마나 부러운 일인데요. 거기다 원장님처럼 존경받는 직업을 얻는다는 게 하늘의 별따기만큼이나 어려운 건 아시죠? 같은 여자로서 얼마나 원장님이 부러웠는데요. 그리고 일도 일 나름이죠. 정말 솔직한 말이지만 원장님이 저의 롤 모델이었어요. 저가 얼마나 원장님을 부러워했으면 어느 날 밤에는 저가 원장이 된 겁니다. 그런데 출근 첫날인데 어린이집으로 들어서다가 넘어지는 바람에 깜빡 잠에서 깨어나고 말았지요. 너무 속이 상하고 억울해서 다시 눈을 감고 잠을 청했지만 허사였어요. 그날만큼 속상한 적도 내 기억에는 없었던 것 같아요.”

“그건 나도 부인 안 해요. 하지만 가족들이 먹는지 굶는지도 모르는 가장과 사는 여자들 심정은 겪어 안 본 사람은 몰라요. 사실 나도 남편이 살아있을 때는 솔직히 고마운 줄 몰랐지요. 항상 남편을 향해 불만만 가득 차있었으니까. 가족들 생활비 걱정은 고사하고 아이들 학비가 어떻게 돌아가는지 전혀 관심도 없었으니까요. 이런 사람인 줄 알았으면 절대로 결혼하지 않았지.”

손 원장과 같은 노천읍내에 남편의 사촌형이 살고 있었다. 약사인 손 원장의 아버지와는 둘도 없는 초등학교 친구인데다가 약국 단골이기도 했다. 손 원장이 읍내 남녀공학이었던 고등학교를 졸업하던 해 서울에서도 가장 좋은 여자대학에 합격했다. 하지만 아버지는 딸은 좋은데 시집가는 게 가장 복인데 그 멀리까지 보낼 수 없다고 했다. 그것도 알고 보니 다 이유가 있었다.

평소에 남편의 사촌형이 조카를 자랑하던 걸 마음에 담고 있었던 아버지는 중매를 부탁하기에 이르렀다. 원래 엄한 아버지의 뜻을 거스른 적이 없던 손 원장으로서는 울며 겨자 먹기로 맞선에 응할 수밖에 없었다. 그때까지만 해도 숙맥이었던 손 원장인지라 남편을 보는 순간 그의 출중한 미모에 반해버렸다. 거기다가 손 원장보다 열 살이나 연상이라 여자를 대하는 매너도 매우 세련되고 상대의 자존심을 구기지 않으면서도 깍듯이 대하는 태도도 지성인다워서 거슬리지 않았다. 가장 손 원장의 마음을 사로잡은 것은, 흔히들 말하는 호강시켜 주겠다가 아니고 고생도 함께 할 수 있겠느냐?라는 질문을 하자 거짓을 모르는 매우 진실한 사람으로 생각되어 더욱 매력을 느끼게 되었다. 특히 손 원장은 부잣집 6남매의 막내딸로 애지중지 부모의 관심과 사랑에다가 언니 오빠들의 사랑까지 흠뻑 받으며 공주마마로 자랐으니 어떻게 객관적인 시각에서 사리판단이 설 수 있었겠는가.

손 원장은 이미 아침 식사를 충분히 했다고 하자, 남자의 아내는 껍질 채로 삶은 풋땅콩과 따끈한 보리차를 종이컵에 담아왔다. 손 원장은 둑 가장자리에 자리를 잡고 앉아서 따끈한 차를 한 모금씩 천천히 음미하면서, 아련히 떠오르는 추억들을 짜깁기하듯 넋두리에 몰입되어갔다.

"그 양반 돌아가시고서야 겨우 깨달았지. 내가 운이 좋았다는 걸. 그때 정부에서 최초로 새마을 어린이집을 도시나 농촌을 구별하지 않고 전국적으로 운영했으니까. 특히 농촌에는 인재가 없다 보니 나 같은 무자격자도 추천을 받을 기회를 얻을 수 있었던 거라고. 물론 아무리 향우원 출신들이 고향에서 지방 장관은 물론이고 정계나 재계의 요직까지 석권하고 있었다 해도 정책적으로 뒷받침되지 않으면 불가능한 거지. 거기다가 설사 말발이 서는 직위에 있다 해도 그렇지, 남편이 자존심 상해하지 않을 만큼 걸맞은 일거리에 대해 사전 고민하지 않았다면, 그 어떤 절호의 기회가 도래한다 해도 곧바로 적절하게 활용하지 못했을 거라고. 그런데 이 정책이 하달되자마자 즉각적으로 나를 추천하여 정부에서 시행하는 단기 연수기간을 수료한 후 원장자격증을 안겨주었다는 것은 내가 운이 엄청 좋았던 거지. 거기다가 우리 집 양반 학교 선후배들까지 각 분야 요직에 앉아있기도 했으니, 어느 입김으로든 나를 그 자리에 앉게 기회를 만들어 준 건 역시 남편덕이 맞아. 그 사실은 아무도 부인할 수 없어."

"그건 원장님 말씀이 맞아요. 하지만 회장님께서는 잘 준비된 그릇인데도 한 번 사용되지도 못했으니 안타깝지요."

남자는 입에 든 음식을 삼킨 후 진지하게 말했다.

"지금 생각해 보면 만약 그이도 그 바닥에 발을 들여놓았다면 그 곧은 성정을 그대로 유지했을지, 아니면 흙탕물에 빠져들었을지 아무도 장담 못 할 것 같아요. 아무튼 그이야말로 사랑의 빚만 지고 갔잖아. 엄청난 텃밭을 조성해 놓았던 향우원 출신들이 그이더러 지금이야말로 형님께서는 정치에 입문하셔서 우리 면민만 아니라 전 국민들을 위해 봉사할 때라며 고향에서 둥지를 틀게 했던 거지. 그런데도 불구하고 여의도까지 진출하지 못한 것은 전적으로 그이의 운이고 운명이라고 봐요. 그때 본인이나 가족보다도 더 실망한 분들은 주변 분들이었으니까. 그때를 떠올리면 남천면민 모두에게 큰 빚을 진 건 사실이니까요. 갚기는커녕 한평생 그들의 사랑만 받다가 갔었지. 온 면민들이 꼭 내 일처럼 선거자금은 물론이고 선거운동도 면민 전체가 스스로 발 벗고 나섰는데도 본인이 나약한 탓이니까. 하필이면 후보 등록하러 가는 날 복막염에 감기까지 겹쳤으니, 그렇더라도 용감한 사람이었다면 그것쯤이야 거뜬히 털고 일어날 만도 한데 거기서 주저앉아버렸으니 문제였지. 아무튼 나도 고지식해서 오로지 남자가 가장으로서 가족들을 부양해야한다는 선입관념에 젖어진 채였으니까. 가장이 돈을 못 벌면 제 구실을

못 하는 사람으로 단정 지어 버렸던 게 얼마나 어리석었든지 지금에서
야 절절히 느끼고 있다네요."

"암튼 회장님께서 가족한테는 인기가 없었어도 모든 기회는 타인들
이 다 가지도록 양보를 했으니까. 그뿐만 아니지요. 그 다음 국회의원
선거 때도 한참 아래의 후배가 젊은 패기에다 돈까지 물 쓰듯 하면서
끝까지 겨누자고 하니까. 그냥 양보하고 말았잖아요. 말이 양보지 양보
하지 않을 수 없었던 회장님의 입장을 누가 알기나 하겠어요? 그러고
보니 회장님께서는 가족들한테는 빵점짜리라도 타인들한테는 백점짜
리였어요. 돈이고 명예고 다 양보하셨잖아요. 그런 사람이 지구상에 또
있으려고요?"

남자는 마시던 물컵을 내리더니 남편을 칭찬했다.

"하긴, 패배의식이란 게 아무나 감당할 수 있는 게 아닌데… 나는 그
런 그이한테 못난 사람 취급만 했으니, 지금 생각하면 그이는 의인이었
다는 생각이 들어. 죽을 지경에 있는 욥에게 그의 아내는 하나님을 욕
하고 죽으라, 하고는 욥을 떠났던 게 생각나더라고요. 나도 그녀와 조
금도 다르지 않구나 하는…"

"전 사실 김 회장님 같은 분이 정치를 해야 우리나라가 잘 살 수 있
다고 봅니다. 하지만 원래 타고나신 성정에 걸맞은 활동은 충분히 하셨
어요. 회장님 같은 분을 그냥 두겠어요. 일부러 비영리민간단체를 만들
어서라도 회장님으로 추대해서 봉사할 기회를 줬다고 봐요. 그것은 면
단위뿐만 아니라 시, 군, 심지어 원래 향우원이 있던 광역시 향우회 회
장은 물론 거기서 수시로 개최하는 체육회 회장이며, 모교 출신 모임들
마다 일부러 모셔가서는 동기동창회와 전교동창회장을 두루 역임하게

했으니, 사실 돈과 권력이 존재하는 출세를 못 한 것 뿐이었지. 그보다 훨씬 더 회장님 소신껏 봉사할 기회를 원도 한도 없이 다 얻었잖아요. 향우원 출신들이 중심이 되어 남천면민들이 똘똘 뭉쳐서는 우리 지역의 발전을 위해 국회로 보내려고 합동작전까지 세워놓았지만, 회장님의 건강 때문에 포기할 수밖에 없었다는 건 오히려 이 지역에서 발전의 기회를 잃은 거지, 회장님 입장에서 보면 잘된 일인지도 모르지요. 조용히 고향을 지키시면서 할 일은 다 하시다가 가셨잖아요. 요즘 정치인들의 사고방식도 환영할 수 없지만, 한마디로 말해 국민들까지 편을 갈라서는 반목과 질시에 절어있어요. 국민들을 바르게 인도했던 덕목은 짓밟아 버렸으니까. 아예 자기가 바로 법이고 하나님인 셈이지요. 요즘 정치인들도 가진 자나 없는 자나 한결같이 자기 가까운 주변부터 챙기거든요. 진정으로 국민들을 위해 한 알의 밀알이 되겠다는 자들은 거의 없더라고요. 거기다가 자기가 속해있는 당을 지키기 위해 충성하는 게 목적이 되어버렸어요. 자기 지역구 주민들의 고통은 뒷전이고요. 점점 개인주의와 집단 이기주의가 팽배해 가고 있어요. 그중에서도 저를 포함한 농사꾼들은 죽어야 사나 국민들 먹여 살릴 먹거리 생산에만 신경 쓰는 걸 보면 진정한 애국은 우리가 하는 것 같아요. 히!"

남자는 딱딱한 분위기를 부드럽게 하려고 농담을 하더니 자칭 같아서 민망한지 헛웃음까지 달았다. 그때 남자의 아내가 반찬을 진열하다가 가슴에 묻어두었던 걸 꺼내 놓기라도 하듯 열변을 했다.

"맞아요. 요즘 뉴스를 보면 모두가 대부분의 공직자들이 자기 가족들 특혜 논란으로 구실 수에 오르는 걸 보면…, 그런데 사실 과거에는 그런 건 당연하다고 여겨왔던 것이었잖아요. 따지고 보면 인간의 본능

이기도 하고. 그런데 그냥 넘어가도 될 것 같은데 소소한 과거일까지 창자가 뒤틀려 그만 둘 수가 없겠다는 투로 꼬치꼬치 파고드는 것도 사실 나는 이해가 안 가요. 우리 국민들의 교육수준이 높은 데다가 TV 못잖게 유튜브 방송이 무시할 수 없을 만큼 국민들의 의식을 사로잡고 있다고요.”

“간만에 속이 확 풀리는 말 들었네요.”

손 원장이 손뼉까지치면서 응원을 하자 남자의 아내가 열변을 이어갔다.

“저는 아무리 생각해도 국민들이 나라의 주인 노릇을 포기한 것 같아요. 스스로 혼돈 속으로 걸어 들어가다 보니 거짓과 진실을 가리지 못할 만큼 판단력은 상실되어 버린 줄도 모른다고요. 주인의식은 고사하고 혼과 영까지 유튜버들의 꼭두각시로 살아가고 있으면서도 그것만이 진실이라고 우긴다니까요. 권력자들도 사랑의 대상이지 기대의 대상이 아니라서 중보기도의 대상이라고 했던 어느 분의 말이 기억납니다. 유튜버들은 이미 자기 직업의식에 충실할 이유가 있거든요. 일단은 그들이 목적한 경제가 걸린 문제니까요. 처음에야 누가 나쁜 의도로 시작했겠어요. 하지만 하다 보니 구독자와 팬들을 많이 보유하고 조회수도 많아져야 광고료도 비례하니까. 아무래도 더 시선을 끌 수 있고 흥미를 더해서 구독자를 끌어들이기 위해 재미있게 방송도 해야 하지만 시선을 끌 수 있는 영상도 올리다 보면 점점 더 과감하게 사람들의 본성인 분노를 유발시키게 되는 거죠. 그 결과는 당연히 비난, 원망, 불평, 질책을 하거든요. 그러면 자신들이 엄청 똑똑하다고 생각하게 되지요. 그들 유튜버들의 꼭두각시 노릇하는 줄도 모르고 말입니다. 국내도 그렇지만 외국에서는 더한 것 같았어요. 지성인들도 TV는 아예 없애버리고 유튜브 방송만 본답니다. 그러다 보니 편협에서 오는 부작용이 도를 넘고 있더라고요. 꼭 이단 교주들이 자기가 주장하는 짜 맞추기식의 성경만 달달 외워 왜곡된 신앙관으로 신자들을 세뇌시키듯."

"전 사실 귀농하기를 너무 잘했다는 생각이 들어요. 거짓 없는 땅과 식물들과 대화하면서 나름 국민들의 먹거리를 책임진다는 자부심까지 생길 때마다 참 기특하다는 생각을 한답니다. 입씨름 아무리 해 봐야 결론은 언제나 나지 않은 채이니까요. 이론은 아무리 왈가왈부해 봐야 말발만 세지지 얻는 걸 없어요. 오히려 침묵이 답이고 승리라는 생각이 들었어요."

"오늘 두 분 때문에 유익한 시간이었어요."

손 원장은 인사말을 남긴 채 남자의 마지막 말을 되씹으며, 그들 부부를 등지고 반대 방향으로 둑을 내려가고 있었다. 때마침 시원한 바람이 목에 두른 스카프를 휘날리고 지나갔다. 손 원장의 입에서 어느덧 가을이라 가을바람 솔솔 불어오니를 가락에 맞춰 조용히 흥얼거리기 시작했다. 만약 그 순간 손 원장의 뒷모습에서 누구라도 외로움의 그림자를 발견했다고 한다면 그것은 전적으로 거짓말일 것이다. 천진난만한 소녀처럼 흥얼거리는 노랫가락에 맞춰 걷는 활기찬 걸음에서는 티 없이 맑은 아름다운 영혼의 소리에 장단을 맞추듯 했으니까. 동시에 그토록 해맑은 손 원장의 모습에서는 삶에 대한 의지만이 뚜렷했기 때문이다. 수확의 계절 가을에 걸맞은 풍성한 생기가 감돈다는 걸 피부로 감지할 수 있었고, 걸음에 맞춘 흥겨운 가락은 지금의 동작에 촉진제의 역할을 하고 있다는 생각이 들었다.

들판 반대편 둑 너머에는 4대강 살리기 전에는 온갖 작물이 재배되는 밭이었지만 지금은 잡풀로 우거져있었다. 자전거 길과 주민들 휴식 공간으로 놓여있던 의자들도 풀이 자라면서 차츰 자취를 감춘 지 오래다. 그래도 손 원장이 수시로 들락거리는 오솔길과 가끔씩 앉아서 쉬어가는 의자는 여전히 그 모습이 드러나 있었다. 손 원장은 자신도 모르게 의자에 살그머니 앉았다. 그때부터는 허밍으로 하던 노래를 가락에 맞춰 가사를 소리 내어 부르기 시작했다.

가을이라 가을바람 솔솔 불어오니
푸른 잎은 붉은 치마 갈아입고서
남쪽나라 찾아가는 제비 불러 모아
봄이 오면 다시 오라 부탁…

갑자기 손 원장이 가락에 맞춰 부르던 가사가 뚝 끊어졌다. 어느덧 손 원장의 눈시울이 촉촉해 지면서 눈물이 볼을 타고 내리기 시작했다. 조금 전과는 판이한 감정의 굴곡에 직면하자 선택의 여지 없이 거기에 침몰되어 갔다. 사실 남편이 살아있을 때는 한 번도 그로 인한 연민이나 그리움이 도래하리라고는 상상도 못 했던 일이다. 지금까지 감정에게 함몰된 적이 없다고는 못한다. 하지만 남편을 보낸 후에야 겨우 양심의 음성을 들은 게 바로 후회와 자책이었다. 왜 진작 남편의 가치를 알아주지 못했던가! 하늘만큼 땅만큼도 더 높고 넓은 가슴을 소유한 사실은 인정해 주지도 않은 채, 오로지 가정이라는 작은 사회 안의 주인공으로서의 역할을 못 하면 아니라고 치부해 버렸던 자신이 얼마나 한

심스러운 사람인지를 비로소 깨달았다.

　남편을 화장한 재마저 납골당에 안치하지 말고, 집과 직선인 강물에다가 뿌려달라던 유언을 지킨 후에서야 겨우 남편의 가치를 알기 시작했다. 이미 재는 흘러가는 강물 따라 어디론가 다 흩어져 버렸을 터인데도 거기가면 남편이 기다리기라도 하는 듯 무작정 달렸다. 그동안 미운 정 고운 정이 들만큼 들었기 때문일까. 다행히 퇴직 후부터 다달이 꼬박꼬박 연금이 나오기 때문에 자녀들에게 손 벌리지 않아도 되어서 한결 자유롭다. 자녀들은 한결같이 나이가 들수록 병원도 가깝고 우리들과 가까이 살아야 걱정을 든다며 성화지만 손 원장은 인명은 재천이다며 너희들 아버지가 계신 여기서 살다가 갈란다. 내 걱정을 말거라.라는 고백은 진심이다. 손 원장은 여한이 없다. 퇴직과 동시에 취미생활로 시작한 붓글씨 쓰기가 지대한 친구가 되어 준 셈이다. 손 원장은 끝없이 길고 넓은 모래사장을 지나 어느덧 강 가장자리에 도착했다.

　"날 기다렸죠! 오늘은 딴전을 좀 피우느라 늦었네요."

　손 원장은 운동화 앞쪽이 강물에 닿자마자 속삭였다. 한 줌의 재로 변한 남편이 가라앉은 데를 휘둘러본다. 비록 남편의 실체는 존재하지 않아도 흔적만이라도 기억 속에 담아놓아야 한다는 생각으로 올 때마다 반복하는 행위다. 살아있는 동안에는 자손들에게 알려줘야 한다는 사명감 같은 게 계속해서 작용하기 때문이다. 손 원장의 소망은 이것이 아니었다. 각각 흩어져 생활하는 자손들에게 부담을 주기 싫어서 선산에는 가지 못해도 자신도 남편이 가 있는 납골당에 가서 해마다 오는 명절날이라도 자손들을 볼 희망을 가졌었다. 그 작은 희망도 남편이 뭉갰다.

마지막 혈액투석을 힘들게 마치고 병실로 돌아왔을 때였다. 자신이 죽으면 묘를 쓰거나 납골당에 안치하지 말고, 내가 나고 자라면서 놀이 터나 다름없는 강물에 뿌려달라는 남편의 간곡함이 얼마나 절절했으면, 경이롭기까지 했을까. 자녀들이 절대로 찬성하지 않을지라도 자네 만은 독해졌으면 좋겠어. 그래야 이것이라도 유언으로 효력을 발휘할 수 있을 것이 아닌가. 그 말에는 내가 유언장을 쓸 아무런 거리가 없기 때문이라는 의미가 담겨있다는 게 느껴졌기에 손 원장의 가슴이 얼마 나 아렸든지, 그랬기에 그때까지 여러 번 요청을 했지만 단번에 거절해 왔던 문제였었다.

내가 살아있을 동안에도 자녀들을 힘들게 했는데, 죽어서까지 아이 들을 힘들게 하고 싶지 않아. 물론 그것이 근본적인 이유는 아니지만, 어느 한 장소에 갇혀있고 싶지 않고 자유롭게 훨훨 날아다니고 싶어서 그래. 꼭 내 소원 들어 줄 거지? 나는 마누라와 자손들까지 거느리고 도 한곳에 잡혀있거나 그렇다고 얽매이지도 않은 채 훨훨 자유롭게 날 아다녔는데, 죽어서는 더 자유롭고 싶다고도 했다.

남편은 이 문제를 손 원장으로부터 확답을 받고 가기로 작정한 듯, 그날 오후에 눈을 감았다. 사실 그전까지는 계속해서 남편의 의사에 토 를 달았다. 그래도 자녀들이 있는데…? 그건 너무하지 않아요? 처음 몇 번은 손 원장도 당연히 말도 안 되는 일이라며 극구 반대했다. 남편은 손 원장이 자신의 의견에 동의를 하자, 집과 직선 되는 강물 주변에 자 기를 뿌려달라고 확고하게 말했다. 그때는 이미 세상을 떠날 시간을 알 기라도 했는지 손 원장에게 비로소 미안하다는 말도 했다. 고무풍선마 냥 겉만 번드레한 내가, 부족함 없는 집안에서 곱게 자라 세상 물정도 모르는 당신을 데리고 와서 고생이라는 고생은 하나도 남기지 않고 다 시켰는데도 항상 씩씩하게 살아줘서 고맙다고도 했다. 그때는 손 원장도 참 오래 살고 볼 일이라며 감격의 눈물까지 흘렸다. 하지만 남편이 마지막을 장식하는 중이라는 사실은 전혀 눈치채지 못했다. 그날 밤에는 막내아들이 남편의 병상을 지키라고 남겨놓고 큰아들이 모는 승용차가 막 출발하려는데 아버지가 방금 운명하셨다며 전화가 왔던 것이다.

제 2의 도시 부산시에서 신접살림을 차렸을 때는 그렇게 쭉 남들처럼 도시 사람으로 잘살아가리라. 믿었다. 마침 형부가 변호사인 큰언니네와 아버지의 권고로 약사가 된 오빠가 가까이 사는 대신동에다가 신혼집을 구했기에 더더욱 형제들처럼 순탄하게 어울려 살아가리라. 그래서 거기에 부응하기라도 하듯 시작은 남들이 부러워할 정도로 매우 순조로웠다.

손 원장이 남천면 시집에서 부산 신혼집으로 가는 날 아침이었다. 남천면사무소 용 지프를 면장 아들이 몰고 왔다. 그는 남편이 운영하는 향우원에서 함께 숙식하면서 대학원에 재학 중이었다. 차가 멈추자 운전석 바로 옆에 타고 있던 남천면 관내 지서에 근무하는 순경이 부리나케 뛰어내리더니 부산까지 안전하게 모시겠다고 했다. 이것을 보자 첫 시작부터 면 전체의 응원을 받는다는 느낌이 들었다. 앞으로 큰 인물로 남천면을 위해 대단한 역할을 한다고 믿었던 그들은 로비가 아닌, 우리 면이 낳은 인물에 대한 대우라는 게 그들의 설명이었다.

손 원장의 일행을 태운 지프가 부산 대신동에 도착했을 때는 정오가 가까워서였다. 결혼식 날 우인으로 왔던 그 청년들이 역시 그때와 마찬가지의 복장으로 미리 와서는 주택단지 골목마다 대열해 있었다. 그 주변 사람들이 얼마나 엄청난 거물이 이사를 오는지 궁금하여 구경나온 꾼들이 장난 아니었다. 다행히 시어머니가 해 준 떡 두 말과 언니와 올케가 준비한 다과와 요리로 손님들을 무사히 대접할 수 있었다. 그날 역시 장정들은 결혼식 날 입었던 그 정장을 입고 나타났으니 이웃 사람들이 놀랄 만도 했을 것이다.

신접살림을 차린 지 열흘 정도 지난 어느 일요일이었다. 손 원장은 어제 집에 오지 않은 남편을 걱정하다가 향우원으로 전화를 했지만 불통이었다. 비는 어제 종일 오다가 밤에는 아예 장대비가 쏟아졌었다. 이 참에 늘 궁금했던 향우원에 가봐야겠다는 생각이 들었다. 안 그래도 언니와 올케가 향우원에 한 번 불러달라고 남편을 조르던 참이란 것도 떠올리며 전화로 약속을 했다.

손 원장은 들뜬 마음으로 구두에 투피스까지 차려입고 함께 택시를 탔다. 운전기사가 목적지를 물어서 향우원이라고 하자 기사가 대뜸, 점잖은 부인네들이 거지들 소굴에 왜 가느냐는 것이었다. 손 원장은 물론이고 동승한 언니와 올케는 자신들의 청각을 의심하면서 머리를 갸웃거렸다. 택시는 산동네를 오르기 시작했다. 판잣집들이 따닥따닥 붙어 있는 비탈진 길을 계속 오르다가 결국 맨 꼭대기에서 택시를 세웠다. 목적지에 다 왔다는 것이었다.

택시에 내려 어리둥절해하는 손 원장 일행 맞은편에 향우원이라고 쓴 간판이 보였다. 흰 바탕에 청색으로 쓴 큰 글자가 눈에 들어왔다. 바로 찾아왔다는 안도감이 들었다. 울타리도 없는 넓은 공터 입구에 긴 장대를 넓게 거리를 두고 마주 보게 세우고는 5m 정도의 높이에 가로로 간판을 붙여놓았다. 그 넓은 공터에는 온갖 고물들이 어지럽게 널려

있었고, 그것을 한참 지나 너머에는 가건물처럼 허술하기 짝이 없는 낡고 긴 판잣집 두 채가 멀리 보였다. 그 뒤로는 건물보다 훌쩍 높은 키의 나무들이 우거졌다. 집을 나설 때 부슬부슬 내리던 가랑비는 소강상태였지만 하늘은 역시 낮았다. 넓디넓은 부산이 한눈에 들어온 것 같았지만 시내는 온통 축축함으로 무겁게 가라앉아있었다.

이때 뒤에서 어떻게 오셨어요? 했다. 손 원장 일행은 눈앞에 나타난 광경을 보자마자 황망함에 사로잡혀 있다가 인기척이 나자 돌아봤다. 거기는 등에 긴 대치룽을 짊어지고 손에는 집게를 든 넝마주이 3명이 있는 게 아닌가. 손 원장은 아무래도 우리가 잘못 찾아온 게 맞다는 생각을 하는데 상대편에서 먼저 아는 척을 했다. 3명 중 한 명이 부리나케 등짐을 내려놓더니 손 원장에게 공손히 절을 하자 남은 두 명도 서둘러 따라 했다. 그런 다음 꼭 의논이라도 한 듯 형수님! 이 누추한 곳까지 오신 것을 환영합니다. 형님께서 비가 갑자기 퍼붓는 바람에 피해가 좀 있어서 못 가셨어요. 전선도 전화선도 다 나가는 바람에요. 했다.

곧 그들은 어리둥절해하는 손 원장 일행의 반응을 읽었음인지 즉시 자신들의 신원부터 밝혔다. 남천면이 고향이며 한 명은 대학생이고 두 명은 고등학생이라 했다. 그리고 남편이 장가가는 날 우인으로 따라갔다는 걸 굳이 덧붙였다. 그런 다음 대학생이 향우원에 대해 설명하기 시작했다. 일단 향우원에서 숙식을 하려면 먼저 넝마주이가 되어야 한답니다. 그러니까 향우원의 정신을 한마디로 요약하자면 바로 애국입니다. 대부분의 사람이 바라보는 어쩔 수 없는 신분 때문에 울며 겨자 씹듯이 가지는 천한 직업이 아니라 우리가 사는 시내와 더 나아가 우리 국토를 깨끗하게 청소한다는 긍지와 자부심 없이는 향우원의 식구가 될 자격이 없다는 겁니다. 이런 차원에서 나라의 미래인 청소년들이 애국하면서도 경제가 어려운 농민들의 자녀들이 청운의 꿈을 실현하기 위해 함께 노력해서 생활할 여건까지 마련하니 일거양덕인 셈이지요.

특히 농촌에서 객지로 유학하기가 하늘의 별따기 아닙니까. 거의가 농촌의 학생들은 높은 학교가 있는 도회지로 나갈 형편이 안 되니 배움을 포기해야 하는데 애국도 하면서 고등교육을 받을 수 있는 기회까지 얻을 수 있다는 건 행운이라고 봅니다. 그리고 넝마로 돈을 벌기 위함이 아니고 꿈을 실현하기 위해 공부를 하는 게 목적이거든요. 농촌의 어려운 경제를 잘 아는 그곳 자녀들이 스스로 얼마든지 노력해서 공부할 수 있는 길을 두고 부모에게 빚을 내서라도 배우겠다는 생각은 잘못된 거라는 겁니다. 그러기 때문에 학생들만 수용이 가능하답니다. 여기까지 말을 한 학생이 잠시 말을 멈추더니 갑자기 엄중한 표정을 짓고는, 부산에서도 최고의 대학에서 전교 수석으로 졸업한 형님을 서로 데려가겠다고 각 분야의 수장들이 앞다투어 로비를 했지만, 다 마다하시고 고향을 살리는 길을 선택했답니다. 그때부터 젊은이들을 키워야 한다는 의지 하나로 이 일을 시작한 형님이야말로 정말 존경받아 마땅한 분이라고 생각합니다. 이런 분은 어디에서도 찾아 볼 수 없는 애국자이자 진짜 훌륭한 분이라며 결론을 맺었다.

"솔직히 나는 당신이 가시기 전까지는 원망만 했으니까. 당신 동기동창들이나 선후배는 물론이지만 그때 향우원에서 공부했던 그 많은 원생까지도 거의가 출세하여 고향에 와서 요직에 앉아서 떵떵거리며 사는 게 나는 항상 그것이 불만이어요. 당신 자신이 아니고 왜 남들이냐고!"

손 원장은 백사장에 퍼질고 앉아서 강물을 바라보며 하염없이 눈물을 흘렸다. 이때 휴대전화가 울었다.

"손 원장님, 혹 뉴스특보 보시나요!"

남천면에서 가장 가까운 미주 시내에 거주하는 역시 어린이집 원장을 지냈던 손 원장 동년배인 김 원장이 다급하게 물었다.

"넷! 아, 저는 지금 집이 아니고 밖입니다만…?"

"생중계로 국회가 열리고 있는데, 참, 가관입니다. 항상 국민들을 위한다고들 하면서 진짜 국민들을 위한다면 서로 머리를 맞대고 국민들을 어떻게 하면 잘 살게 할 수 있을까를 고민하고 의논하면서 뜻을 모아야 하지 않아요? 그런데 국민들 앞에서 추태란 추태는 다 보이고도, 진정한 국민과 나라를 위함인지 아니면 자기들의 당을 위함인지 모르겠습니다. 말은 통합과 합치를 부르짖으면서 하는 짓들은 서로가 서로를 헐뜯고 갖은 허물로 망신을 넘어 아예 매장까지 시키는 이런 정치판에다가 우리 국민들은 어떻게 믿고 우리들의 안위와 민생문제를 맡기겠어요? 국민들을 대표해서 대신 잘 사는 나라를 만들어 달라고 세운 자들이 그 많은 나랏돈을 써가면서 한다는 짓들이 고작, 정말 분통이 터진다니까요. 아무리 그래도 그렇지요. 법을 만드는 입법기관이라면 신성한 국회 현장에서만이라도 회칙에 따라 모범적으로 회의를 진행해야 하는 거 아닙니까? 그런데도 국회의사당에 모인 국회의원들은 회칙까지 깡그리 무시한 채 자기 정당에서 이미 수렴된 것을 토대로 관철시키려 고집하다가 안 되면 난투극을 벌리는 게 예사가 아닙니까."

"글쎄 말입니다."

"아무리 생각해도 아닌 건 아닌 것 같아요. 지금처럼 정당을 위해 일하는 국회의원들이라면 지역구를 대변하는 대표들을 일일이 뽑을 필

요가 전혀 없다고 봐요. 안 그래도 국회의원 한 사람 밑에 일 년 예산
이 엄청나게 들어간다는 걸 알만한 국민들은 다 아는데, 그 예산을 줄
여서 더 유용한데 사용해야 지요. 이왕지사 개개인의 의견이 아닌 자기
정당에서 채택한 의견수렴만 고수하기 위해서라면, 국회가 필요로 하
는 최소한의 인원만 있으면 되는 거 아닙니까? 저가 보기에는 꼭 상대
당과 상반되는 의견을 내서라도 겨뤄야 국민들 앞에서 더 힘 있고 당의
위신이 올라간다고 생각하는 것처럼 보이거든요. 정당이라면 정치적인
주의나 주장이 같은 사람들끼리 정치적 이상을 실현하기 위함이라지만,
이 기본 정치적 이상은 말뿐이고 오로지 권력을 잡기 위한 수단으로 자
기에게 유리한 조건이 충족되는 정당을 찾아서 철새처럼 옮겨 다니는
데 누굴 믿겠습니까. 회의는 본래의 회칙에 의해 의장이 순리대로 진행
하면 왜 국회가 난장판이 되겠어요. 회칙도 무시하고 당과 당의 권익을
위해서는 공정과 원칙보다는 물리적 힘이라도 동원해서 이기는 게 목
적처럼 여기는데 어떻게 이런 나라에 민주주의가 존재하겠습니까. 이
런 상황에서 누가 옳고 그르다는 판단은 할 수 없다는 게 저의 생각입
니다. 손 원장님, 지금 북한에서 이런 모습을 본다면 얼마나 박장대소
하겠습니까. 국회가 바로서야 어느 단체나 기관도 롤 모델이 생길 게 아
닙니까. 지금 스마트폰으로도 생중계되는 국회 현장을 볼 수 있을 겁니
다. 빨리 들어가 보십시오!"

"아, 네. 하지만 김 원장님께서는 별일 없으신 거죠?"

"요즘 다 그렇죠. 시대가 시끄러운 만큼 국민들 개개인의 심정이나 생
활도 영향을 받기 마련 아닙니까. 우리의 정치현실만 아니고 지구 온난
화로 겪는 기후변화나 전염병과 자연재해로, 나뿐만 아니라 모두가 다

힘든 나날들임은 마찬가질 겁니다."

　손 원장이 통화를 끝내는데 마침 카톡이 들어오고 있었다. 거기에는 벌써 PPS방송국에서 국회생중계방송 현황을 올려놓았다. 얼른 열었다. 김 원장이 말했던 국회실황 생중계 동영상이었다. 국회의사당에서는 상정된 법안을 통과시키지 못하도록 국회의장을 겹겹이 둘러싼 제1야당 의원들의 의기투합한 인간 바리게이트와 이를 해체시키려는 여당 의원들과의 몸싸움이 한창이었다. 삿대질은 다반사고 고래고래 소리를 지르거나 또 어떤 의원은 몸싸움 중에 바닥으로 넘어져 밟히는 의원도 보였다. 아수라장이 따로 없었다. 어느덧 손 원장은 휴-!하며 한숨을 불어냈다.

　"당신은 진정한 예언잡니다. 화려한 길을 마다하고 스스로 그 길을 흔쾌히 선택할 수 있었으니…, 지금 와서 생각해 보니 당신 선택이 백번 옳았습니다! 그럼, 과연 저들은 누구를 위해 저토록 난투극을 벌리고 있단 말입니까? 당신의 선택은 바보짓이 아니라 매우 현명한 선택이었습니다. 후손들에게 아무런 유산도 남겨주지 않은 게 아니라, 가장 근본적이면서도 매우 고귀하고 아름다운 정신을 후손들에게 최고의 유산으로 남겨주셨어요. 고마워요. 비로소 명예는 결코 봉사의 자리가 아니란 걸 이제야 나는 겨우 깨달았네요. 사실 대부분 전쟁과 어려운 빈곤에서 벗어나고 성취를 이루는 것이 복이라고 생각하잖아요. 그래서 나도 복을 받으면 당연히 어려운 형편이 피고 매사에 편안해질 거라 생각했던 거지요. 그러기 위해서는 성취를 이루려 공부도 하고 꿈을 실현하기 위해 안간힘을 쓰면서 노력도 하고요. 그런데도 이스라엘 민족처럼 광야의 생활은 일주일이면 끝나는 거리를 40년을 살아야 했거든요. 그러니 나 같은 소인배가 생각하기엔 당연히 불행한 삶이었지요. 그런데 그 옛날부터 당신이 추구하던 그쪽 세계의 먼 미래까지 이미 꿰뚫고 있었던 거네요. 당신도 지금 우리의 국회 현장을 보고 계시죠?"

손 원장은 남편의 흔적을 뿌려놓은 강물을 하염없이 바라보며 웅얼거렸다.

뒤안길

십 년이면 강산도 변한다고 했든가. 강산이 몇 번이나 변한 세월이 흘렀으니 한국전쟁으로 초토화된 나라가 몰라보게 변할 만도 했다. 인천공항에 내려 김포공항을 경유하여 김해공항에서 조 박사를 만나 승용차를 타기까지 효숙은 엄청나게 변화된 조국의 현실을 목격하면서 줄곧 감탄을 자아냈다.

효숙은 눈을 뜨자마자 촉각을 사로잡는 생소함을 감지하기 위해 미동도 하지 않았다. 어느덧 자신을 둘러싼 환경이 궁금했다. 다행히 전등불이 밝혀져 있어서 쉽게 조 박사의 아파트라는 걸 알아차렸다. 곧 상체를 일으켜 세웠다.

조 박사가 친절하게 효숙의 머리맡에 놓아둔 알람시계가 정확히 밤 0시 7분을 가리키고 있었다. 휴대폰에서 미국 캘리포니아 시간을 확인한다. 오전 8시 7분이다. 팔로알토에서는 아침밥을 먹는 시간이구나. 효숙은 갑자기 허기를 느끼자 열려있는 방문 사이로 거실을 기웃거렸다. 서재로 사용하는 거실 책상 위에 책과 문서들이 정돈되어있는 걸 보면 조 박사는 자신의 방에서 잠이 든 모양이었다. 책상 맞은편 식탁에는 한식으로 준비된 밥상이 차려져있었지만 시간상 식사는 하지 말아야 된다고 생각했다. 밤 12시가 넘었다는 사실을 떠올리면서 생수로 빈 배만 채웠다. 서서히 포만감이 느껴졌다. 먼저 양부모에게 한국에 잘 도착했노라고 전화를 했다. 구순을 넘겼지만 지속적인 체력단련으로 건강을 잘 유지한 덕에 마음 놓고 모국 방문도 가능하다는 생각이 들었다. 내친김에 전화할 데는 다 챙겼다. 제법 시간이 꽤 지났나 보았다.

효숙은 안부 전화를 마치고서야 샤워를 했다. 감은 머리를 타월로 물기를 닦으면서 거실 창문을 열었다. 아직은 어둠이 남아 있는 시내는 각양각색의 불빛이 반짝인다. 시원한 공기가 들어오면서 효숙의 얼굴을 핥고 지나간다. 벌써 도로에는 차들이 바쁘게 움직인다.

아파트가 15층이라더니 시내의 물체들이 까마득하다. 이때 불현 듯 배가 비었다는 생각이 들어 즉시 냉장고 문을 열었다. 마침 효숙이 즐겨 먹는 찐 감자를 발견하고는 한 개를 꺼내면서 잘라 놓은 수박을 쟁반에 같이 담았다. 감자를 잠시 전자레인지에 넣어 차지 않게만 데웠다. 차츰 어둠이 엷어지는가 싶더니 어느새 동녘이 밝아오고 있었다. 무의식적으로 식탁에 앉자 곧 후텁지근함이 느껴지면서 한국의 여름이 온몸으로 스며들었다. 이게 꿈인가? 생시인가? 내 생애에 부산의 오리지널 바닷바람과 한국의 여름을 다시 경험할 줄이야! 효숙이 중얼거리며 창문을 다시 열기 위해 걸음을 옮기는데 조 박사의 음성이 들렸다.

"한국의 하늘, 어때?"

효숙이 조 박사의 말을 들으면서 시선을 동녘으로 향했다. 막 산 위로 오르던 태양빛이 너무 강해서 즉시 눈을 감고 말았다. 하지만 효숙은 조 박사의 질문에 답하기 시작했다.

"태양을 엄청 가까이서 볼 수 있다는 사실…? 그땐 이런 사실을 몰랐거든, 그러고 보니 거기서 태양을 보긴 했나…? 내가?"

"그러기도 하겠구나. 안 그래도 넓디넓은 대륙이니 해가 어디서 뜨고 지는지 엔간해서는 모를 거야. 미국이라는 대국에서 살아남으려면 그런 데 신경 쓸 여가나 있었겠어! 낭만 같은 건 사치에 불과했겠지."

"어머! 조 박사 네가 직접 경험한 사람 같다야?"

"그야 뻔하지."

"하필이면 네가 다대포 바다를 매일 보면서 살다니!"

효숙은 여고 3년 동안 바다라고는 그때 딱 한 번 모녀원생들과 다대포 해수욕장에 간 게 처음이자 마지막이었다. 그날 거기서 난생처음으로 겪었던 끔찍하기 짝이 없던 그 기억이야말로 영원히 지울 수만 있다면 무슨 짓이라도 할 의향이 있을 만큼 효숙에게는 수치 그 자체였다.

여름 방학이 한창 무르익어 갈 무렵이었다. 원장이 원생 전원을 가족 친목회라는 명분으로 다대포 해수욕장으로 데리고 갔다. 먼저 물에 들어가기 전에 대형 텐트를 치고 원생들을 그 그늘 아래로 모았다. 제일 앞줄에 영유아를 앉히고, 다음은 초등학교 저학년에서 고학년으로 차례차례 뒤로 나가면서 자리를 잡게 했다. 가장 앞줄을 차지한 영유아들의 돌보미로는 초등학교 5학년과 6학년생들 중에 각각 두 명을 선출하여 그 아이들이 질서를 지킬 수 있도록 도와주고 있었다. 다음부터는 그 위 학년생들을 그리고 가장 고학년인 대학생들 3명은 돌보미로 활동했다. 사실 대학생들은 특별한 모녀결연인 격이다. 그들을 지원하던 영아가 성장하여 고등학교를 졸업하면 대부분 성인이 되기 때문에 지원 대상을 또 다른 영아로 옮기는 게 원칙이었다. 그런데 미국인들에 비해 한국인들이 체구나 키가 작아서 뒤늦은 나이에 모녀원에 입소를 하게 되면 본 나이가 아닌 가능한 어리게 낮춘 나이로 시작하면 대학을 졸업할 수 있는 경우도 가끔 있었다. 하지만 원의 방침은 졸업 후 본 모녀원에서 봉사하도록 보육학과나 가정학과만 지원할 수 있게 하여 정작 본인이 원하는 학과는 지망하지 못하게 했다.

원생들이 제 자리를 잡고 앉자 간식을 나눠주기 시작했다. 초등학교 6학년 때 모녀원에 입소하였으나 사교성이 남달라 원장의 총애를 받다가 고등학교 입학과 동시에 비서로 활약하던 가정학과에 재학 중인 서현숙과 총무 그리고 보육학과를 나와 영유아들의 보모로 일하는 박영아와 김진희가 간식이 담긴 바구니를 옆구리에 끼고 다니면서 원생들에게 나눠주고 있었다. 신문지로 만든 봉지에 들은 간식은 초콜릿, 사탕, 비스킷이 각각 하나씩 들어있었다.

총무가 나눠주는 간식 봉지를 막 받은 장효숙에게 옆에 있던 같은 학년인 행자가 옆구리를 툭 치더니 안 받았다고 해!라는 것이었다. 그러나 효숙이는 방금 받았는데…?라며 주눅이 든 채 얼떨떨해하자 이번에는 자기 입술을 귀에 대더니 다 그래 안 받았다고 하면 또 주는 거야! 여기서는 그래야 살 수 있어. 어서!라며 효숙의 행동을 재촉하면서 손으로는 효숙의 허벅지 위에 놓인 간식 봉지를 들어 바닥으로 숨겼다. 그러더니 시키지도 않았는데 행자가 다시 큰소리로 총무님! 효숙이가 안 받았다고 합니다. 했다. 효숙은 너무 놀라서 왜 그래!라고 하자, 너가 대신 말 좀 해 달라고 했잖아!라며 오히려 효숙을 큰소리로 나무랐다.

이때 벌써 몇 명의 학생들을 지나 저만치 앞으로 가있던 총무가 뒤돌아오더니 너 받았잖아! 어디서 그런 나쁜 버릇 배웠어! 우리 원에서는 이런 아이는 여태껏 없었어! 어린 동생들 앞에서 너 같은 언니를 보고 뭘 배우겠어!라고 하는데 다시 행자가 총무님 효숙이가 여기다가 숨겼네요.라더니 간식 봉지를 들어 보였다. 힐끔 돌아보던 총무가 그것은 행자 너 먹어!라더니 효숙을 향해 너처럼 거짓말하는 아이는 먹을 자격도 없어!라며 주저 없이 망신을 주는 것이었다.

효숙은 순식간에 일어난 일이라 변명할 여지나 사리를 분별할 시간도 얻지 못한 채 자신이 죄인으로 낙인이 찍혀버렸다는 사실에만 집착한 나머지 너무나 창피스럽고 부끄러워 쥐구멍이라도 있으면 들어가고 싶은 심정이었다. 그것도 전적으로 타인의 언행에 의해 순식간에 일어난 일이라 더더욱 사리 판단력을 발휘할 시간을 가질 수 없었다. 그렇다고 변명할 용기를 낼 여유도 없었지만 설사 변명을 한들 그 상황에 누가 효숙의 말을 믿어주겠는가. 오로지 행자가 쳐놓은 덫에 걸려 처절하게 난도질당하는 자신의 몰골을 향해 쏟아지던 모녀원 가족들의 따가운 시선을 피하고 싶을 뿐이었다.

"조 박사, 그때 그날 일 기억나?"

효숙은 다대포 바다에 던진 시선을 거두지 않은 채 물었다.

"너의 운명을 바꿔놓던 그날 일 말이구나?"

"그놈의 꼬리표를 달고 다니느라 고생깨나 했지…"

"달려있지도 않은 꼬리표를 왜? 사실은 조형물이었잖아? 모녀원을 떠날 때까지는 어쩔 수 없었다 해도, 그 멀리까지 가서도 달고 다녔다는 거잖아?"

"어쩔 수 없었어. 내가 떼 낼 수가 없었으니까. 그만큼 내게 있어서 무시할 수 없을 만큼 엄청 큰 비중을 차지하는 사건이었던 거지. 오히려 그것 때문에 매 순간 나를 혹독하리만큼 채찍질하면서 양심 앞에서 한 점 부끄러움도 없이 살아야 한다고 다그쳤는지도 몰라. 그 당시 내가 원장님의 환심을 사려고 얼마나 많은 노력을 한지도 조 박사는 알 거야? 그나마 우리 오빠 때문에 가까스로 참고 있던 원장님이 그 이후로 날 일방적으로 배척해도 되는 존재가 된 셈이었으니까. 나도 자존심이란 게 있잖아."

"그런데 참 궁금하긴 하더라. 왜 네 오빠 우리 원장님이 마음에 안 들었을까…? 지금도 궁금해. 만약 그랬다면 네 오빠의 앞길도 순탄했을 테고, 부와 명예도 다 손에 넣을 수 있었을 텐데 말이야? 결국 정치를 하신다며 고향으로 돌아가셨지만 성공하지 못하셨잖아?"

"그거야 나도 모르지. 하긴 우리 원장님만큼 부족함 없이 다 가진 자도 드물 거야. 그래서 오빠 자존심 때문에 일부러 멀리하지 않았나 싶은 생각도 들더라. 사실 우리 오빠는 머리와 미모 말고는 내놓을 게 없잖니."

효숙이 여고생이 되고 첫 주일날이었다. 부산대학 4년 전액장학생으로 재학 중 군 복무를 마치고 동 대학원에 적을 둔 오빠 황재익이 모처럼 집에 왔다. 황재익은 대학에 입학하면서 입주 가정교사로 그 학생 집에서 거주했다. 마침 그 전날이 토요일인 데다가 아버지 생신이었다. 오빠의 시간을 맞춰서 전날 저녁에 아버지 생신을 치르고 아침을 먹고 오빠를 배웅하려 집을 나서는데 마침 집 앞을 지나가던 모녀원 원장과 맞부딪혔다. 황재익이 원장을 보자 구면인 듯 서로 인사를 나누었다.

그날 원장은 효숙이 황재익의 여동생이라는 사실을 처음으로 알게 된 것 같았다. 원장은 효숙이 황재익의 동생이라는 말에 반색하더니 황 선생님한테 이런 예쁜 여동생이 있는 줄 몰랐네요. 저한테 보내 주시면 저가 동생처럼 잘 돌봐드리겠습니다.라고 한 후 매우 다정한 시선으로 효숙을 향해 단도직입적으로 물었다. 효숙이 우리 모녀원에 와서 함께 공부하면 어떻겠느냐고 했다. 그때 오빠는 매우 경직된 어조로 대뜸 원장을 향해 쓴소리를 내뱉었다. 내 동생은 고아가 아닙니다. 엄연히 부모도 형제도 있는 내 동생을 고아들과 같이 취급을 하다니요!라더니 효숙의 손을 잡고 집안으로 억지로 밀어 넣었다. 구겨진 자존심을 회복하려는 황재익의 노력은 가소롭지만 실제로는 농사를 짓는 부모들의 형편은 모녀원보다 훨씬 더 못 했다. 효숙은 원장의 제의에 가슴이 콩닥거렸다. 당장이라도 네!라고 대답하고 싶었지만 함구한 채 황재익의 눈치를 보느라 아무 말도 할 수가 없었다. 하지만 속으로는 고아가 아니더라도 거기서 생활할 수 있는 길이 있다면 제발 저를 좀 데려가 주십시오!라며 원장의 치맛자락이라도 붙들고 애원하고 싶었다.

그 이튿날 효숙이 학교에서 돌아오니 아버지와 어머니 그리고 모녀원 총무가 마루에 걸터앉아서 이야기를 하고 있었다. 어제 모녀원 원장이 했던 말 그대로를 전달하고 있었다. 효숙을 모녀원에 입사시켜서 동생처럼 돌보고 싶어 한다는 것이다. 아버지는 두말할 여지없이 절대로 그럴 수 없다고 단호하게 잘라 말했다. 안 그래도 우리가 돌봐야 하는 고아들을 남의 나라 사람들에게 도움을 받도록 두는 것만도 미안한데 엄연히 애비가 있는 내 딸까지 엄감생심 그들의 도움을 받을 수 없다고 했다. 뿐만 아니고 아무리 애비가 농사나 짓는 농군이라도 그렇지 내 딸까지 고아로 내 몰 그런 사람으로 밖에 보이지 않느냐. 먼저 내 양심이 허락할 수 없으니 두 번 다시 그런 일로 찾아오지 말라며 얼음장을 놓았다. 아버지는 그러고도 구겨진 자존심이 회복되지 않아 참기가 매우 어려운지 벌떡 일어나더니 화를 털어내듯 바지를 양손으로 툭툭 털면서 부리나케 집 밖으로 나가 버렸다.

이 광경을 보았는데도 원장의 지령이 얼마나 엄중했으면 총무의 태도는 요지부동이었다. 한참을 침묵하던 총무가 드디어 입을 열었다. 어머님 아버님께서 무조건 화만 내시지 마시고 효숙의 앞날을 위해 어떤 게 유익한 길인지를 잘 판단해 보시면 좋겠습니다. 우리 원장님이 뭐가 아쉬워서 이토록 간청하겠습니까. 사실 우리 원에 입사하려면 고아라도 까다로운 절차를 밟아야 하거든요. 아무튼 효숙은 복이 스스로 굴러들어온 셈입니다. 우리 원장님이 직접 이렇게 호의를 베푸는 경우는 저가 알기로는 처음입니다. 만약 효숙이 지금 입사를 하게 되면 필요한 만큼 나이를 낮출 수가 있답니다. 덩치가 큰 서양인들에 비해 동양인들이 작아서 나이를 좀 낮춰도 분별하기가 어려워요. 그들은 성인이 될 나이까지 지원을 합니다. 효숙은 대학졸업까지는 충분히 보장될 수 있습니다. 요즘 엔간한 우리나라 농가에서 딸을 대학 보내기가 그리 쉽지 않잖아요. 모처럼 우리 원장님이 효숙을 위해 특별한 기회를 줄 때 잡으셔야 합니다. 안 그러면 두고두고 후회할 겁니다.라며 매우 설득력 있는 논리로 조근 조근 설명했다.

"내 생각에는 네 오빠가 우리 원장님과 결혼을 했으면 출세했을 텐데."

"결혼은 어디까지나 본인의 선택이니까. 하긴 내가 바보 천치였었지, 원장님이 날 모녀원에 입사를 시키려는 뜻도 다 오빠와 가까워지려는 의도였는데도 난 그것도 모르고, 대학까지 공부할 수 있다는 데만 정신이 팔려서 그만…"

"하긴 지구상에 존재하는 사람들 중에 오로지 단 한 명과 결혼을 하는데 그 대상이 된다는 게 어디 보통 인연이겠어?"

"모르겠어. 내가 모녀원에 들어간 후로 오빠의 태도가 완전히 달라졌던 건 맞아. 나도 뒤늦게 알았는데 오빠가 입주 가정교사를 하던 데가 바로 원장님의 이모네 집이었으니, 오빠 한 달도 더 넘어서야 내가 모녀원에 들어갔다는 사실을 알고는 곧바로 그 집에서 나왔다는 거 아니니, 그러니 어떻게 원장님이 날 좋게 보겠어. 처음에는 다시 오빠가 마음을 바꿀 거라며 좀은 기다리다가 결국 배신감이 나한테로 쏠린 거지."

효숙은 조 박사가 차린 과일과 선식으로 함께 조반을 해결하고 집을 나섰다. 수십 년 만에 경험하는 후텁지근한 한국의 여름이 감지되는 순간 아파트에서 지하주차장까지 오는데도 벌써 온몸이 끈적끈적했다. 하지만 조 박사가 모는 승용차 안의 시원한 에어컨 바람이 금방 더위를 식혀주었다.

"내가 미국으로 갈 때만 해도 문화적 차이가 엄청났었는데…"

"요즘은 한국이 가장 살기 좋은 나라라고들 할 정도라니까."

"맞아. 인천공항에 내리는데 감탄사가 절로 나오더라고. 말로만 듣던 한국을 직접 접하니까. 정말 놀라웠어."

다대포에서 괴정까지 오는 내내 도심의 한복판처럼 각색 건물들이 빈틈없이 빽빽이 들어찼다. 조 박사가 모는 차가 어느덧 괴정의 거리를 누비고 있었다. 조 박사는 모녀원이 있던 곳이라며 차를 세웠지만 그때의 그 모습은 전혀 상상이 안 갔다. 다닥다닥 촘촘히 붙어있는 판잣집들이 즐비한 마을을 지나면 넓은 농토가 시작되는 거기에 모녀원이 자리를 잡고 있었다. 그 앞으로는 낮은 산이 있고 오른쪽으로 보이는 곳에는 다대포와 송도를 이어주는 길이 보였다. 지금은 그 아련한 기억의 장소는 상상 속에서나 존재할 뿐이었다. 전혀 색다른 또 다른 거대 도시가 자리를 잡았다. 대부분 대도시로 일자리를 찾아 모여든 난민들이 거주하던 판자촌도 간 곳이 없었고 농토 역시 사라진 곳에는 고가의 상가와 저택 그리고 아파트만 하늘 높은 줄 모르고 키 재기를 하듯 우뚝 우뚝 서 있었다. 그 아래로 원주민들이 농사를 하던 넓은 농토마저 마찬가지로 팽창해진 부산 시민들을 수용하느라 도심의 한복판이 되어 있었다. 가까스로 사하초등학교와 도로를 지나 마주 보던 괴정제일교회가 그때 그 자리를 지키고 있어서 다행히 그 옛날 괴정이라는 사실을 인정할 수 있었다.

조박사는 그 당시의 추억을 그리워하는 효숙의 마음을 읽은 듯 괴정역과 대티역을 중심으로 변화한 신도시를 벌써 몇 바퀴나 돌았다. 하지만 효숙이 부모님과 살던 판잣집의 위치를 찾기에는 만만치 않았다. 하지만 모녀원이 자리했던 지형은 짐작이 갔다. 그 지점 어느 고층 아파트 단지 입구에 조 박사가 차를 세웠다.

"모녀원에 대한 소식은?"

"나도 모녀원을 나와 곧바로 서울로 가서 은행에 근무하면서 야간대학에 다녔으니까. 그래도 운이 좋아서 대학 졸업과 동시에 연구실에서 일하게 되자 입주 가정교사 자리도 지도교수님이 소개해 주셔서 대학원은 주간으로 옮길 수 있었어. 박사 학위를 받고 나서야 겨우 시간강사 자리를 얻었는데, 그래도 다행히 나 혼자니까. 계속해서 학계에 남아있을 수가 있었던 거지. 그리고 조교수를 거쳐 부교수로 있을 때 마침 동아대학에서 제의가 들어왔었어. 정교수로 와달라고, 나로서는 거절할 이유가 없었던 거지. 고향이나 부모도 모르니 모녀원이 있는 사하구가 고향이지. 오자마자 제일 먼저 모녀원부터 찾았지만 흔적도 없었어. 사실 효숙이 너나 나도 친구 사귀는 데는 소질이 없다 보니 너 가고 늘 혼자였거든."

"사실은 나도 모녀원 생각만 해도 끔찍하다니까."

모녀원에 입사한 지 두 달 정도 지나서였다. 원장이 효숙을 따로 원장실로 부르더니 거두절미하고 협상안을 내놓았다. 한 달간 기간을 줄 터이니 네 오빠가 내게 와서 사과를 하면 계속 모녀원에서 생활할 수 있을 것이고, 만약 이 약속을 이행하지 못할 경우 너는 당장 이곳을 나가야 해!라고 했다. 물론 원장의 일방적인 협상은 이행되지 않았고 그때부터 효숙을 향한 원장의 구박이 시작되었다. 하지만 효숙은 미국 양부모로부터 오는 후원금으로 생활하고 학교에 다니다 보니 다른 학생들과 마찬가지로 수시로 안부편지를 썼다. 그 학생들의 편지를 총무가 영어로 번역해서 후원자들에게 보냈다. 그들 대부분은 답장을 하지 않았지만 개중에는 답장을 써 보내기도 했다. 그중 효숙의 후원자들은 매우 친절하게 답장까지 꼬박꼬박 써 보내 주었다.

원생들에게 퍼져있던 소문에 의하면 원생들이나 후원자들이 편지를 써도 내용을 그대로 전달하지 않고 원장이 주장하는 원칙에 어긋나면 번역할 때 적당하게 고쳐서 보낸다고 했다. 이런 소문 때문인지는 몰라도 편지를 쓸 때는 처음인양 예시는 물론이고 원장의 경영철학에 수반된 자료들을 제시했다. 모든 원생은 언제부터선가 너나없이 어쩌면 환경의 노예로 살아가는 게 편하고 안정된 삶이라고 체념해 버린 듯했다.

그런 기준에 세뇌되어 있다 보니 마음을 전달하려는 진솔함보다는 형식에 치우친 극히 피상적인 내용의 편지를 쓸 수밖에 없었다.

아니나 다를까. 어느 주일날 아침 일찍 총무가 사무실로 효숙을 불렀다. 효숙이 사무실 문을 여는 순간 양부모에게 쓴 편지를 내놓으면서 다시 쓰라고 지시했다. 넌 말귀를 통 못 알아듣는구나!라며 매우 불쾌한 표정으로 질타까지 서슴지 않았다. 너 같은 아이들만 있었다면 우리 원은 벌써 문을 닫았을 거다. 원장님께서는 너희들을 위해 한 명이 주고받는 편지내용 하나까지도 꼼꼼히 신경을 쓰지 않을 수 없다는 걸 알아야 해. 아무나 이런 일을 한다고 보면 안 되는 거다. 알았니? 효숙은 영문도 모르면서 무조건 네!라고 대답하고는 총무가 미리 수정한 편지 내용을 잘 파악한 후에 다시 썼다. 효숙은 자신을 후원하는 양부모들의 얼굴이 보고 싶다는 내용이나 앞으로 자신은 꼭 교수가 되는 게 꿈이라는 등의 마음을 담은 진솔한 얘기는 사정없이 삭제되었다. 자신의 진실한 마음을 전달하는 부분을 지울 때는 가슴이 아팠지만, 총무의 지시에 따라 마음에도 없는 내용으로 수정했다.

효숙이 편지를 수정하고 마침 식사시간이 되어 식당으로 가고 있었다. 그때 마침 원장이 비서와 같이 식당으로 오는게 보였다. 효숙은 곧바로 원장과의 간격을 맞추려고 잰걸음을 늦추어 천천히 걷기 시작했다. 너 마침 잘 만났다. 네 오빠 언제 온다든?라고 물었다. 네, 원장님. 원장님의 말씀을 전달했으니까. 곧 올 거라고 생각합니다.라고 대답하자, 그래야지! 그렇지만 이미 정한 한 달이 내일 모랜 줄은 알겠지? 그래 사무실에는 무슨 일로?라며 효숙의 대답을 기다리며 침묵으로 시간을 벌고 있었다. 정말 원장님, 죄송합니다. 저가 원내 규칙을 잘 몰라서,라고 하자 무슨 말이니? 나는 하나도 못 알아듣겠는데.라는 것이었다. 총무님이 미국 후원자님의 편지가, 아, 됐어. 그런 얘기라면 총무가 알아서 하겠지! 그리고 오늘 예배시간에 강대상 위에 올리는 물은 효숙이 네가 떠와!라고 선심 쓰듯 던지고는 식당 안으로 들어갔다. 그때 원장을 뒤따르던 비서가 효숙을 향해 미소를 살짝 지어 보이더니 곧 자취를 감췄다.

"그때 네가 얼마나 힘들었는지 나는 알잖아. 그런데 실은 모녀원으로서는 네가 나감으로써 순 수입이 더 늘어났었어."

"사실 우리 오빠에게 허락한 날짜가 지나기 전까지는 원장님이 나한테 엄청 관대하셨다는 걸 조 박사도 알잖아. 그런데 오빠가 나타나지 않자 그 배신감을 고스란히 나한테로 쏟아놓기 시작했던 거지. 말이 나왔으니 말이지만 원을 단도직입적으로 나가라고는 않으면서 그동안 나한테 들어간 돈 일체를 어떻게 갚을 거냐며 원색적으로 구박하면서도 양부모님께 편지를 계속 쓰게 한 건 또 무슨 조화지."

"네 오빠를 단념하기가 어려웠던 거지. 아무래도."

"사실 울 오빠 외모와 두뇌 말고는 볼 게 없었잖아."

"그러니, 나 보기엔 서로 부족한 부분을 채워줄 수 있으니 찰떡궁합인 거지."

"하지만 오빠의 판단이 옳은지도 몰라. 사실 오빠 남자로서 당당히 살아가고 싶었던 거지. 여자 처마 폭에 싸여서 호의호식하거나 출세하고 싶지 않았을 거야. 그런 사고방식 때문에 일부러 우리 원장님의 마음을 고의로 거절했을 수도 있어."

"사랑은 국경도 없다는 게 눈꺼풀이 씌었다 하면 어떤 조건도 보이지 않는데, 그럴 경우를 두고 사람들은 인연이라고 하더라고. 물론 네 오빠 우리 원장님이 그런 인연이 되지 못했던 거지. 원장님과는 달리 부모님이 정해주시는 데 장가드셨겠지. 하지만 우린 아직… 후훗!"

"그러고 보니, 그 선배나 너도 그토록 끔찍이 서로 사랑했지만 그쪽에서 부모님의 반대에 굴복한 걸 보면 인연이 아니었던 거지."

효숙이 모녀원에 들어오고 첫 토요일 날이었다. 남달리 피부가 하얗고 훤칠한 키에 얼굴 생김새는 꼭 서양인처럼 볼이 쏙 들어가고 콧날은 오똑, 눈에 쌍꺼풀까지 초생 달처럼 진 조 박사가 아침에 등교하는데 효숙이네 집 앞까지 졸졸 따라와서는, 내 소원 하나 들어줘! 하기에, 효숙이 놀란 토끼 눈을 하고 조 박사를 돌아봤다. 이거 너희 집에 좀 뒀다가 나중에 와서 좀 갈아입게 네 어머님께 말씀 좀 드려줬으면 좋겠어.라며 사복을 싼 꾸러미를 내밀었다.

그날부터 조 박사는 토요일만 되면 다른 사복으로 바꾸어가면서 효숙이네 어머님께 맡겨놓고 하굣길에 들려 교복을 벗어놓고, 부산대학 영문과에 재학 중인 애인을 만나러 다대포 바다가 보이는 산에서 영어공부를 하곤 했다. 그 선배를 만나러 갈 때마다 조 박사는 영어신문을 꼭 들고 다녔다. 그것은 총무가 구독하는 신문으로 한 달이 지나면 폐기 처분하는 신문인데, 조 박사는 그중에서 고른 것을 선배를 만날 때는 잊지 않고 들고 다녔다. 그것은 영어공부를 하는 게 목적이었지만 만나는 횟수가 많아질수록 둘의 대화는 어느덧 신문 내용이 중심이 될 정도로 영어공부에 재미를 붙일 정도였다고 했다.

"난 조 박사를 보면서 아무리 어려운 영어라도 열심히 하면 된다는 것을 배웠기 때문에 양부모님께 매달릴 생각을 했던 거였어. 지금 생각하면 나한테도 아주 못된 구석이 도사리고 있었기 때문에 지금의 내가 있는 게 아닌가 싶어. 하지만 사실은 원장님에게나 원생들에게 자칫 피해를 줄 수 있다는 생각 같은 건 할 여유조차 없었어. 오로지 내가 살기 위해서는 영어공부를 열심히 하는 길 말고는 없다고 생각할 정도로 절박했으니까. 심지어 수업시간에도 영어 단어 외우느라 딴전을 피우다가 선생님의 지적을 받은 일이 다반사였다니까.

한 번은 국어 시간이었는데 안 그래도 호랑이 선생님으로 불리는 분이셨어. 그런데 벌써 여러 번째 지적을 당한 터라 그날은 아예 선생님께서도 작정을 하셨던 모양이었어. 한참 국어책과 공책을 펴놓고 다른 연습장에다가 영어 단어를 쓰면서 외우고 있는데 살그머니 와서는 현장을 덮쳤어. 효숙 양! 이렇게 날 배신해도 되는 거니!라며 들고 있던 막대기로 내 책상을 힘껏 내리치는 게 꼭 선생님께서 말씀하시던 배신감을 몽땅 쏟아놓는다는 느낌이 들었어. 얼마나 분노했으면 당장 막대기가 부러졌겠니. 나는 그 순한 선생님이 그토록 무서운 얼굴을 하리라고는 상상도 못했거든, 얼마나 무서웠던지. 사실 영어공부를 시작하기 전까지는 작가가 내 꿈이었기 때문에 국어시간만 되면 절대로 선생님의 시선을 놓친 적이 없었어."

"그래 맞아! 황 박산 항상 시집을 들고 다녔지?"

조 박사는 곧바로 시동을 걸더니 차를 천천히 몰기 시작했다. 차는 대티터널 입구에서 우측으로 유턴하여 꽤나 넓은 골목길로 들어섰다. 양쪽 건물들마다 각자의 개성에 따라 상호를 표시한 간판들이 즐비했다. 골목 끝부분에 이르자 세로로 쓴 검은색의 글짓기교실이라는 간판이 효숙의 시선을 사로잡았다.

"모녀원에서 쭉 순탄하게 학생 생활을 마쳤더라면 아마 지금쯤 글짓기교실 정도는 하고 있을까? 고품질의 도자기가 탄생하려면 더 큰 고통의 시간을 보내야 하듯, 사람 또한 더 큰 그릇이 되려면 더 험난한 과정을 통과해야 한다는 걸 모를 리 없지만, 나라는 존재가 원장님의 눈에 가시가 되고부터 딴 사람이 되어가고 있었던 거야. 만점이던 국어점수가 바닥으로 추락하는 건 당연하고, 그렇게 좋아하던 수업시간에는 딴전만 피우니 어떻게 배신감이 들지 않았겠어. 국어 선생님이 나를 이상하게 생각하지 않는다는 게 오히려 이상했지. 그런데도 나한테는 그런 건 전혀 문제 되지 않았어. 오로지 내가 직접 양부모님한테 영어로 편지를 쓰고 양부모를 만나면 대화를 할 수 있는 게 목표였으니까. 그런데 교단으로 돌아간 국어 선생님의 입에서 효숙이 너 그렇게 영어를 열심히 하지 않으면 안 되는 이유와 나와 반 친구들한테 너로 인해 수업시간을 엉망으로 만들어 버린데 대해 영어로 사과해 봐! 그러면 인정해 줄게.라는 것이었다.

"그 순간 나는 겁이 덜컹 나는 거야. 사실 나 혼자서 쓰고 외웠지 사람들을 상대로 직접 회화를 한 적은 없었거든. 그러니 선생님의 말씀이 떨어지자마자 얼마나 겁이 났으면 머리카락 끝이 쭈뼛하면서 갑자기 식은땀이 온몸을 적시는 거야. 거기다가 선생님과 반 친구들은 나의 대답을 기다리듯 실내는 또 얼마나 조용한지, 그런데 바로 그 순간 내 입에서 선생님이 요구했던 답으로 영어를 열심히 할 수밖에 없는 이유와 수업시간에 딴전을 피워 죄송하다. 하지만 앞으로는 절대로 이런 일이 없도록 노력하겠노라고 영어로 그것도 거침없이 말하고 있는 거야…? 나도 이런 내가 놀라웠어. 거기다가 내가 말을 마치자 박수갈채가 쏟아지는데…, 사실 그 순간은 내 생각에도 나의 실력이 아니고 누군가가 나를 조종하는가?라는 착각까지 들 정도로 내 영어회화는 유창했었다니까. 아무튼 내 영어 실력은 조 박사 덕분이었다고 장담할 수 있어. 나도 해 보자! 친구도 하는데… 하지만 조 박사 널 졸졸 따라다니면서 모르는 걸 물었으니 얼마나 괴로웠을까? 그런데도 넌 한 번도 역정 낸 적이 없었어."

"나도 그 오빠한테 네가 나한테 하던 이상으로 했거든? 그러니 너를 보면 나를 보는 것 같았던 거야. 어느 날부터 총무님한테 미국으로 내가 직접 영어로 편지를 쓴다고 했더니, 그렇게 하라고 했어. 그러더니 내용을 다 읽고는 그 다음부터는 영어로 쓰지 말고 한글로 쓰라는 거야. 어차피 내용을 수정해야 하니 이중으로 고생할 필요가 뭐가 있느냐면서, 그런데 총무가 내 영어 실력이 좋아진 이유를 원생들한테 묻는다는 소문이 들리더니, 결국은 원장 귀에까지 선배얘기가 들어간 모양이었어. 그리고 얼마 후 아무런 이유 한마디 없이 그 선배 오빠가 연락이 끊겼어. 사실은 나도 나중에서야 안 사실이지만 그 오빠의 아버지가 부산 시내 모 대학병원 원장이었더라고. 원생들 가운데 이 소문이 쫙 퍼지고 나서야 내 귀에 들어온 거야. 이 정도면 말 안 해도 뻔하지 않아? 그러니 나를 향해 뭔들 통제 못하겠어. 나중에는 나한테 미국에서 오는 편지까지 보여주지 않고 또 편지를 쓰라고도 하지 않았어. 하지만 그래도 나는 여고를 졸업하고 취직을 할 동안은 참아야 했으니까. 그때까지는 오로지 나를 도와주는 그분들과 또 원장님에 대한 고마움이 나를 행복하게 했거든. 그랬는데 그때 처음으로 나를 낳아준 부모님에 대한 원망이 생기더라고. 그 당시 내 상황은 원에서 나가라고 할 것 같아서 늘 불안했거든."

"왜 그때 조 박사가 나처럼 미국으로 오지 않았는지, 지금도 궁금하다니까? 미국 가서 공부를 하고 싶다고 했으면 틀림없이 그분들이 도와주셨을 거야. 사실은 일단 미국 땅에 발을 들여놓게 되면 스스로 공부할 수 있게 되더라고. 미국이라는 나라는 사회 제도 자체가 혼자 공부하고 살아갈 수 있도록 되어있다니까?"

조 박사는 옛날 그때의 기억이 되살아나는지 갑자기 차를 거칠게 몰았다. 골목이 좁던 넓던 도로가 난 곳이면 생각할 여가 없이 무조건 차를 몰아넣었다. 옛날의 흔적이라면 모조리 다 지우고 싶다는 의지로 보였다.

"조 박사님? 배 안 고파?"

효숙은 조 박사의 생각을 바꿀 요량으로 엉뚱한 질문을 했지만, 조 박사는 그로 인해 점심시간을 놓치고 있었다는 사실을 깨달은 듯 차를 급정거했다. 그곳이 하필이면 사하초등학교가 마주 보이는 곳이라니, 거기다가 괴정제일교회의 위치를 알리기 위해 가로로 써 붙인 팻말에는 골목 안을 향하도록 화살표까지 그려져 있는 게 아닌가. 여고 시절 괴정제일교회에 다니는 반 친구를 따라 주일날 좀 따라 다녔기 때문에 그 위치가 틀림없었다. 효숙은 옛 친구를 만난 듯 반가웠다.

"어머! 이 교회 건물이 그 자리에 그대로 있네?"

당시의 위치를 가늠하기 위해 기적처럼 남아있는 사하초등학교와 괴정제일교회를 중심으로 옛 기억을 더듬기 시작했다. 괴정제일교회는 그동안 얼마나 몸집을 키웠던지 주변으로 틈새 하나 없는 건물들과는 비교도 안 될 정도로 비대했지만, 키 재기에서도 당연 선두 주자로 하늘 높게 치솟아 있었다. 조 박사가 화려하게 변신한 괴정 일대를 얼마나 촘촘히 옛 흔적을 찾아다녔으면 점심시간까지 놓쳤을까.

오후 2시를 넘기고서야 사하초등학교 근처에서 감자옹심이를 먹었다. 한국 가면 어릴 때 어머니가 끓여주시던 옹심이를 먹고 싶다던 효숙의 말을 잊지 않고 조 박사가 인터넷으로 찾았다고 했다. 둘은 아침식사를 평소와 마찬가지로 가볍게 먹고 늦은 점심을 대하자 입맛이 왕성하다 보니 일인 분을 더 시켰다.

조 박사는 식사를 마치고 나오면서 과잉 섭취한 영양을 체력단련에 투자하면 어떻겠느냐고 묻기에 효숙이 흔쾌히 동의를 하자 곧바로 집으로 가서는 긴 청바지와 엷은 면 블라우스에 운동화로 갈아 신었다. 다대포 꿈의 낙조분수가 설치된 광장을 지나 해변공원을 거쳐 올레길을 따라 걷기 시작했다. 효숙은 조 박사의 안내에 따라 다대포 바다까지 이어지는 올레길로 향했다. 조 박사는 따가운 햇볕을 가리려고 파라솔을 폈지만 효숙은 차양이 넓은 모자를 오히려 벗었다.

"한국 온 김에 햇볕과 바닷물에도 흠뻑 취해보고 싶어."

효숙은 잰걸음으로 조 박사를 앞질러 자갈밭을 지나 바닷물에 닿기 전 모래 바닥이 시작되는 지점에서 운동화와 양말을 벗었다. 조 박사도 서둘러 바지를 말아 올리고는 맨발로 물속으로 덤벙 뛰어들었다. 둘은 동심으로 돌아가 물장난도 치고 가곡과 찬송가를 부르며 즐기다가 갑자기 효숙이 모래사장에 덥석 주저앉았다. 그때 마침 조 박사는 손바닥을 모아 물을 떠서는 막 효숙을 향해 뿌리려는 시늉을 하다가 무슨 영문인지 하려든 행동을 딱 멈췄다.

"참, 그때 모녀원 원장이 효숙이 네 아버지가 사시던 집을 샀다고 했지?"

"무슨 목적으로 원장님이 그런 제안을 했는지는 몰라도, 아빠는 다른 사람한테 팔았어. 우리 부모님은 고향에 있던 농토와 집을 팔아서 자식들 공부시키려면 도시로 가야 한다고 생각한 나머지 부산으로 왔지만 시내서는 제대로 된 전셋집도 구하기 어려우니, 변두리지만 대신동에서 대티고개만 넘으면 곧바로 판자촌이라 겨우 정착하게 된 거지. 물론 지금은 터널이 뚫렸지만, 그렇게 큰 꿈을 품고 고향을 떠나와도 농사밖에 모르던 아버지가 할 수 있는 일이래야 뾰족한 게 있겠어? 배운 게 도둑질이라고 바로 붙은 괴정에는 농토가 많았거든, 그래서 남의 농토를 빌려서 농사를 지었던 거라고. 그런데 또 오빠가 대학 졸업을 하고는 정치를 하겠다며 고향으로 가겠다니 다시 그 판잣집을 팔 수밖에 없었던 거라고. 그만큼 우리 아빠와 엄마는 아들을 위해 사셨던 분이셨어. 우리 아빠 엄마를 보면 맹자가 자기 아들의 교육을 위해 3번이나 이사를 했다는 말이 실감 날 정도라니까."

"네 오빠는 그럴 만한 분이셨잖아. 그러니 나는 오히려 그때 우리 원장님이 멀리 보는 시각을 가졌던 거라고 생각해. 말이 나왔으니 말이지만, 우리 원장님은 네 오빠에게 부족한 부분을 채워줄 수 있는 조건을 다 갖추고 있었던 거라고. 네 오빠가 자존심만 조금 굽혔으면 크게 성공할 수 있었을 텐데, 이런 말 해봐야 소용없지만, 정치란 게 과거나 지금이나 돈 없이 되는 게 아니잖아. 그렇게 생각하면 네 오빠가 너무 아까워서 그래."

"나는 그렇게 생각 안 해. 인연이면 어떤 어려운 과정이라도 다 통과

했을 거야. 단지 자기 인연이 아니었던 거지."

"하긴, 세상에는 그렇게 생각하면 한도 끝도 없이 후회되고 아쉽고 그럴 거야. 하지만 다 자기 운명에 따라 살다가 가는 거지, 뭐. 우리가 계획하고 노력해서 끼 맞춘다고 다 될 리도 없지만 만약 그런다고 다 행복하고 성공한다는 건 모르는 일이지. 인생은 누구에게나 처음 경험하는 과정을 사는 거니까."

"맞아. 황 박사 말이."

어느덧 낙조가 서산을 붉게 물들이고 있었다. 다대포에 오면 꿈의 낙조분수만은 꼭 관람해야 한다면서 조 박사는 매점에서 생수와 간식거리로 비스킷을 준비하더니, 포도는 먹기 좋게 씻어서 비닐봉지 두 개에 넣어 각각 한 봉지씩 만들었다. 둘은 휑하니 넓은 운동장을 가로질러 건물을 등지고 계단식 관람석에 자리를 잡았다. 아직은 관람자들이 열 손가락 안에도 안들 숫자였다. 효숙은 관람할 자들이라도 많으면 또 모를까. 조 박사의 말대로 엄청난 구경거리라는 게 믿어지지 않았다. 이런 텅 빈 땅에서 그토록 아름다운 분수가 솟아나온다는 게 의심스러웠다. 조 박사가 이런 효숙의 마음을 읽었음인지 갑자기 효숙의 스마트폰으로 다대포 꿈의 낙조분수,라고 쓰더니 엔터(enter)를 쳤다. 조 박사는 곧 내가 말하는 것보다는 네가 직접 찾아서 읽어보는 게 나을 것 같아서, 라면서 스마트폰을 효숙에게 되돌려 주었다.

'다대포 꿈의 낙조분수'는 다대포해수욕장 입구 광장에 설치된 음악분수로, 분수바닥지름 160m, 둘레 180m, 분수 지름 60m, 최대 물 높이 55m, 물 분사 노즐 수 1,052개, 조명 1,160개, 소 분수 29개로 세계

최대 규모를 갖췄다. 세계의 유명 분수들이 대부분 호수 안 또는 벽면에 설치됐지만, 다대포 낙조분수처럼 바닥분수로 음악과 조명이 어우러져서 연출하는 경우는 드물다. 다대포의 낙조분수는 이미 한국기록원으로부터 국내 최대 규모의 분수대로 정식인증을 받았으며 2010년 3월 27일 기네스월 드레코드에 '세계최대 바닥분수'로 등재되었다.

매년 4월 개장행사를 시작으로 10월 말까지 운영되는 다대포 꿈의 낙조분수는 이곳을 찾은 사람들이 직접 참여하여 즐길 수 있도록 계절별, 테마 별 다양한 프로그램을 마련해놓았다. 특히 화려한 장관을 연출하는 분수 쇼도 볼거리지만, 많은 사람과 함께 즐기는 프로그램으로 꾸미려는 노력을 엿볼 수 있다. 분수 쇼를 할 때도 관람객들이 신청한 곡으로 진행한다든가 또는 분수 쇼 중에도 아이들과 어른들이 원하면 분수가 분출될 때 함께 그 현장에서 직접 물을 맞으면서 즐기는 기회까지 준다는 게 이색적이다.

시간이 지나면서 직원들이 분주히 움직이기 시작했다. 수없이 많은 접은 의자들을 나르더니 어느 순간 평지 가장자리에다가 사람들이 앉을 수 있도록 겹겹으로 펴놓았다. 사람들도 없는데 무슨 의자를 저렇게 많이 펴지?라는 의문이 생겼지만 효숙은 조 박사와 간식을 먹으면서 얘기를 나누느라 말할 기회를 놓쳤다. 어둠이 서서히 대지 위로 내리고 있었다. 하나둘 사람들이 모이면서 의자와 계단 관람석을 채워갔다. 어둠이 완전히 내리고 주변의 고층 아파트와 호텔 그 외도 낮고 높은 건물마다 불빛이 들어왔다.

"다대포가 이렇게 변하다니?"

"그때는 저 아래로는 농토라도 여기는 그냥 산이었어."

"맞아, 조 박사가 이곳 지리는 더 잘 알겠구나? 그때 그 오빠와 만난 장소가…? 여기, 어디쯤인가?"

"그럼, 내가 산 증인인 셈이지. 사실은 그래서 내가 더 이곳으로 정착했는지도 몰라. 그 옛날 너무나 익숙한 장소라 쉽게 잊어지지 않아서… 여기 오면 그 오빠라도 만날 것 같은 그런 예감 때문인지도 몰라."

"그렇구나? 나도 역시 네가 있는 여기가 더 먼전가 봐. 고향 가기 전에 네한테로 먼저 온 걸 보면 우린 닮은 데가 많아. 그지?"

"그냥 평생 그 오빠만 그리워하면서 사는 게 최고의 행복이지. 그 오빠도 날 이토록 잊지 못할 거라는 생각을 하면서, 혹 아니? 만날 날이 올지. 내가 사는 이곳 아파트가 딱 그 장소가 맞을 거야. 그래서…"

이미 여러 장르의 음악에 따라 진행되는 분수 쇼가 한창이었지만 둘은 옛날을 추적하느라 눈앞의 그 화려한 아름다운 불꽃으로 수놓은 춤추는 분수 쇼에도 시선을 돌리지 못한 채 그 먼 그때의 추억에 빠져있었다. 이때 주변에서 왁자지껄 군중들의 소리와 함께 너도나도 중앙 분수 쇼 장으로 달려가는 군중들 때문에 둘은 비로소 현실로 돌아왔다. 아이들과 어른들이 함께 어우러진 채 휘황찬란한 조명을 받아 바닥에서 위로 치솟는 분수 속으로 들어가 온몸이 흠뻑 젖은 채 덩실덩실 춤을 추었다. 거기에는 세상의 고뇌도 고통도 온갖 근심 걱정은 물론이고 높낮음이나 부와 가난도 초월한 그들은 오로지 시원함만 공유한 채 분수 쇼의 움직임에 따라 몸을 맡기고 있었다.

해바라기의 기도

샌프란시스코 공항에서 미네아폴리스 공항으로 가는 11시 비행기를 기다리고 있었다. 공항에 가서 기다리자며 일찌감치 초저녁에 도착했다.

카트에 실린 대형 트렁크 2개를 화물로 미리 붙이고 나자 필수품이 든 작은 손가방만 각기 챙겼다. 사위와 손자는 등가방, 딸과 희련은 멜빵이 긴 손가방을 어깨에 멨다. 막 검색대를 통과하여 게이트를 향하고 있었다. 앞서가던 손자가 갑자기 뒤돌아오더니 희련의 손가방을 낚아챘다. 희련은 극구 거절했지만 막상 손자에게 가방을 뺏기고 나자 몸이 날아갈 듯 가벼웠다. 원래 사위를 닮아 배려심이 남다른 손자는 늙은 할머니가 안쓰러웠던 모양이다. 늙으면 메뚜기도 짐이 된다더니 나이는 못 속이나 보다.

미네소타주 미네아폴리스 공항으로 가는 탑승게이트에 도착한 손자는 하나 남은 빈 좌석을 부리나케 차지하더니 희련을 앉으라고 권하고는 할머님 폰 좀 주세요. 탑승시간 될 때까지 카톡이라도 하셔야 하니까.라고 혼잣말로 웅얼거리면서 공항 와이파이를 연결시켰다. 안 그래도 희련은 손자에게 부탁하려던 참이었다. 손자는 이번뿐만 아니고 언제나 이런 식으로 희련의 필요를 미리 채워주곤 한다. 손자 말마따나 탑승시간도 많이 남았지만 손녀를 만나기 전에 메이오클리닉에 대한 정보를 좀 더 확보하고 싶었다. 지금은 한국을 떠날 때의 철없던 초등학교 저학년 꼬맹이 손녀가 아니다. 세계에서도 의료서비스가 1위인 메이오클리닉의 의대생인데다가 직접 발명한 의료기와 농기구를 생산하는데 필요한 여러 명의 직원까지 거느린 어엿한 CEO(최고 경영자)가 아닌가.

2년 전에 벌써 국내 한 월간지에 미국을 대표하는 다음 세대를 이끌어갈 젊은 여성 30인의 반열에 명해가 올랐다. 각종 기술대회에서 수 회에 걸쳐 1등 상을 거듭 획득하고 또 얼마 전에는 유수한 기업들이 도전하는 MN cup 벤츠기업 대회에서 많은 상금이 걸린 1등을 하자, 중앙 CBS CNN 등 각종 방송국에서는 명해가 발명한 제품과 기업운영에 대해 인터뷰하는 장면까지 방송했다. 뿐만 아니고 세계적으로 유명한 포브스(forbes)사의 올해 2021년 VIP 행사에 패널리스트(panelist)로 나온 게 유튜브에 올라있기도 했다. 아무리 늙은 할미지만 이런 손녀를 만나려면 적어도 이 정도의 노력은 하는 게 예의라고 생각되었다. 희련에게 할 일을 다 한 손자는 사위와 딸이 있는 옆으로 가더니 바닥에 퍼질고 앉았다.

희련도 본격적으로 검색을 시작했다. 왠지 마음이 집중되지 않았다. 처음 코로나19가 날개 단 듯 창궐해 갈 때 그 당시 미국 대통령이 앞장서서 일차 방역수칙인 마스크 쓰기를 거부한 탓에 그 영향이 전 국민에게 미쳐 희생자가 엄청나게 발생하지 않았던가. 거기다가 아직도 백신 공급이 원활치 못해 못 맞는 나라도 있는데, 미국은 백신 공급이 충분한데도 맞지 않겠다고 거부하는 사람들이 많다고 했다. 희련은 미국에 오자마자 딸의 도움으로 같이 백신을 맞았다. 이런 상황을 잘 아는 희련으로서는 사방으로 앉은 서양인들이 마스크는 썼지만 그것도 남의 나라에서 모르는 사람들 틈에 끼어있다는 게 두렵고 불안했다. 희련은 즉시 일어나 저만치 좌석이 없어서 바닥에 앉은 사위와 딸과 손자 옆으로 슬그머니 다가갔다.

"엄만, 왜? 편한 데를 두고…?"

딸은 희련이 앉았다가 온 좌석을 즉시 채운 백인을 훔쳐보면서 말했다.

"여기가 더 편해."

"몸이 편하다고 마음도 편 하라는 법은 없으니까요. 잘 오셨습니다. 여기도 있을 만합니다. 거기다가 가족들이 함께 있으니."

노트북에 빠져있던 사위가 희련의 선택에 동의를 해 주었다.

메이오클리닉은 알래스카주를 제외한 미국 본토의 각 주들 중에서 가장 북쪽에 위치한 미네소타주 로체스터에 있는 세계 최고의 종합병원이다. 최근 수년 동안 연속 미국 병원평가에서 1위를 차지했다. 인구 10만인 로체스터시는 3만여 명이 메이오클리닉에서 일하고, 5만 3천 6백 명이 메이오클리닉에서 근무한다. 여기에 딸린 가족들을 포함한다면 도시 전체가 메이오클리닉 때문에 생계를 유지하는 셈이다. 의사가 4천 명인데 메이오클리닉을 찾는 환자는 매년 130만 명으로 연간 매출이 13조다. 치료비는 비싸지만 제대로 된 치료를 받기 위해 국내는 물론 세계 각국의 왕족, 거부들이 전용기를 타고 찾아와 호텔에 머물면서 치료를 받는다. 그러다 보니 메이오 주변에는 일류 호텔들이 즐비하다.

로체스터는 자체 공항이 있지만, 규모가 더 큰 미네아폴리스 세인트

폴 공항에서 오는 메이오 환자와 가족들을 위해 무료셔틀버스까지 운행하는 의료도시다. 미국인들은 로체스터시를 메이오 인더스터리 타운(mayo industry town)이라고 부른다. 메이오 의사는 가난한 사람들에게는 진료비를 청구나 독촉을 하지 않고, 오히려 교통비와 생활비를 보태주기도 한다. 대신 부자에게는 진료비를 제대로 받는다. 지금도 환자의 재정 상태에 따라 무료진료나 분납을 해 주고 있다. 병원을 메이오의 두 아들이 물려받아 운영하다가 1932년에 은퇴하고 비영리재단을 만들어 경영권과 소유권도 내놓았다. 모든 수익과 매년 들어오는 6억 불 정도의 기부금도 오로지 연구와 교육에만 쓰다 보니 세계 최고의 종합병원이 되었다.

처음 병원에 오면 평균 한 시간 반 정도 진료를 받는다. 의사 한 명이 환자를 전담하는 게 아니라 전문영역의 의사가 모여 팀을 구성해서 환자 한 명에 여러 명이 집중적으로 진료를 한다. 환자는 몸 전체를 검진하고 치료해야 하는 인간이라는 메이오 형제의 철학을 따른다. 이런 투자와 철학이 합쳐져서 메이오클리닉은 무슨 병인지 모르는 병에 걸리거나, 신장, 당뇨, 내분비, 위장, 노인의학 산부인과, 신경과 및 신경외과에서 각 1위다.

다른 병원과는 달리 종합대학에 속한 부속병원이 아니고 5개의 단과(의대)만 있는 게 특징이다. 특히 환자를 최우선으로 진료기록을 공개하는데 오진이나 구태의연한 처방은 동료들의 지적을 받게 된다. 창업자 월리엄 메이오가 남북전쟁 당시 로체스터에 군의관으로 왔다가 정착해 1864년에 진료소를 시작한 게 지금의 메이오클리닉이다. 연간 총매출액은 도시 전체 수입의 90%가 병원에서 벌어들인다. 로체스터에는 호텔이 54갠데 약 6000개의 객실이 있고 손님의 80%가 메이오를 찾는 환자라고 한다.

내 장손녀 명해가 유명한 의대에 다닌다고는 했지만 이런 덴 줄은 몰랐어! 처음 명해가 합격했다는 소식을 듣고, 주변 사람들에게 자랑삼아 말했더니 메이오클리닉을 아는 이가 없어서 긴가민가했다. 일반적으로 종합대학교의 명성에 따라 의대 순위도 결정되기 마련인 만큼 한국에서 먼 미국에 있는 메이오클리닉을 모르는 건 당연했으리라.

희련은 SNS와 인터넷 검색을 통해 메이오클리닉에 대해 알고 나자 명해를 향한 그리움이 더 강하게 요동쳤다. 미국은 한국과 달리 학부에서 의예과 공부와 다른 전공을 한 가지 하고 졸업 후 메디칼 스쿨 즉 의학대학원을 다시 입학해서 의사 공부를 한다고 한다. 의사를 꿈꾸며 힘들게 의예과와 심리학, 병리학을 복수 전공까지 하여 메디칼 스쿨을 완벽하게 준비한 명해가 학부를 마치자, 학생 때 이미 두각을 나타내면서 실력을 인정받아 아르바이트하던 대학연구실로부터 좋은 조건으로 취직제안을 받고 일하게 되어서 메디칼 스쿨을 포기한 듯 보이던 영해, 희련은 잠시 실망했지만 금방 생각을 바꾸었다. 사람들의 꿈은 몇 번이고 바뀔 수 있고 또 다른 길로 가다가도 우연한 계기로 발길을 돌릴 수 있기 때문이다. 희련은 명해가 훌륭한 성형외과 의사가 되려고 의예과에 지망까지 한 사실을 부인하고 싶지 않았다. 특히 자신 때문에 성형외과 의사가 되겠다던 명해가 아니었던가.

명해가 5살 되던 그해 추석 명절날이었다. 연휴 첫날 희련의 집에 먼저 왔다. 명해를 데리고 딸 부부는 서울에서 내려와 명절 전날은 친정에서 보내고 이튿날 새벽에 가까운 시내에 있는 사위의 본가로 가서 차례를 지냈다. 사위의 형들이 4명이나 되어 막내인 사위 가족들은 아직 며느리도 없는 처가에서 지내다가 명절날 오는 걸 이해해 주었던 터라, 희련은 명해가 오면 가까운 온천에 가기로 준비를 했다가 다녀왔다. 그때 희련의 팔과 다리에 있던 흉터를 처음으로 본 명해가 다가오더니 할머니 왜 이래?라며 놀란 토끼 눈을 하고 물었다. 할머니께서 뜨거운 물로 스텐 우유통 소독하시다가 데여서 그래. 그러니 너도 뜨거운 거 항상 조심해야 해?라고 딸이 당부했다. 명해는 자기 엄마의 말을 듣더니 그럼 할머니 내가 낫게 해 줄게!라며 입김이 치료제라도 되는 양 흉터에 입을 대고는 할머니 호! 했다.

그 당시만 해도 소독제가 아닌 우유를 짜기 전 젖소 유방에 묻은 오물을 닦는 타월이나 20㎏짜리 스텐 우유통도 모두 뜨거운 물로 소독했다. 4살배기 맏딸은 며칠 전에 큰댁에 가고 없었다. 저녁밥을 먹고 낳은 지 6개월 정도인 둘째 딸에게 젖을 물린 채 잠이 살포시 들었든지 깨어났을 때는 이미 남편은 착유 시간이 되어 축사로 나가고 보이지 않았다. 희련은 피곤하여 누워서 모유를 먹였는데 어린 딸이 배가 찼던지 잠이 들어있었다. 놀란 희련이 화들짝 일어나 밖으로 나가니 연탄불 위의 커다란 알루미늄 솥에서 물이 끓고 있는 게 아닌가. 급한 마음에 부랴부랴 낮에 씻어두었던 스텐 우유통에 뜨거운 물을 붓고 뚜껑을 덮은 후 골고루 소독이 되도록 아래위로 흔드는 순간이었다. 펑! 하는 굉음과 동시에 뚜껑이 저만치 날아가고 통 안에 있던 물이 가까이 있던 희련의 왼쪽 수족에 쏟아지고 말았다.

의사가 되겠다며 의예과를 지망했던 명해가 학부를 졸업하기 전에 이미 농기구를 2개나 발명했다. 그것 역시 순전히 희련과 남편 때문이었다. 대학입학을 해 놓고 그해 여름에 한국을 방문했다. 마침 유래 없는 가뭄이 오래 지속되어 밭작물과 과수가 말라가자, 남편이 우물물을 길어오면 희련은 주전자에 담아 양손에 들고 밭고랑을 다니면서 물을 주었다. 이 현장을 보고 미국학교로 돌아간 명해는 할아버지와 할머니의 고생을 덜어주겠다며 리모컨으로 작동하여 식물에 물을 주는 자동식 기구와 가뭄에도 생명력이 왕성한 잡초를 쉽게 제거하는 농기구를 발명했다. 드디어 명해가 졸업이라 메디칼 스쿨을 가나 했는데, 본 대학연구실에서 일하기로 했다는 것이었다.

희련 역시 잠시 갈등이 없었다면 거짓말이다. 본인과 그의 부모들도 바뀌어 버린 꿈을 할머니 주제에 미련을 가지긴 뭘 가져! 희련은 즉시 갈대처럼 휘날리는 자신을 자책했다. 아직 젊고 갈 길이 먼 손녀를 향한 꿈을 포기하다니! 명해가 어릴 적부터 얼마나 소원하던 꿈이었던가. 기도의 제단을 쌓아 올린 게 억울해서라도 미달된 기도를 채우리라. 희련은 손녀가 나중에 후회하면 어떡하나?라는 생각이 들자, 기도의 쉬는 죄를 할머니로서 범하지 않기 위해서라도 손녀를 향한 기도는 계속되어야 한다고 다짐했다. 아직은 명해의 마음을 단정적으로 결론 내리기엔 이르지 않은가. 그런데 나이께나 먹은 할미란 자가 며칠도 못 참다니, 조석변개 같은 사람의 마음이 어떻게 변할지 누가 알겠는가.

내 손녀가 어떻게 변했을까? 희련의 가슴은 벌써 풍선처럼 부풀어 올랐다. 이때 갑자기 불안한 생각이 엄습했다. 세계 1위의 자리를 유지하는 병원에서 양성하는 의대생인 만큼 그 자부심이 얼마나 대단할까. 뿐만 아니고 거기서 훈련받아 의사까지 되어있을 때 할머니가 온다면 지금처럼 시간을 내줄까? 아무래도 귀찮아하겠지? 그러면 어쩌지? 희련은 금방 도리질을 하여 그런 부정적인 생각을 지워버렸다. 절대로 그럴리도 없겠지만 만약의 경우 명해가 그런 내색을 한다 해도 희련은 결코 손녀를 향한 기도를 멈추지 않으리라 다짐했다.

때마침 출발하기 직전에 딸의 휴대폰으로 들었던 명해의 목소리가 떠올라 희련은 안도의 한숨을 내뱉었다. 그러면 그렇지 누구 손년데, 할머니 어서 보고 싶어요! 딸과 통화하던 손녀가 할머니 목소리 듣고 싶으니 바꾸라고 한다며 휴대전화기를 희련에게 건네는 중에 벌써 명해의 음성이 들렸다. 그래, 우리 명해니? 할머니도 우리 명해가 엄청 보고 싶단다. 천리만리 태평양을 건너서 왔는데도 너를 만나지 못하고 가면 어쩌나 했어. 할머니를 오시게 해서 미안해요. 저가 할머님 보러 갔어야 했는데, 그러지 못해 너무 죄송합니다. 아니야. 할머니가 네가 바쁜데 찾아와서 오히려 미안하지. 실은 널 못 보고 가나 했어. 그런데 네가 실습 기간인데도 날 위해 일부러 월차까지 냈다니, 나는 지금 얼마나 행복한지 몰라. 네, 절 보려 오시니 정말 감사해요. 조심해서 오세요. 할머니…!

희련의 생일이 지난달에 있었다. 이 사실을 딸이 손녀에게 알렸고, 하루에 12시간씩이나 병원에서 실습을 한다는 걸 알게 되었다. 거리만 가까우면 하루라도 짬을 내 보겠지만 너무 멀어서 가고 오고 아무리 빨리 움직여도 이삼일은 걸려야 하니 시간 빼기가 어렵다는 것이었다. 거기다가 병원실습을 마치고 나면 곧바로 졸업 논문을 써야 하니 명해가 미네소타주에서 캘리포니아까지 온다는 것은 거의 불가능했다. 희련도 겉으로 내색은 안 해도 속으로는 매우 아쉽기 그지없었다. 좋은 방법이 없을까? 드디어 명해가 할머니 꼭 보고 싶다며 미네소타주는 아직 못 와 보셨으니 관광도 하실 겸 모시고 오라고 제 어머니에게 부탁했다는 것이다. 사실은 명해가 아니면 세계 최고의 메이오클리닉과 미국 제일의 쇼핑몰 오브 아메리카는 물론이고 우리나라 면적의 2배가 넘는 오대호 중에서도 가장 큰 슈피리어호가 있는 미네소타주를 방문할 꿈이라도 꾸었겠는가.라는 생각이 들자, 명해가 병원실습 기간인 게 오히려 잘된 일이 틀림없었다. 처음에는 다음 달 초에 병원실습이 끝나면 오라기에 사실 명해를 못 보나 싶었다. 딸은 하와이나 캐나다를 관광하면 자연히 3개월 관광비자가 연장된다기에 알아봤지만 코로나19 확산이 줄어들지 않은 시국이라 어디라도 관광이 어려웠다. 안 그러면 영사관에 다시 연장 신청서를 제출해야 될 상황이라 그런 까다로운 절차까지 밟을 자신은 없었다.

"엄만, 좋겠어요. 장손녀가 할머니 보고 싶다고 모시고 오래요. 할머님께 꼭 메이오클리닉을 구경시켜주고 싶다면서요."

"우리 명해가 어릴 때 할머니를 치료해 주겠다던 꿈을 이룰 줄이야!"

명해가 초등학교에 입학하려던 그해 설 명절 전날이었다. 역시 서울에서 내려온 딸의 가족이 친정으로 왔다. 명해는 희련을 보면 항상 할머니 아픈데 내가 호, 해줄게!라고 했다. 그날도 역시 명해가 희련을 보자마자 그렇게 말하자 딸이 그래서는 할머니 아픈데 안 나아. 그럼 어떻게 해야 할머니 아픈데 나아? 음…, 그건 명해가 커서 의사가 되어 고쳐주면 몰라도,라고 하자 의사는 어떻게 되는데?라며 명해가 반문을 했다. 그야 우리 명해가 열심히 공부해서 의대에 입학하여 성형외과 의사가 되면 할머니 흉터 치료할 수 있지. 그럼 엄마, 내가 열심히 공부해서 그 의사가 될래!라더니 당장 자기 책가방에서 책을 끄집어내어 폈다.

희련은 계획한 대로 가족들한테 창가 좌석을 양보받자마자 창문을 열었다. 어둠을 밀어내는 전등 불빛에는 이미 착륙한 비행기들이 띄엄띄엄 보이는가 하면 어느 한 비행기는 곧 이륙할 채비를 하는지 열린 화물칸으로 직원들이 짐을 넣는 중이었다. 희련은 비행기가 이륙하여 항공로를 향해 오르면 오를수록 점점 더 아래로 떨어지는 시내의 불빛에 박힌 시선을 따라가느라 얼굴까지 일그러졌다. 결국 비행기 밖이 어둠 말고는 아무것도 보이지 않는 항공로에 도달하자 창문을 닫았다.

"엄마, 지금은 잘 시간이 한참 지났어요. 좀 주무셔야 합니다."

"알았어."

희련은 대답과는 달리 곧 다시 창문을 열었다. 그놈의 호기심은 잠시도 희련을 내버려두지 않았다. 혹 뭔가 보일지 몰라. 하지만 희련의 기대는 무너졌다. 아무것도 보이지 않은 암흑뿐이었다. 이러기를 거듭하다가 어느새 잠이 들었던 모양이다. 잠에서 깨자 창문부터 또 열었다. 날이 밝았고 비행기는 구름 위를 날고 있었다. 저 앞 멀리 구름 사이를 가르며 번갯불이 간격을 두고 뻔쩍이기를 반복했다.

어느덧 태양이 구름을 비추자 송이구름과 뭉게구름 그 외도 하늘하늘 엷은 구름도 길을 터주었다. 저 멀리에는 태양에 반사된 구름이 무지개처럼 아름답게 여러 가지 색깔 층을 이뤘다. 구름 위의 풍경은 한마디로 표현해 장관이다. 드디어 비행기는 두터운 구름과 엷게 퍼진 흰 구름마저 뚫고 나가자 저 아래로 광활한 평야가 펼쳐졌다. 그렇게도 많은 난민이 목숨을 걸고 지금도 살길을 찾아 국경을 넘어오는가 하면 이미 아메리칸 드림을 품고 세계 각국에서 모여든 여러 민족이 어울려 살아가는 데가 미국이 아닌가. 하지만 아직도 수없이 광활한 빈 영토와 버려진 저곳에는 어떤 보물이 방치되어있을지 궁금했다. 여전히 희망이 있고 꿈꿀만한 내일이 있으며 얼마든지 수많은 인류를 먹여 살릴 수 있는 나라라는 생각이 희련의 머리를 스쳤다. 그 황량하기 그지없는 광야를 지나 볼품없이 즐비한 산들의 형세만 계속되는가 싶더니, 드디어 인기척을 느끼게 하는 집과 숲이 수를 놓은 듯한 풍경이 끝도 없이 이어졌다. 도착 시간을 계산하니 미네소타주 항공일 것 같았다. 작은 연못 같기도 하고 어쩌면 늪이나 호수처럼 느껴지는 무늬들이 곳곳에 널려있었다.

"명식이 여기 와서 저걸 좀 봐! 미네소타주에는 호수가 만개가 더 된다더니, 아마 저것들인가 봐?"

희련의 마음이 곧바로 전달이라도 된 듯, 중간 통로 하나만 있는 좁은 국내선 비행기라 반대쪽 창 쪽에 앉았던 사위가 희련 옆에 있던 손자에게 손짓하자 곧바로 자기 엄마와 아빠를 밀어내고 창가로 다가갔다.

"어머, 진짜? 당신 그 말 믿어도 돼요?"

"사랑하는 딸이 미네소타주에 사는데 부모라면 그 정도는 미리 공부해 둬야 하는 거 아닌가?"

딸은 사위의 말 타박에 대응할 명분을 잃은 듯 내가 실언을 했네요! 라며 솔직하게 자신의 무지를 시인했다. 희련과 딸 가족이 메이오에 도착한 시각은 명해와 약속한 정오가 가까워서였다. 미네아폴리스 공항에 도착하여 렌터카를 인수하는 곳까지 셔틀버스가 이동해 주었다. 막 약속장소인 식당 앞에 도착하자 명해도 그때서야 차에서 내렸다.

명해를 보는 순간 조금 전까지도 희련을 불안하게 하던 생각은 온데 간데없고 반가움에 팔을 있는 대로 펴서는 손녀를 얼싸안았다. 희련은 한참을 명해의 등을 토닥거리며 아이고, 내 강아지, 고생 많지!라는데 갑자기 눈시울이 후끈 닳아 올랐다. 그때서야 나만의 손녀가 아니라는 생각이 스쳐 얼른 감았던 팔을 풀었다. 네 할미가 아직 망령은 안 났군. 늦게라도 상황을 분별할 수 있으니 말이야. 희련은 만면에 웃음꽃을 피우며 명해를 반기는 사위와 딸 그리고 명식이를 보면서 안도의 숨을 내쉬었다. 다행히 손녀를 독점해도 된다는 착각에서 벗어날 수 있었던 건 아무래도 신의 개입 때문이라는 생각까지 들었다. 해마다 나이가 든다는 의식을 부인하지 못하는 희련은, 명해를 보는 게 이번이 마지막이 될지 아니면 더 여러 번이 될지는 모른다. 그래서 더 진하게 명해의 존재를 충분히 몸으로도 느끼고 싶었다. 딸 가족들은 작년 여름방학 때 여기 와서 회우했다니 1년 만에 재회를 하는 셈이다.

미국식당으로서도 꽤나 유명한 곳이라는데, 손님들과 서빙 하는 종업원들은 백인인데 요리사들은 다른 곳과 마찬가지로 멕시칸들로 보였다. 정오가 아직 멀었는데도 남은 좌석 없이 홀 안은 만원이다. 다행히 명해가 미리 예약을 한 터라 희련 가족을 위한 빈 테이블이 주인을 기다리고 있었다. 복잡한 도시보다 조용한 지방 도시일수록 백인들이 많다던 말이 실감 날 정도로 백인들뿐이다. 코로나19백신을 맞아선지 손님들은 물론이지만, 종업원들도 마스크를 착용하지 않았다. 희련은 그때서야 위생마스크 위에 겹쳐 쓴 황사마스크부터 얼른 벗었다.

로체스트시티가 온통 메이오로 구성되어 있다 보니, 세계에서 전용기를 타고 오는 왕족과 거부 환자들의 입맛까지 공략해선지, 식당 요리들이 유난히 고급스럽고 그 맛 또한 아직껏 희련이 본적도 맛본 적도 없는 것들이다.

명해는 메이오에서 15분 거리에 살고 있었다. 지하 1층은 차고와 엔지니어의 전용공간, 2층은 사무실, 3층은 명해 개인의 생활공간이었다. 미국 대부분의 도시 형태가 그렇듯 폭넓은 길과 집들 사이도 잔디와 나무 그리고 꽃들이 피어있는 넓은 정원을 끼고 있었다. 명해가 사는 집에는 벌써 손수 발명한 제품으로 나무와 잔디에 물을 주거나 잡초를 제거하는 기구 외도 세탁기와 창문을 여닫거나, 심지어 승용차도 핸들을 잡지 않고 일반 전자제품처럼 자동으로 주행되었다.

희련은 너무 신기해서 식당을 나와 집으로 갈 때는 명식이와 함께 명해 차를 탔다. 일인 다역을 하는 명해로서는 시간 벌이만큼 중요한 과제도 없다는 것이다. 명해는 집에 도착하자 재택근무를 하는 시기라 경영자로 돌아가 온라인 회의를 진행했다. 3층은 온통 동물의 왕국이었다. 유난히 깔끔한 외모와는 달리 반려동물들의 가족인 명해.

대학연구실에 근무할 때도 그랬다. 연구실에서 실습에 사용했던 동물들을 마지막에는 안락사시키는 걸 불쌍하다며 데려와 키웠는데 이미 그 친구들은 수명이 차서 죽고 없었다. 명해는 어릴 때부터 생명이 있는 동물들의 고통을 누구보다 먼저 감내하면서 그들의 문제를 해결해 주었다. 명해가 미국에서 초등학교과정을 마치고 서울에 있는 작은 딸네에서 중학교 1년을 다닌 적이 있었다. 여름 방학이라 외가에 왔는데 하필이면 개가 새끼를 열 마리나 낳았을 때였다. 마침 더위가 얼마나 심했던지 아직 눈도 뜨지 못한 강아지들이 깽깽거리며 고통을 호소하고 있었다. 명해는 즉시 집안으로 달려가 홑이불을 들고 나와 쪼그린 무릎 위에 펴고는 강아지들을 주섬주섬 담아 집 안으로 왔다. 곧바로 욕실로 달려가 시원한 지하수로 강아지들의 몸을 씻겼다. 거실로 데려온 강아지들에게 선풍기를 켜주고는 새끼를 빼앗긴 어미 개까지 집안으로 불러들였다. 할미가 기급을 하고 말릴 여유도 없이 상상도 못 할 일을 스스럼없이 하던 명해, 강아지들은 용케도 제 어미의 체취를 알아차리고 젖을 빨았다.

그해 추석, 명해는 귀국한 사위와 함께 가까운 시내 할아버지 댁에서 친척들과 차례와 성묘까지 하고 외가로 왔다. 희련은 그날을 잊지 못한다. 짧은 청바지 아래로 남은 명해의 양쪽 다리가 모기에 물린 자국으로 빈틈이 없었다. 얼마나 아리고 가려울까. 소스라치며 안절부절못하자 명해는 침착한 어조로 약 바르고 왔다며 도리어 할머니를 위로했다. 아무리 태연한 척해도 우거진 수풀 속에 서식하던 모기들이 오랜만에 나타난 별미를 놓칠세라 얼마나 총 공격을 했으면 며칠 동안 긁기를 멈추지 않았을까. 그 당시만 해도 상비약도 제대로 없던 시절이라, 명해는 그런 고통을 겪으면서도 한 번도 내색하지 않았다.

희련은 안다는 방법은 다 동원했다. 비누로 씻기고 침과 식초를 바르는가 하면 수저를 뜨거운 물에 넣었다가 살갗 위를 꾹 눌러도 봤다. 아직도 그 기억만 떠오르면 가슴이 저민다. 저녁때가 되어서 사위가 친구들과 약속이 있다며 명해 몰래 외출을 했다. 어머님, 아무래도 오랜만에 친구들과 어울리면 늦어서 자고 와야 될 것 같습니다. 하지만 명해한테는 온다고 해 주십시오. 그때 명해는 이웃집 또래 여학생과 방안에 있었다.

희련이 사위의 부재를 명해에게 전했다. 그렇게도 명랑하던 명해가 밤이 깊어갈수록 더 무거운 침묵 속으로 빠졌다. 희련도 남편도 또 아들도 명해의 기분을 바꿔보려고 노력했지만 허사였다. 커다란 눈이 감길까 봐 손등으로 가끔씩 눈을 훔쳤고 캄캄한 바깥에서 세미한 바람 소리라도 들렸다하면 아빠!라며 쪼르르 달려가 현관문을 열었다. 거듭되는 허탕에 그렁그렁 젖은 커다란 눈동자에서는 금방이라도 닭똥 같은 눈물이 쏟아질 것만 같았다. 가족들도 명해를 속이는 게 죄스러워 점점 할 말을 잃어갔다.

"명해 넌 내 손녀라서가 아니라 그 누구보다 정이 참 많았어!"

넓은 거실도 주방 말고는 온통 반려동물들의 놀이터다. 덩치가 작지만 털이 긴 애완견과 털이 꼭 흑인 머리처럼 곱실곱실하고 살갗에 착 달라붙은 애완견, 한국 토끼와는 비교도 안 될 만큼 덩치도 크고 못생긴데다가 색깔마저 거무튀튀하여 귀여운 구석이라고는 없는데도 얼마나 잘 챙겨 먹였으면 두 마리 다 뚱뚱했다. 거기다가 하얀 털에 유독 눈가가 검은 고양이, 흰색의 새 두 마리도 한데 어울려 친하게 지나는 모습이 희련을 행복하게 했다.

거실에는 이들의 집과 온갖 장난감, 먹이통들이 장식을 했다. 딸 가족들은 이 환경에 당연히 익숙했고 희련 역시 추호도 어색하거나 동물들이 사람에게 안 좋은 영향을 미친다는 선입견이나 노파심 따위는 들지 않았다. 손녀를 믿고 사랑하는 것만큼, 손녀의 반려동물이 아닌 반려 식구로 여겨졌다. 오늘도 여행에 걸맞은 간편한 옷과 운동화 차림의 가족들과는 달리, 예쁜 연두색 엷은 긴 치마에 짧은 소매의 흰 블라우스에다가 굽이 약간 있는 하얀 샌들까지 갖춰 신은 영해. 하얀 피부의 얼굴만도 귀여운데 곱게 손질한 긴 머리카락의 멋스러움이 거실

분위기에 어울리지 않을 것 같았는데, 실제로는 한 폭의 그림처럼 잘 어울렸다.

"여기 이 친구들은 다 유기동물 보호센터에서 데리고 왔어요. 요 친구는 올 때부터 할머니라 움직이기를 싫어해요. 수명이 거의 끝나가거든요."

느릿느릿한 걸음걸이로 손님을 맞이하듯 다가오다가 지금은 한쪽 구석에 우두커니 서서 눈만 껌뻑거리는 털이 달라붙은 애완견을 소개했다. 명해의 설명을 듣고 다시 보니 연민과 동시에 애정이 모락모락 피어올랐다.

"나의 자랑스러운 손녀 명해는 어릴 때부터 남다른 데가 많았어!"

희련은 스마트폰에 저장된 명해의 어릴 때 사진과 희련과 남편에게 보낸 편지를 찾아냈다. 유치원생 명해가 고사리손으로 생일 축하 메시지와 크리스마스 카드를 만들어서 그림과 서툰 글씨로 색칠까지 한 메시지, 할아버지 할머니 사랑해요. 메리 크리스마스! 할아버지 할머니의 손녀 명해 올림. 여러 해 동안 보낸 것을 모아서 보물처럼 간직했다가 미국 오면서 폰에 담아 와서 손녀에게 보여주자, 고맙게도 명해가 다 기억하고 있는 게 아닌가.

"명해, 세상에서 눈에 넣어도 아프지 않은 게 뭔 줄 아니?"

"...?"

"바로 너와 명식이야! 넌 내가 할머니 준비도 되기 전에 자격을 부여해 주었고, 그렇게 부여받은 할머니가 얼마나 자랑스럽고 행복했던지 몰라. 최초로 넌 내게 참 많은 선물을 안겨주었지. 모두들 할머니가 손녀에게 무엇이든 주는 줄로 알지만, 사실은 내가 너에게서 너무나 많은 걸 받았단다."

명해가 겨우 아장아장 걸음마를 시작하던 그해 설날, 거리가 좀 떨어진 친척 집에 인사를 갔다가 친척들과 어울리는 동안 그렇게도 많은 눈이 쌓일 줄이야. 집까지 오는 데는 차 운행이 불가능해서 걸었다. 명해를 사위와 딸이 번갈아 가면서 업었다. 명해는 처음부터 눈을 밟으면서 걸어보고 싶었던 지 걷겠다고 보챘다. 몇 걸음이나 가나 보자구나! 결국 딸이 명해를 내려놓았다. 명해는 제 엄마와 아빠의 손을 잡고 새하얀 설경 위를 걷다가 매달렸다. 를 반복하면서 생글생글 웃었다. 가끔씩은 희련과 남편이 외롭지 않게 돌아보고 히힛!라고 소리 내어 웃어 주는 것도 잊지 않았다. 딸과 사위도 명해의 재롱에 힘든 줄도 모르고 참 아름다운 명절날이었다고 기억했다. 행복이 뭔지를 가르쳐 주었던 우리 명해!

"오늘은 엄마 손녀가 메이오클리닉 견학시켜 준답니다!"

희련이 자고 나오니 사위와 같이 아침 식사준비를 하던 딸이 흥분을 감추지 못했다. 명식이도 누나를 돕겠다며 애완동물들의 집을 청소하고 있었다. 명해는 자기 방에서 할 일을 하는 중이라며 보이지 않았다. 딸이 명해를 위해 집에서 미리 준비해 온 식재료로 과일과 채소를 섞은 샐러드와 빵과 차를 준비하면서 점심은 건사한데 가니까 요기만 할 것이라 했다.

호텔에서 점심 식사를 마치자 마스크 착용을 한 후 옆에 있는 메이오클리닉 견학에 나섰다. 명해는 학생증부터 가슴에 달았다. 이 작은 학생증이 세계 최고의 메이오클리닉을 활보할 수 있는 자격증이라는 사실과 토요일 오후라 휴진인 병원 문을 여는데 필요한 열쇠임을 상상이나 했겠는가. 작은 출입문으로 들어가자 미로나 다름없는 신비로운 세계가 펼쳐졌다. 먼저 의대 건물로 들어가자 전체 건물이 다 연결되어있었다. 지상뿐 아니라 건물마다 연결되도록 지하 통로와 공중으로는 유리 터널을 만들어 놓았다. 병원이라는 고정관념이 무너질 정도로 다양한 볼거리들로 채워졌다. 세계 각 곳에서 메이오클리닉에 낸 기부금과 매해 흑자를 내는 병원 수익금은, 병원의 의료발전을 위해 투자된다니까. 모두가 내 것처럼 애정을 쏟겠다는 생각이 들었다.

희련은 사위가 스마트폰 화면에 올려놓은 번역 아이콘을 아예 열어놓고 다니면서 영어를 한글로 번역하여 읽었다. 메이오는 개인의 의료경영에 국한되지 않고 모든 인류가 지향하는 의료체계를 갖추기 위해 함께 고민하고 성취해 나가는 곳이라는 게 옳을 터였다. 수많은 분이 기부한 세계 최고의 여러 가지 고가의 제품이나 악기들, 조각 예술품들은 그들의 이름과 함께 로비 군데군데 비치되었다. 거기에는 기부자들의 사진까지 함께 붙었거나 어느 한 로비 벽에는 기부금을 낸 이들의 성함이 빽빽이 기록되기도 했다. 꼭 공연장이나 진배없는 1층 넓은 맞이방에는 기부자의 이름이 쓰인 피아노가 놓였는데 딸이 가서 연주를 했다.

"안 그래도 이곳을 찾는 고객들이 자유롭게 연주를 하고 함께 노래를 한답니다. 그 외 분들은 자연히 관객들이니 바로 공연장이지요."

2층으로 향하는 폭넓은 계단을 밟고 오르니 병원이라기보다는 예술센터나 박물관 아니면 궁궐 중에서도 구중궁궐 같았다. 바닥에도 지역을 대표하는 명소들의 이름과 그림들이 그려졌고 카펫도 아름다운 무늬로 장식했다. 심지어 천정에 달린 전구까지도 예술 작품화시켜 화려하고 기품 있는 유리 공예품들이 다양한 모형들로 제작되었다. 어린이

병동 벽에 그려져 있던 어린 환자들의 이름이 새겨진 작품과 작가들의 그림도 어린이의 눈높이에 맞춰서 낮게 붙여졌다는, 명해의 설명을 듣고서야 자칫 놓쳐버릴 수 있을 세심함까지 발휘했다는데 감탄했다.

휴게실은 병원이 아닌 어린이 실내 놀이터와 다름없었다. 치료만을 위한 병원이라는 고정관념에서 탈피하여 공간 전체가 휴식 공간, 어쩌면 자신의 취향에 따라 지루함을 달랠 수 있는 문화공간으로 꾸며져 있었던 게 인상에 남았다. 사위는 기념사진을 찍느라 곳곳마다 포즈를 취하게 한 줄만 알았는데 나중에 보니 동영상까지 촬영했다며 희련의 스마트폰에 올렸다. 희련이 무심코 동영상을 켜는데 등이 구부정한 할머니가 젊은이들과 함께 가는 뒷모습을 보고 깜짝 놀랐다. 엄마, 가슴은 앞으로 쑤욱! 허리는 위로 쑤욱! 알았어요? 이것도 어렵다면 아주 간략하게 표현한 어느 전문교수님의 말을 빌려 보겠습니다. 마음은 겸손하게! 자세는 거만하게! 이런 자세라야 나이와 상관없이 젊은이와 다름없는 몸을 유지한다는 걸 꼭 기억하셔야 할 겁니다.라던 자녀들의 말을 들을 때마다 기분이 썩 좋지 않았다. 자녀들의 말이 사실이라면 왜 남들로부터는 그동안 한 번도 지적당한 적이 없단 말인가. 나를 할미 취급하다니, 나쁜, 그런데 이게 웬일인가. 저 할마시가 나라니! 희련의 충격은 매우 컸다. 희련은 비로소 자녀들의 말대로 가슴을 쑤욱, 허리 역시 쑤욱 위로 밀어 올렸다. 한순간에 키가 쑥 자란 느낌이 들면서 걸음마저 가벼웠다. 병원 밖으로 나오자 사위는 흥분한 어조로 참았던 감탄을 토해냈다.

"메이오클리닉에 들어만 가도 병이 다 낫겠더라."

"아빠, 맞아요. 미국 의사들도 중병에 걸리면 가장 가고 싶어 하는 병원 1위가 메이오클리닉이라고 하니 말입니다. 거기다 로체스터시는 메이오에 환자들이 늘어나자 2013년에 '가고 싶은 의료도시'법안을 만들어 20년간 도시 전체를 바이오테크 허브로 만들기 위한 프로젝트에 착수했답니다."

주일날은 비대면이라 온라인으로 예배를 드리고 딸이 준비해온 쌈과 불고기로 점심을 푸짐하게 먹은 후 차를 함께 마시면서, 느긋한 자세로 명해의 사진첩을 보는 내내 희련은 나이도 잊은 채 재잘댔다.

월요일부터 명해는 병원 실습으로 출근을 했고 명식이도 밀린 숙제를 해야 한다는 것이었다. 사위와 딸은 이미 가본 곳인데도 희련을 위해 군이 오대호로 향했다. 희련은 아이들이 없는 관광이라 마음이 내키지 않았지만, 막상 슈페리어호에 도착하여 망망대해나 진배없이 까마득히 먼 수평선을 보다가 얼른 달려가 물맛이 짜지 않다는 걸 확인하자 감탄이 절로 나왔다. 저녁을 먹은 후에는 온 가족이 함께 세인트폴에 위치한 미네소타주 청사를 관광할 기회를 가졌다. 희련은 기분 좋은 김에 언젠가 명해가 생일선물로 사준 스카프까지 목에 둘렀다. 명해는 스스로 가이드로 자처하고 나섰다.

"미네아폴리스의 현대적인 감각이 주는 젊고 활기찬 느낌에 비해 세인트폴은 고급스럽고 주 수도로 주 청사까지 있어 대조된다는 생각이 들 수도 있지만 이 둘은 미시시피 강을 끼고 마치 조화로운 한 도시처럼 나란히 있다고 트윈시티(쌍둥이도시)로 불린답니다."

마지막 날인 이튿날은 미네아폴리스 근교 공항근처 블루밍턴이란 곳에 위치한 미국에서 가장 큰 몰인 오브 아메리카로 쇼핑을 갔다. 그나마 명식이가 따라 나서서 좀은 덜 허전했지만 명해의 부재야말로 거금을 드려 효도관광에 열중하는 딸 부부에게 미안할 정도로 희련의 가슴은 허전했다. 수년 전 명해가 대학 입학 후 그해 한국을 방문했을 때 희련이 인절미를 만들고 있는데 할머니 먹어도 돼요? 라더니 얼마나 맛나게 먹던지, 또 백화점 복도 할인매장에서 여자 셔츠를 싼값에 두 개를 구입해서 각각 하나씩 나눴는데 팔꿈치와 목덜미 부분이 헤어졌지만 명해와의 추억을 오래 간직하고 싶어서 기워서 아직도 입는다. 희련은 그 기억까지 되살려 딸을 구슬리어 인절미 매장을 어렵게 찾은 한편 할인 코너에서 여자 셔츠를 이번에는 딸 것까지 세 개와 남자 셔츠 2개를 샀다. 이 셔츠를 얼마 동안 입어야 명해를 또 다시 만날 수 있으려나? 희련은 그 기간이 부디 짧기를 기도했다.

희련은 미네소타주를 떠나는 비행기 안에서도 명해 생각에 목울대까지 차오르는 아쉬움에 말문까지 닫혔다. 살아서 다시 볼 수 있으려나…? 희련은 지금까지도 침묵과 동행하면서 해바라기의 삶을 살아왔듯 또 다시 언제일지 모르는 만남의 순간을 위해 기꺼이 이별을 감내하리라. 하지만 이 할미는 손녀를 위해 두 손 모아 기도하면서 명해의 앞날을 응원할 것이다. 이제 또 다시 시작되는 손녀를 향한 해바라기가 언제 끝날지 모르지만, 침묵으로 일관된 일상 속에서도 손녀가 성장하는데 필요로 하는 시간만큼은 추호의 초조함도 없이 온전한 인내를 이루기까지 아프지도 지치지도 않으리라.

그루터기

그녀를 아이들은 이모라고 불렀다.

이목구비가 뚜렷했지만, 그중에서도 유독 콧날이 오똑했다. 처음으로 얼굴을 마주 대했을 때 시선이 콧날에 가서 멈췄다. 어머! 엄청 이국적으로 생겼구나.라는 생각도 잠시 음, 어디서 보았더라? 기억을 더듬다가 어느 순간 아니야, 처음 보는 얼굴인데도 구면처럼 편안하게 느껴진다는 것은 특별한 인연이기 때문일 거야,라고 일축해 버렸다. 그녀를 더 깊게 알아 가면 갈수록 그늘 하나 없는 표정에 걸맞은 긍정적인 사고방식을 소유한, 꼭 오랜 지기처럼 바싹 가까워져 있었다는 걸 깨달았을 때는 둘의 만남을 운명처럼 받아들이고 있었다. 목적한 의도대로 무리하게 강행하려다가 어색한 언행도 서슴지 않는 행동거지 같은 것도 저지를 줄 모르는 순수 그 자체인 그녀, 입가에 물고 있는 미소까지도 전혀 가식적이지 않아서 볼 때마다 미소 그 자체였다. 누구를 대하더라도 허심탄회하고 소탈하여 내심까지 고스란히 내놓은 듯 의구심을 유발할만한 그 어떤 것도 소유하지 않은 그녀, 비단 다른 지역에 살긴 해도 자신이 원하면 항상 볼 수 있다고 믿고 있어서 그런지 그녀를 잃을 수도 있다는 생각은 꿈에라도 한 적이 없었다. 그런 그녀가 예고도 없이 소통의 도구였던 전화번호마저 지워버린 채 귀숙의 곁을 떠난 지도 벌써 수십 년이 지났다.

귀숙은 정년퇴임 후 공인중개사로 활동하는 남편의 출근을 배웅하고 현관 안으로 막 들어서던 중이었다. 때마침 켜놓은 TV에서 청아한 피아노선율이 흘러나오고 있었다. 여자 피아니스트는 매우 강렬한 몸짓으로 연주에 몰두하는 중이었다. 순간 귀숙은 전율했다. TV 속의 피아니스트가 그녀였기 때문이다. 그녀라는 사실에 반가워 쏜살같이 가까이로 달려가면서 아, 이제야 이모를 찾을 수 있겠구나! 방송국으로 전화하여 연락처를 물어보면 되겠어. 지성이면 감천이라더니, 하늘이 도운 거야. 그 순간 이게 웬일인가. 가까이 가면 갈수록 피아노 연주자는 그녀가 아니었다. 그래 맞아. 벌써 수십 년 전의 젊은 그녀가 그대로일 수가 없지. 하지만 내 살아생전에는 꼭 찾아야 해! 귀숙은 두 주먹을 불끈 쥐면서 각오를 다졌지만 곧바로 체념한 채 힘없이 소파 위로 자신의 상체를 던졌다. 그토록 찾으려 애썼지만 막막하기는 마찬가지지 않았던가. 그동안 순간순간 그녀의 기억이 뇌리를 스쳐 지나칠 때면 그리움과 동시에 자신을 떠나야 했던 이유를 꼭 물어보고 싶다는 생각이 간절했다.

그녀를 찾기 시작한 지는 신혼여행을 다녀온 아들이 며느리와 함께 미국으로 출국하고도 일주일이 지나서였다. 귀숙은 그녀가 떠오르는 순간 아, 참, 그날 이모가 왔었지? 깜빡했군! 그때서야 비로소 잊고 있었던 사실을 뒤늦게 깨달았다는 죄책감에 통화를 서둘렀다. 아침에 출근하는 남편을 배웅하고 현관문을 닫는 찰나였다. 불현듯 떠오른 아들의 결혼식에 참석했던, 베이지색 바지 정장에 연두색 와이셔츠와 같은 계통의 넥타이까지 갖춘 그녀를 보는 순간, 그때나 지금이나 귀숙은 매우 익숙한 모습에 안도한 채 눈인사로도 자신의 마음을 충분히 알아준다고 철떡 같이 믿었다. 늘 그래왔듯이 혼주로서의 바쁜 자신의 입장을 하늘처럼 넓고 바다처럼 깊은 마음으로 이해해 주었을 터지만, 이제라도 이런 그녀에게 고마운 건 고맙다는 인사는 해야 한다고 생각했다. 일단 전화부터 해야지! 귀순은 주방 식탁 위에 둔 휴대전화기를 향해 종종걸음을 쳤다.

벌써 전화 걸기를 5번째 재시도하고 있었다. 전화기는 아무런 안내 음성 하나 없이 먹먹했다. 그럴 리가 없다며 또 다시 머리를 갸웃거리며 혹시나 하고 한 번 더 시도했지만 먹먹하기는 마찬가지였다.

그녀를 아들 결혼식 열흘 전에 이미 서울에서 만났다. 그때까지만 해도 이런 일이 있으리라고는 상상도 못 했다. 아들이 미국에서 유학할 때 사귀던 같은 유학생이던 아가씨가 미국 LA 특파원으로 파송되었기 때문에 결혼을 서둘러야 했다. 유학 중에 휴학하고 귀국하여 서울 G신문사 편집기자로 있던 며느리 될 아가씨를 결혼 준비차 만나면서 그녀도 불렀다. 장소는 결혼하여 서울에 사는 딸네였다. 안 그래도 시시콜콜 집안의 대소사를 스스럼없이 나누던 사이라 아들의 결혼 때문에 아가씨를 만난다고 하자 마침 그녀도 서울에 와 있다기에 겸사겸사 함께 만났다.

그녀의 아들과 딸이 서울대에 다닌다는 건 익히 들어서 알고 있던 터였다. 그것 말고도 아들은 법대생이고 딸은 의대에 재학 중인데 자취를 한다는 것까지 아는 처지라 어머니로서 당연히 부산에서 서울을 자주 왕래한다는 것쯤은 당연지사라고 생각했다. 언니, 며느리 될 아가씨도 보고 싶지만 조카 사는 모습도 보고 싶었는데 마침 잘 되었네요. 그날 넷은 딸이 차린 집밥으로 점심을 같이했다. 그녀는 자기 딸의 휴대전화 번호를 알려 주면서, 혹 연락이 잘 안 되면 저의 딸한테 전화하시면 됩니다. 저의 딸한테도 언니 얘기 많이 해 두었으니. 귀숙은 그날 그녀의 비상연락망까지 확보하자 오늘 같은 이런 사태가 발생하리란 생각 같은 건 아예 할 필요도 없었다.

귀숙의 충격은 말로 표현할 수 없을 만큼 컸다. 이런 와중에도 그녀가 자신을 왜 떠날 수밖에 없었는지가 무척 궁금했지만 물어볼 수도 없다는 게 미칠 것만 같았다. 사전에 언질이라도 줬더라면 아무리 실천하기 어려운 일이라도 그녀를 놓치지 않기 위해서라면 무슨 짓이던 개의치 않았을 것이다. 아들의 결혼식 전에 만났을 때만 해도 전혀 어떤 낌새도 느끼지 못했다. 뿐만 아니고 서울 아이들한테 미리 와 있다며 여전히 밝은 목소리로 다정다감하게 언니, 그럼, 내일 결혼식장에서 뵙겠습니다.라며 그녀 특유의 부드럽고 훈훈한 느낌마저 들게 하던 목소리가 떠오르자 지금까지의 부정적인 생각들을 지워버려야 한다며 도리질을 했다.

그녀를 처음 만난 곳은 통신대 출석 수업 날 진주시에 있는 R대학교 강당이었다. 귀숙은 첫날부터 지각을 했다. 대학교 정문 수위실에서 알려준 대로 강당을 향해 있는 힘을 다해 뛰었다. 숨을 몰아쉬면서 헐레벌떡 강당 안으로 들어섰을 때는 이미 오리엔테이션이 시작되고 있었다. 비록 지각은 했지만 어느 누구를 탓할 생각은 전혀 없었다. 모든 원인제공은 자신이었기 때문이다. 아침에 평소와 마찬가지로 도청으로 출근하는 남편의 차로 가겠다고 한 건 자신이다. 물론 좀 더 일찍 가야 한다던 남편의 권유를 무시한 것도 자신이었다. 귀숙의 고집을 꺾지 못하던 남편은 그럼 내가 좀 일찍 출근을 하면 되겠군.라고도 했지만 그것마저 마다했다.

자신의 요구대로 남편도 평상시와 마찬가지로 출근을 했고, 출근하면서 시외버스 터미널에 내려 주었다. 진주행 버스에서 내릴 때 첫 시간 10분 전이었다. 물론 갈등도 했다. 택시를 타느냐? 걸어서 가느냐? 하지만 종종걸음을 치면 충분히 제시간에 도착할 것 같았다. 평소에도 택시 타기를 몸에 익히지도 않았지만 대학 정문이 코앞이니 보행은 당연한 선택이었다. 물론 정문까지 시간은 5분도 채 걸리지 않았다. 문제는 정문을 들어선 후 학교 강당을 찾아가는데 소요되는 시간이 제법 많이 필요로 했기 때문이다. 마음이 하도 급한 김에 뜀박질로 강당 앞에 도착하자마자 시간을 조금이라도 더 앞당기자는 생각으로, 그야말로 젖 먹은 힘까지 아끼지 않고 몽땅 드려 문을 열어젖혔다. 그 바람에 귀숙의 몸이 균형을 잃고 뒤뚱거리다가 결국 앞바닥으로 넘어지면서 가방 속의 내용물까지 튕겨나갔다. 이어 둔탁한 소음이 넓은 강당을 뒤흔들었다. 곧 소음이 끝나나 싶었는데 이제는 뭔가가 위에서 아래로 경사진 통로를 따라 데굴데굴 굴러가는 소리가 해맑고 청아하기까지 했다.

귀숙은 그때서야 강의시간에 졸리면 마시려고 준비해 온 커피가 든 통이 굴러가는 소리란 걸 깨달았다. 입추의 여지없이 강당 안을 가득 메웠던 학생들이 웅성거리기 시작했다. 앞 강단 한쪽 모서리에서 사회를 맡은 교수가 무대 중앙으로 가고 있는 서울에서 내려온 학장을 소개하다가 희한한 분위기를 안정시켜보겠다고 주목하십시오!를 연발했다.

이때 뒷좌석에 앉았던 여학생 한 명이 침착하게 자리에서 일어나더니 바닥에 흩어진 귀숙의 소지품들을 가방에 주워 담는 것을 도와주었다.

귀숙이 점심식사를 구내 가게에서 간단히 해결하고 오리엔테이션 시간에 배정받은 강의실을 찾아 나섰다. 조금 전까지만 해도 대학 캠퍼스에는 삼삼오오로 어울려 다니던 남녀 학생들로 붐볐지만 점심시간이라 식당이나 하숙집으로 간 모양인지 한산했다. 개중에는 책가방이나 책을 들은 학생들이 나무 밑이나 잔디밭에 앉거나 서서 그것도 아니면 걸어가면서 진지하게 토론을 하는 모습도 보였다. 그들이 본대학교 학생인지 통신대 출석생들인지 구별하기는 간단했다. 물론 백 프로 완벽하지는 못하겠지만 거의 그랬다. 통신대학생들은 여러 명이 몰려다니면서도 환경이 낯설어 사방을 두리번거리는 모습이 어색했다. 사실 의상 자체에서도 느낌은 현저했다. 간단한 복장인 기존의 대학생들이 착용하는 청바지에 티 차림보다는 더운 여름인데도 불구하고 신선하고 발랄한 젊은이들의 단계를 넘어선 즉 자신만의 개성을 즐기기보다는 오랜 전통과 사회적 격식과 유행에서 자유롭지 못한 모습이었다. 나름 학생이라는 신분으로 흉내 낸다지만 아직은 어설픈 사회인으로서의 딱지를 완전 제거하지 못한 채랄까. 귀숙은 혼자 등록하고 혼자 참석한 출석 수업현장부터가 낯설어서 안 그래도 낯가림이 심한 편이라 혼자서 움직이는 게 편했다.

귀숙은 배정된 강의실로 들어섰다. 가장 앞 좌석 중앙에 한 남학생이 앉아서 펴놓은 책에서 눈을 떼지 않았다. 손목시계를 보니 점심시간을 아직 절반도 사용하지 못한 채 50분가량 남았다. 이 많은 시간을 어떻게 쓴담? 일단 좌석부터 골라놓고 볼 일이었다. 가장 편한 자리를 골라야 한다고 기준을 정했다. 벌써 여러 번 좌석을 바뀌어 보았다. 제일 먼저 자리를 잡은 곳이 오른쪽 뒷좌석 창문 가까이였다. 강의하는 교수에게 시선을 보내면 그 먼저 여러 학생의 모습이 한꺼번에 시야로 들어오는 위치다. 거기다가 창문까지 옆이니 바깥의 변화에 따라 신경이 집중되지 못한다는 건 상식이다.

이번에는 편한 뒷자리를 고집한 채 좌우 중심지점으로 자리를 옮겨 보았다. 역시 시야에 모든 학생이 다 들어오는 문제가 그대로 남아있었다. 거기다가 더 심각한 문제로 강의하는 교수의 시선이 와서 멈추기 가장 좋은 위치다. 절대로 용납할 수 없는 장소다. 집중적으로 조명을 받는다는 자체가 매우 거북스럽고 민망함이 반복되기 때문이다. 그런 민망한 여건은 사전에 만들지 말아야 한다. 조명을 받으면 두드러져서 돋보인다. 그 앞서 확실한 실력이나 조건에 부합되어야 자존감은 물론이고 아울러 주체의식으로 어떤 환경도 소화해 낼 것이다. 귀숙으로서는 아직은 그늘이 충분한 숲에 숨고 싶기 때문에 조명의 대상은 절대적으로 반대다. 결혼하여 아이까지 있는 터이다 보니 학업가능한 시기도 이미 지났으니, 긴 기간 익숙해진 생활현장에서 털고 나오려면 학생의 시기에 적당한 순발력이나 집중력도 다시 재생시키자면 시간이 필요했다.

노력한 만큼 결과를 얻는다고 했던가. 귀숙은 겨우 안정된 좌석을 만났다. 앞에서 세 번째 줄, 오른쪽으로 45도 각도의 위치다. 가장 앞이라서 시선을 집중적으로 받을 위치도 아니고 창문과도 거리가 있어서 전혀 바깥의 변화에 민감할 수가 없을 터이니 주위 때문에 산만하지 않을 것 같았다. 특별히 강의하는 교수의 시선도 머물기에는 다소 불편한 각도라 자유로울 수 있을 것이다. 이런 조건이면 시선도 마음도 공부하는 데만 집중될 수 있으리라. 거기다가 다른 분들이 먼저 와서 자리를 선택하고 남은 빈자리에 앉아야 하는 처지라 해도 일단 한 번 앉았다 하면 그 자리가 내 자리처럼 정이 가기 마련이다.

귀숙이 좌석을 고르는 사이 시간이 꽤 소요되었던 모양이었다. 아무래도 강의시간이 다가오는 듯했다. 조용하던 강의실이 갑자기 왁자지껄 하더니, 이어서 학생들이 계속 들어오고 있었다. 어머! 언니와 같은 반 이군요? 점심 식사는 하셨어요? 같은 부산에서 왔다는 남녀 학생들과 함께 어울려 들어오면서 그녀가 먼저 아는 척을 했다. 아깐, 정말 고마 웠습니다. 아닙니다. 당연한 일을 한 것뿐인 걸요. 저는 언니와 나란히 앉고 싶은데…? 아…, 그래요? 저야… 영광입니다. 한데, 저는 시력 때 문에 항상 앞 좌석으로 가거든. 여학생도 적은데…? 언니 죄송해서 어떻게 해요? 그녀는 끼고 있던 안경을 밀어 올리면서 귀숙에게 깍듯이 예의를 차린 후 앞에서 첫 번째 줄 중앙에서 오른쪽으로 둘째 의자에 앉았다. 그 다음 의자와 그 바로 뒤 의자가 비어있었다. 순간 그동안 철 저하게 골라 앉은 자리를 박차고 그녀 옆으로 가고 싶다는 생각이 갑자 기 귀숙을 안절부절못하게 했다.

결국 귀숙은 그녀 바로 뒷좌석으로 자리를 옮겼다. 처음 자리를 고를 때와는 달리 아무런 조건도 필요치 않았다. 제일 첫째 조건으로 그녀를 선택했지만 그 외도 달리 선택할 그 무엇도 없었다. 귀숙은 자리에 앉자 마자 바로 여기가 내 자리구나!라는 생각뿐이었다. 그날 그렇게 맺어진 인연으로 그녀에 대한 신뢰가 점점 더 깊게 쌓여갔다.

그녀는 부산에서도 일류 명문 인문계열의 P여고를 다녔다고 했다. 가 정형편이 어려워 시골 중학교까지는 다녔지만 진학은 엄두도 낼 수 없었다. 다행히 음악선생에게 음악적 재능을 인정받았기에 그의 지인으로 통해 피아노학원 원장한테 부탁하여 잡일을 하면서 숙식을 제공받게 소개를 잘 해 주었기 때문에 진학이 가능했다. 아마 전 피아노 치는 재능을 타고 났나 봐요. 원장이 학생들에게 레슨을 시킬 때마다 눈치껏 어깨너머로 피아노 치는 기본을 익혔으니까요. 1년 지나고는 원장님이 나에게도 다른 선생들과 같이 기초반 학생들을 가르치는 기회를 주었거든요. 어떤 때는 밤새도록 피아노를 친 적도 있었어요. 어느 날은 이웃 분들이 잠을 방해한다며 경찰까지 대동하고 찾아온 적도 있었어요. 그녀는 자신도 어디서 그런 열정이 나오는지 스스로 놀란다고 했다.

귀숙은 그녀의 딸에게 전화를 걸었다. 지금 거신 전화는 없는 번호입니다.라는 안내 음성만 반복되었다. 처음 몇 번째까지는 먹먹했다. 한참을 멍하니 있다가 전화번호를 확인했고 전화걸기를 다시 시도하다가 내친김에 그녀의 집 전화와 휴대전화도 다시 걸어보았다. 관계를 유지하려면 긴장의 끈을 완전히 놓는 게 아닌데 지나치게 방심한 걸 후회했다. 그동안 그녀의 존재가 귀숙에게는 생활의 일부나 다름없다보니 안심할 수밖에 없었다. 전화를 즉시 받지 못했을 경우는 언니, 미안해요. 피아노 레슨 중이라 전화를 받지 못했네요. 아니면 학부모님과 상담중이라 전화를 받지 못했습니다. 미안! 언니.라며 그 이유에 대해 설명하는 걸 절대로 잊지 않았다. 언니, 그래도 저가 놀고 있지 않고 항상 바쁘게 사니 속으로는 고맙다고 생각하시죠?라며 혹여 귀숙의 마음에 서운함이 남아있을 수 있다는 그것마저 사전에 깨끗이 지워지기를 바라는 사려 깊음까지 갖춘 그녀였다.

귀숙은 부리나케 컴퓨터 앞에 앉았다. 그녀를 이번 일로 인해 영영 잃어버릴 수도 있다는 생각이 들자 섬뜩했다. 검색을 시작했다. naver 창을 열어 부산 사하구 괴정동 피아노학원까지 쓴 다음 엔터(enter)를 쳤다. 곧바로 화면에는 사하구 괴정동 지도와 함께 피아노학원이 유니코드 문자표로 표시되어있는 게 떴다. 지도 아래에는 각각 다른 유니코드 문자표에다가 피아노학원 이름과 음악학원 이름 그리고 피아노 교습소 등으로 표기하고는 전화번호와 주소까지 적혀있었다. 일단 차례대로 물어볼 요량으로 첫 번째부터 전화를 걸었다.

"여기는 베토벤 피아노학원입니다?"

매우 친절한 소녀처럼 어린 젊은 여자의 목소리였다.

"음…? 죄송하지만, 말씀 좀 물어도 될까요?"

"말씀하십시오."

"사람을 좀 찾으려고요? 괴정에서 피아노학원을 하시던 심경애 원장님이십니다. 혹 이런 이름 들어보셨나요?

"아, 아닙니다. 그런 분에 대해 전혀 들어본 적이 없습니다."

"꽤 오래 전에 피아노학원을 하신 여자분인데요. 혹 피아노학원도 협회가 있나요?"

"잘 모르겠습니다. 꼭 찾으시려면 경찰서에 부탁하시는 게 빠르지 않을까요?"

경찰서라는 말이 나오는 순간 귀숙은 자신의 의도대로 말이 표현되지 않았다는 걸 깨달았다. 평소에 경찰이라는 말만 나와도 범죄와 연관 있다는 것처럼 느껴져서 싫었다. 그녀를 모르는 상대방이라도 나쁜 사람으로 오해 받게 하고 싶지 않았다.

"경찰서라니요? 이런 일까지 경찰서가 책임질까요? 동생처럼 아끼던

분의 전화번호만 알면 되는 일인데 말입니다. 지금 막 생각이 난 건데 피아노학원도 협회가 있겠죠? 그렇다면 거기에 기록이 남아있을 수도 있을 테니까요. 혹 협회 전화번호라도 알 수 있을까요?"

"저로서는 더 이상 어떤 정보도 드릴 수가 없어서 죄송합니다."

"바쁘신데 실례가 많았습니다. 감사합니다."

귀숙은 전화를 끊자마자 곧 다시 그 아래 전화번호를 눌렀다. 신호는 가는데 끝내 받지 않았다. 그 다음도 또 그 다음도 마찬가지였다. 혹 식사시간인지 모른다는 생각이 들어서 시간을 봤지만 점심시간은 아직 한참 남았다. 귀숙은 다시 부산 피아노학원 협회를 검색해도 나오지 않아 검색어를 이래저래 바꾸어 보았지만 성공하지 못했다. 한 번 시간을 내서 괴정으로 가서라도 꼭 그녀를 찾아내야 한다고 생각했다. 현장에 가면 흔적이라도 발견할 수 있을 거라는 희망 때문이었다. 그때 남은 두 군데도 연락을 해 보자는 생각이 들었다.

"여보세요?"

"아, 네 여기는 창원입니다. 사람을 좀 찾으려고요? 거기서 피아노학원을 했든 분이거든요?"

"그럼 지금 현재 하시는 분이신가요?"

"아니요. 그러고 보니 상당히 오래 전이었거든요. 딱히 언제까지 했는지? 아니면 지금도 하는지를 모르니…?"

"저가 아는 분들 중에는 그런 분은 없는 것 같습니다. 아무래도 찾기가 좀 어렵겠는데요. 꼭 찾아야 되는 분이라면 tv는 사랑을 싣고에 연락해 보시는 게 어떨까요?"

귀숙도 그런 생각을 왜 하지 않았겠는가. 거기 출연하려면 자그마치

좀은 유명 인사는 되고 봐야 하는 건데 평범한 서민까지 나갈 수 있는 곳이 아니라는 건 귀숙도 잘 안다. 이때 번개처럼 뇌리를 스치고 지나가는 기억이 있었으니, 곧 그녀와 친정 남동생과의 일이었다. 며칠을 한 반에서 강의를 들으면서 친해지자 그녀에 대한 욕심이 슬슬 생기기 시작했다. 시골이 고향인 그녀는 가정형편이 너무 어려워 진학을 포기해야만 했지만, 다행히 여고 입학시험에서 장학생으로 합격이 되는 바람에 학업을 무사히 마칠 수 있었다고 했다. 뿐만 아니다. 여고 졸업 후에는 야간 음악전문대학에 입학하고는 본격적으로 레슨교사로 활동하다가 졸업을 하자 원장은 건강을 이유로 그녀에게 피아노학원을 물려주었다고 했다. 그녀는 너무 황송한 나머지 열심히 한 결과 벌써 제 자리를 잡게 되었다. 그렇게도 하고 싶었던 피아노도 원도 한도 없이 쳐봤으니, 배울 수 있을 때 꼭 하나 더 배우고 싶었거든요. 나중에 나이가 들어 자녀들이 자립하게 되면 조용한 시골 가서 전원생활 하려고요. 그러려면 채소 가꾸는 법 정도는 알아야 될 것 같더라고요. 그런 시골에서 피아노치고 싶은 학생이 있으면 봉사도 할 겸. 힛! 그녀는 어디를 봐도 일등 신붓감이었다.

드디어 월요일부터 시작된 출석 수업 6일째 되는 토요일 날이었다. 토요일은 오전에만 수업이 있었다. 그녀를 친정 동생의 배우자로 마음에 둔 후로 귀숙은 둘을 만나게 해 줄 기회를 노리고 있던 차 토요일 외 더 좋은 기회는 없을 것 같았다.

귀숙은 전날부터 넌지시 동생을 자랑하면서 그녀의 관심을 사기 시작했다. 일부러 장학금으로 공부하기 위해 전교 수석으로 합격한 지방

대학교 경영학과를 선택했지만, 졸업과 동시에 행정고시에 합격하여 지금은 도청에 근무 중이며 공부하기가 취미라 앞으로 공무원으로서 무한히 승진할 여건의 소유자라는 것까지, 나이는 궁합 볼 필요도 없다는 동갑내기고 동생의 결점을 굳이 따진다면 몸매가 훤칠하지는 않다. 하지만 적당한 키와 체격에다가 얼굴 생김새가 귀엽게 생겨서 그런지 성격이 퍽이나 온화하다는 걸 강조했다.

그녀도 호감이 가는 눈치였다. 쇠뿔도 단김에 빼라 했듯 토요일 날 수업 마치고 오후에 만나기로 했다. 전날 미리 동생에게도 언질을 해 놓았다. 퇴근하자마자 진주로 오겠다고 했다. 귀숙과 그녀 둘 다 진주는 처음이라 일단 명소를 관광하기로 의견일치도 보았다.

셋은 진주 시내서 점심을 먹은 후 곧바로 동생 자가용으로 관광에 나섰다. 동생은 모두 차에 오르자 진주에 오면 누구나 가장 먼저 찾는 곳이 촉석루로 안다면서 거기로 먼저 가겠노라고 귀숙과 그녀에게 넌지시 물었다. 귀숙은 즉시 촉석루보다는 그 바로 옆인 의기사에 먼저 들리는 게 좋겠다고 했다. 시간이 허락하면 의기사는 꼭 한번 가보고 싶다며 그녀가 벌써 여러 번 말하던 것을 귀숙이 마음에 담아놓았기 때문이다.

임진왜란 때 진주성이 함락되자 왜장 게아무라로쿠스케를 껴안고 남강에 투신한 논개의 영정이 안치되어있는 곳이다. 논개가 투신했던 물 가운데 남아있는 의암도 직접 보았다. 촉석루로 향하는 승용차 안에서 그녀가 먼저 숙연한 분위기를 깼다. 나라를 구하기 위해 희생된 수많은 사람이 있었기에 오늘날 독립된 자유대한민국에서 우리가 잘 살 수 있다는 걸 새삼스럽게 깨달았다고 말했다. 귀숙과 동생은 즉시 그녀의 말에 동의를 했다.

오늘 점심은 집에서 먹어야겠어요. 준비 좀 해 줄 수 있었으면 좋겠어요. 객도 둘이나 되는데…?"

남편이 전화로 점심을 주문했다. 특별 한 날이 아니면 거의 대부분 점심은 외식으로 때운다. 사무실도 집에서 그리 멀지 않은 거리라 집밥을 권하지만 남편의 대답은 여일했다. 젊을 때도 점심은 집밥 먹지 않았는데, 새삼스럽게 안 그래도 쉴 여가도 없이 할 일 많은 당신한테 일거리 더 보태주고 싶지 않아요. 그런 남편이 모처럼 부탁하는 걸 못 들어줄 리가 있겠는가. 이럴 때는 식사 준비를 위해서는 어차피 신선한 식재료를 구하려 정원으로 나와야 했다. 귀숙은 잘된 일이라고 생각하고 즉시 채전 밭으로 자리를 옮겨 싱싱한 식재료들을 준비하기 시작했다. 안 그래도 뒤숭숭한 마음 때문에 뒷설거지와 집 안 청소를 두고 황급히 정원으로 나와 있던 터였다.

언제부터선가 귀숙은 마음의 평정을 되찾는 데는 정원 가꾸는 일에 몰두하는 것만큼 특효약은 없다는 걸 잘 안다. 정원 가꾸기에 몰두하면 환경도 정화되고 분재가 늘어나면 재산도 증식되고 스트레스까지 해소되니, 일거양득이 아닌 일거다득인 이 방법을 왜 마다하겠는가. 귀숙은 느닷없는 그녀의 기억으로 머리가 옥죄이든 차에 정원이 떠오르자 금방 가슴이 뻥 뚫리는 것 같았다. 곧바로 일어나 정원으로 향했다. 안 그래도 전날 분재를 손보다가 마무리 못 한 걸 손보기로 했다. 남편의 전화가 오기 전에도 오른손에 잡은 가위와 왼손으로 가끔씩은 화분 가장자리에다가 장단을 맞추면서 콧노래까지 부르던 중이었다. 아무리 골치 아픈 일로 마음이 혼란스럽다가도 정원이 떠오르는 순간 벌써 모든 걱정근심이 즉시 사라졌다.

통신대 출석 수업 기간에 숲과 삶, 과목을 강의하는 교수가 귀숙이 초등학교 동기동창생의 이름과 동일해서 동명이인이겠지. 하고 지나쳤는데 막상 수업시간에 들어온 교수를 직접 대면하고 보니 바로 그 동창생이 맞았다. 특히 그 강의로 통해 정원 가꾸기의 필요성을 깨달았고 남편을 졸라 아파트에서 단독 주택으로 옮기는 일까지 진행시켰다. 물론 농학과를 지망하게 된 동기는 시부모로부터 받은 유산인 임야를 남편이 귀숙 이름으로 등기를 하는 바람에 관심이 더 갔던 건 사실이다. 노후대책으로 미리 임야를 잘 경영하려면 식물재배에 대한 지식이 필요했다. 거기다가 단독주택으로 옮기려면 먼저 온 가족이 숲에 대한 사전 지식이 있어야 가능하다고 판단한 귀숙은 동창 교수를 겨울 방학 때 한 번 집으로 초대했다. 그날 온 가족이 숲이 인간에게 미치는 영향에 대해 함께 강의를 들었다. 뿐만 아니고 넓은 정원이 있는 단독주택으로 이사를 한 후 다시 한 번 더 초대해서 아름다운 정원을 효과적으로 가꾸기 위해 컨설팅까지 받았다.

"실은 당신 손맛 자랑을 좀 했더니, 당신이 만든 요리를 꼭 먹어 봐야 내 말을 믿겠다지 뭐에요. 정말 미안해요."

"참, 당신도, 자랑할 게 그렇게도 없어요? 따지고 보면 손맛이란 게 별거에요? 다 신선한 식재료들 때문이지요. 지금 내가 안 된다면 당신 체면은 어떻게 지탱할 건데요? 그리고 객이라면 누구신데요?"

"미리 알면 재미없잖아요. 그리고 당신이 손님 대접하는 기준은 남녀노소를 가리지 않고 최선을 다하잖아요. 그러니 더욱 미리 누구라고 알릴 필요가 없죠. 아무튼 당신이 내 요구를 들어줄 줄 알았어요. 그럼 점심시간 맞춰서 가겠어요."

남편은 정오를 조금 넘었을 때 남녀 두 객을 대동하고 나타났다. 귀숙은 평소의 소신대로 웰빙 식사 준비를 마치고 느긋한 마음으로 손님을 맞이했다. 초인종 소리와 동시에 남편을 따라 대문 안으로 들어서는 손님은 다름 아닌 통신대 출석 수업에서 만난 초등학교 동기동창 교수 부부였다. 귀숙은 전혀 예상하지 못했던 객들의 출현에 놀랐다. 거기다가 자신의 동창이 어떻게 남편부터 만나서 오게 되었는지가 너무 궁금해서 막 그 사유를 물어보려는 순간이었다. 아마 동창 부부가 정원을 본 모양이다. 갑자기 동창의 아내가 탄성을 질렀다. 이어서 여기에 뒤질세라 감격에 찬 동창의 극찬도 쏟아졌다.

"와—! 여기가 어디지! 천국이 과연 여기보다 더 아름다울까? 내가 이 날까지 강의를 했지만 오늘처럼 보람을 가진 적은 없었던 것 같아. 친구야 참 고맙네요. 사실 나는 내 입치리 수단으로 주어진 일에 충실하려고만 했지 내 강의를 듣고 실제로 생활에 적용하는지에 대한 것까지 책임감을 가지지는 못했거든. 그런데…"

동창 교수의 아내 역시 자기 남편과 경쟁이라도 하듯 벌린 입을 닫을 여가도 없이 찬사를 아끼지 않았다.

"어머…! 이 정도의 건평에 이런 정원은 처음입니다. 와아! 여사님의 여린 손으로 이런 신비한 정원을 탄생시킬 수 있다는 자체가 기적입니다. 물론 머리에서 먼저 설계를 했겠지마는 여사님의 손부터 보고 싶네요."

동창의 아내는 넉살맞게 귀숙의 손을 자기의 두 손으로 와락 움켜쥐더니 계속해서 입을 열었다.

"이 넓은 정원을 빈틈없이 채운 정원수와 과수들이 아주 조화롭게 배치되어 있다는 게 놀랍네요. 작은 들꽃 하나도 그 자리에 없으면 작품의 질이 떨어질 것 같거든요. 정원 전체의 분위가 꼭 아기자기하게 가족들이 모여앉아서 도란도란 얘기하는 그런 느낌이라고 하면 맞겠어요. 철철이 열려있는 과일을 먹으면서 말입니다. 이 집은 정원만 봐도 배가 부르겠습니다. 그리고 이런 집에서 살면 싸움을 하라고 상금을 내걸어도 절대로 싸우지 못하겠는데요? 이 집에서 사는 분들은 참 행복하겠어요! 정말 부럽습니다. 사실 저도 여자지만요. 부군 되시는 선생님께서는 훌륭한 아내를 둬서 좋겠습니다. 같은 여자로서도 여사님이 너무나 존경스럽네요. 뿐만 아니고 선생님께서 외조를 아낌없이 해 주셨다는 사실도 부인할 수 없을 것 같아요. 그런 헌신 덕에 이렇게 엄청난 재산증식까지 가져오게 된 거 아닙니까. 물론 투자한다고 다 온전하기는 어렵지만 그래도 일단 투자가 없으면 경제성장은 기대하기 어렵죠."

"저는 전혀 투자라고 생각해 본 적은 한 번도 없어요. 저의 아내가 취미 활동하는데 도와주는 생각 말고는, 거기다가 아내가 가족들의 건강을 위한다는 건 두고라도 본인의 건강을 위해서 소일거리로 하겠다는데 어떻게 반대를 합니까. 그러다 보니 여사님 말씀대로 재산증식까지 덤으로 얻은 게 맞네요. 사실 말이 나와서 말이지만, 분재가 하나 더 늘어간다는 것이 중요한 게 아니지요. 집값만 해도 엄청나게 달라졌다는 걸 부동산 하는 저가 모를 리 없죠. 거기다가 지금은 아내가 가족들의 건강을 위한다는 것도 사실로 입증이 된 셈이고요. 그것은 바로 내건강을 지키는 일이기도 하니까요. 그러니 가족의 건강을 지키는 일은 바로 가장인 내 일인걸요."

남편이 과분한 칭찬이 부담스러웠던지 변명 삼아 솔직하게 고백했다.

연이어 전문가답게 교수가 숲의 가치에 대해 설명하기 시작했다.

"안 그래도 지구 온난화로 이상기온이나 지구 곳곳에서 일어나는 이상 현상들은 지구의 수명을 단축시키고 있다는 증거가 아닙니까. 세계 나라들 중에는 이미 친환경 도시화를 추구하면서 실행 중에 있기도 하고요. 궁극적으로야 당연히 탄소 배출량이 0이기를 바라지만 사실 불가능하지요. 그러니 실질적 탄소 배출량을 최소화하려는 노력이 세계 각처에서 일어나고 있을 수밖에 없으니까요. 하긴 숲과 인간은 원래부터 공존할 수밖에 없는 관계가 아닙니까. 숲에서는 휘발성 방향물질인 피톤치드와 스트레스를 풀어주는 음이온방출로 인해 암세포까지 억제시킬 만큼 자연치유능력을 인정하니까요. 일본도 그렇지만 특히 독일은 숲 치유효과를 제일 먼저 인정하는 나라가 아닙니까. 숲 치유에 의료보험혜택까지 부여하지만 의사의 처방이 있으면 숲 치유비용을 무료로 한다지 않습니까. 그런데 여기 와서 보니 힐링 공간이 도시 한복판에도 충분히 존재가능하다는 걸 확인한 셈이네요. 물론 요즘은 건축물을 허가하거나 도시를 설계할 때도 숲 공간이 의무화되어있다지 않습니까. 전체면적에 따라 필요한 면적도 계산된다고 하니까."

"너무 과찬이십니다. 두 분께서 잘 봐 주시니 오히려 저가 고맙습니다. 다 저가 하고 싶어서 하는 일인 데다가 동창을 잘 둔 덕분인데요? 사실 동창을 만나지 않았다면 아직도 살벌하기 그지없는 집에서 살고 있을 겁니다. 티끌 모아 태산이라고 나무 한 그루 꽃 한 포기를 꾸준히 심다 보니 언제부터선지 무성한 숲이 되어있더라고요. 숲과 인간은 서로가 공존하는 관계라 떼려야 뗄 수 없는 사이가 맞는 것 같아요. 삶을 풍요롭게 해 주거든요."

"우리도 집을 사면 친구한테 오히려 한 수 배워야겠어."

동창 교수가 농담 반 진담 반으로 귀숙을 칭찬했다. 교수 아내는 귀숙에게 휴대폰을 건네주면서 사진 촬영을 부탁하고는 교수의 팔을 끌면서 물레방아가 돌아가는 정원 중앙으로 갔다. 교수 아내는 촬영장소를 옮길 때마다 포즈를 다르게 취하다가 마지막으로 독사진까지 주문하고서야 귀숙이의 팔짱을 끼더니 교수에게 사진을 잘 찍으라며 명령조로 말했다. 이때 지나가던 승용차 한 대가 귀숙의 집 앞에 서더니 젊은 여자 한 명이 대문 안으로 기웃거리며 초인종을 울렸다. 남편이 잰걸음으로 달려가 대문을 여는 순간 그녀가 문을 밀면서 안으로 들어서더니 사람들은 의식도 않고 정원에다가 시선을 박은 채 찬사를 자아냈다. 그 여자는 친구가 하도 이곳 정원을 칭찬하기에 꼭 한 번 오고 싶었다고 했다.

"어머! 말로 듣던 것 보다 실제로 보니 더 아름답군요! 이런 보물을 그대로 가둬두다니요. 가족들만 즐기기엔 너무 이기적이지 않아요? 개방하시면 참 좋겠는데…?"

"그냥 구경하시고 가십시오. 좋게 보아주셔서 감사합니다. 안 그래도 꼭 보고 싶은 분은 구경하고 가시라고 합니다. 모든 분들께 개방하게 되면 저가 너무 힘들 것 같아서요."

"입장료를 받으시면 되잖아요? 너무 아까워서 그래요."

"만약 개방하면 가정 주택인데, 저가 힘들 것 같아서요. 전 어디까지나 저의 가족의 건강을 위해서 시작했지만, 지금은 저의 생활 전부가 된 걸요. 이런 저의 취미활동에 지장을 받고 싶지 않아서요. 저가 지금껏 노력하여 이룬 것을 새삼스럽게 늘그막에 방해받고 싶지 않아서 그래요. 어렵게 누리게 된 저의 일상을 조용히 연구하고 가꾸면서 즐기고 싶어요."

역시 불청객도 숲을 배경으로 혼자서 스마트폰으로 사진 촬영을 하다가 결국 귀숙에게 더 넓은 배경을 담아달라며 포즈를 취했다.

집안으로 들어와서야 남편에게서 교수 부부가 사무실을 찾은 이유를 알게 되었다. 동창 교수는 대학에서 퇴임하고 고향이 가까운 창원으로 이사하고자 남편의 부동산 사무실을 고객의 자격으로 방문을 했더라고 설명했다.

"그래서 아까 들어오면서 그렇게 말했구나."

귀숙은 동창 교수가 친구한테 한 수 배워야겠다던 말을 떠올렸다.

"그냥 헛소리가 아니라고, 진심으로 하는 말이었다고. 지도해 줄 거지? 강의료는 충분히 낼 테니…"

"진심인가 보네?"

"영광인데요? 저의 아내가 유명한 박사 대학교수님을 가르치다니요."

"배움은 이론만이 아니거든요. 실기가 더 중요한 게 많죠. 물론 우리도 학생들과 현장에서 실습도 하지만, 그래도 내 친구야말로 진짜 선생님 자격을 갖췄다고 봐요. 삶 자체가 숲과 함께 호흡하면서 그들의 숨소리를 듣고 또 대화로 통해 그들의 모습만 봐도 현재 상태를 읽을 수 있거든요. 그런데 그 어떤 전문 교수가 이런 분을 능가하겠어요?"

"듣고 보니 교수님 말씀도 부인할 수가 없군요. 아무튼 묘한 인연으로 저희 집 밥까지 먹게 되었으니 그냥 넘어갈 사이는 아닌 게 틀림없어요. 우리 집에는 그야말로 휄빙 식탁이랍니다. 건강을 생각하셔서 많이 드십시오."

"식탁에 올리는 것까지도 지도를 받으려면 저의 아내와 둘의 강의료가 제법 들겠습니다. 하하!"

"오늘은 정말 식탁에 차린 요리를 보기만 해도 미리 건강해지는 느낌이 듭니다. 참, 아까부터 궁금했는데, 그때 출석 수업 기간에 내 연구실에 함께 왔던 그 학생 있잖아요? 심, 뭐라 했더라?"

"어머! 심경애 학생을 다 기억하고 있었군요. 맞네. 그때 같이 친구의 연구실로 놀러갔었지? 그런데 참 기억력 좋군요. 성까지 기억을 다 하고, 안 그래도 그 학생을 찾을 길이 없어서 엄청 고심하는 중이네요. 한동안 연락을 하다가 어느 순간 갑자기 연락이 끊겼어요. 찾을 좋은 묘안이 없을까?"

"세월이 너무 많이 흘렀기 때문에 통신대 출석 수업에 관한 자료도 아마 지방학교에는 남아있지 않을 걸로 알거든? 일단은 한 번 알아보기는 해야겠지만, 아니면 중앙통신대학교로 바로 연락해 보면 어떨지? 하지만 가만 생각해 보니 그것도 본인이면 또 모를까. 이름만 안다고 알 수 있는 것도 아니니, 어쩌면 주민번호를 알면 가능할 건데…?"

"어머, 교수가 다르긴 다르네. 이미 내가 다 알아본 과정을 꼭 알고 있는 것처럼, 순서까지 다 맞잖아? 그래서 그녀 스스로 나를 찾기를 기도하면서 기다릴까.라고 생각하던 참이었다고."

"그건 좀 시간을 두고 찬찬히 연구해 보면 길이 없다고만 단언할 수 없겠지. 아무튼 오늘 초대해 주셔서 감사합니다. 오늘 많이 배웠습니다. 우리도 속히 단독주택으로 이사 올 수 있도록 최선을 다해 주십시오. 될 수만 있다면 우리 친구 옆집이면 더 좋겠습니다."

동창 교수의 말이 끝나자 모두가 한바탕 웃었다. 그런 와중에도 친구

교수의 아내는 노파심에서 한소리했다.

"저는요, 당신이 퇴임하기만 학수고대했다고요. 남들은 부부동반으로 해외여행이니 크루즈니 하면서 다닐 때마다 얼마나 부러워했는데요. 하지만 당신이 퇴임만 하고 나면 우리도 남보란 듯이 국내는 물론이고 해외도 가려고 계획하고 있었어요. 그런데 난데없이 오늘 여기를 가자는 겁니다. 사실 이런 말까지는 안 하려고 했어요. 그런데 사전에 의논도 없이 이런 계획을 혼자서 하고 또 무조건 진행시킨다는 건 전 용납 못해요. 여기 계신 사장님이나 여사님이 어떻게 생각할지는 모르지만, 새삼스럽게 꼭 자기도 숲을 가꿀 기회를 가지겠다는 겁니다. 그래서 견학 겸 부탁 겸 오게 된 거라고요."

"내가 뭐 허황된 꿈을 꾸는 것도 아니고 마지막에 가족의 건강을 위해서 착실히 한 번 실천해 보자는데 쌍수를 들어 환영은 못 할망정 반대를 하다니요? 오늘 여기 와서 듣고 보니 심경애 학생도 곧 찾게 될 것 같은 예감이 들어. 그 학생 소식도 우연이 아닌 것 같아서, 만날 사람들은 필요할 때 꼭 만나게 되는 법이거든? 찾으면 멀리 시골까지 갈 필요 없이 함께 정원 가꾸자고 해야겠어."

"듣고 보니 가능성이 보이네. 친구가 교수님인데 협조하면 그녀도 꼭 찾을 수 있겠어! 왜 진작 그 생각을 못 했지. 아무튼 지금에서야 깨달은 건데, 무지가 죄라더니 내가 너무 무지해서 친정 동생과 그녀를 갈라놓았던 거였어. 그것도 나를 떠난 이유 중에 절대적인 비중을 차지할 것 같다는 생각을 미련하게도 지금에서야 들다니."

"무슨 일이 있긴 있었군?"

교수가 호기심에 찬 어조로 물었다.

"그녀를 마지막으로 본 건 아들 결혼식 때였었어. 그날 동생은 올케와 함께 서울까지 갔는데, 올케는 도지사 비스실장으로 근무하면서 미스 경남 진으로 뽑혀 미스코리아 대회까지 참관한 대단한 미인이었지."

"그럼 그날 둘이 만났겠네?"

"참 미련하기 그지없는 사람이 나라니까. 그러고 보니 아직 그걸 한 번 물어도 안 봤네? 나는 사실 혼주라 정신이 없었거든, 그녀가 결혼하여 첫아들을 분만했을 때 내가 조리원에 축하하러 갔을 때였어. 그녀가 나한테 내 동생 안부를 묻기에 부장으로 승진했고 아들이 걸음마를 한다고 했더니, 빙그레 웃으면서 언니는 모르지, 내 첫사랑이었어.라고 하더라고."

"그런데 왜 이룰 수 없었는지 궁금하네? 중매쟁이가 든든한데?"

"지금 와서 생각해 보니, 정말 부끄럽네요. 처음에 찾아온 기회를 내 무지로 망가뜨렸으면 다음에는 그러지 말았어야 했는데…"

귀숙은 말을 맺지 못하고 멍하니 초점 잃은 시선을 허공에다가 던진 채 그날의 일을 한없이 자책했다. 그날은 가랑비까지 내렸다. 출석 수업 마지막 날이기도 했지만 그 기간에 들은 강의를 바탕으로 시험을 치는 날이기도 했다. 기숙은 이날 또 다시 미리 친정 동생에게 언질을 해놓았다. 마지막 날이니 한 번 더 만나 보아라,라고. 동생은 흔쾌히 허락했고 그녀 역시 미리 마지막 날 귀숙이네에 들리기로 약속까지 했다. 동생은 퇴근하고 곧바로 누나 집에 와서 매형과 함께 바둑이라도 두고 있으라고 당부를 해 놓았다.

귀숙은 그녀에게 사실대로 친정 남동생과 결혼을 전제로 교제를 진지하게 해 보는 게 좋겠다는 말과 동시에 창원은 부산 가는 길목이니까. 우리 집도 알 겸, 안 그래도 맏이가 딸인데 피아노학원에서 레슨을 받고 있어. 앞으로 전공을 하겠다는데 그러려면 손 기초자세가 제대로 되어있어야 한다니, 피아노 전문가이신 선생님의 조언을 꼭 한번 들어보고 싶었거든요. 그래서 부탁인데… 잠시 들렀다가면 안 될까…?

그녀는 귀숙의 소원대로 자신의 집에 들르기로 했다. 여름이라 청바지에 한소대 차림이던 그녀가 그날은 정장 차림으로 출석 수업에 나타났다. 그녀의 이런 의상 때문에 반 학생들은 원장선생님이라 옷차림부터가 확실히 다르다는 둥, 또 어떤 학생은 이 더운 날에 애써 차려입은 걸 보니 미래의 시어른들에게 인사라도 하러 가시나 보네? 그렇지 않고서야 이 더운 날씨에 정장이 가당하기나 하나요? 하자 즉시 한 남학생이 토요일 밤을 오늘밤으로 고치더니, 우렁차게 곡조를 넣어 오느을 밤 오느을 밤에 나 그대를 만나리…라며 두 손을 번쩍 들어 지휘를 하면서 노래를 부르고는 맞아, 드디어 그 오느을 밤이 오고야 말았구나!라며 놀렸다. 그녀는 아무리 학생들이 놀려도 표정 하나 변하지 않고 시종일관 조용히 입가에 미소만 피워 물고 있었다. 천은 얇지만 베이지색 바지 정장에다가 연두색 와이셔츠에 같은 색의 넥타이까지 착용한 모습이 고상하면서도 그녀의 격조 높은 수준을 대변해 주는 듯 잘 어울렸다.

귀숙과 그녀는 출석 수업 마지막 날이라 시험을 치루고 창원시외버스 정류장에 내려 대기하고 있던 동생의 승용차로 가족들이 기다리는 식당으로 갔다. 저녁 준비할 시간이 없어서 외식하기로 미리 약속이 되어 있었기 때문이다. 이른 저녁을 식당에서 해결하고 집에 오자마자 그녀는 딸의 피아노 치는 손 자세를 보고는 칭찬을 했다. 기본이 제대로 되어있네요. 열심히 연습만 하면 되겠어요. 귀숙은 무척 기분이 좋았다.

딸에게 피아노 레슨을 시키면서도 늘 불안했던 귀숙이 믿을 수 있는 전문가에게 검정을 받고 나니 마음이 놓였다. 귀숙은 딸의 문제가 해결되자 자기 기분에 도취되어 그녀를 초대한 본래 목적은 잊은 채 그녀가 가는 시외버스 터미널까지 배웅을 했다.

"듣고보니 무슨 일이 있긴 있었네."

교수가 진지하게 말했다.

"무슨 일이 있었다는 사실까지도 지금에서야 겨우 기억해 냈다는 거 아닙니까. 내가 이렇게 미련하다니까. 당연히 동생과 그녀와의 시간을 내주기 위해서라도 동생에게 배웅하는 일을 맡겼어야 했는데 말입니다. 처음 한번 실수했으면 그 걸로 충분할 텐데 또 그랬으니, 후회막급이지만 지금 와서 무슨 소용이 있겠어. 그 좋은 기회를 내 감정과 무지로 무자비하게 빼앗고도 지금껏 그 사실마저 까맣게 모르고 살았으니, 왜 내가 그 미련한 짓을 끝까지 했는지 내 무지가 이런 실수를 할 줄이야. 그 당시만 해도 휴대전화기도 없었는데, 최소한 그 뒤에라도 둘에게 집 전화번호라도 각각 알려줬어야 했는데도 그것마저 이제야 기억났다면 누가 믿겠어요? 다 거짓말로 알겠지만 내 맹세하건대 진실이랍니다."

"두 분은 서로가 상대방이 자기에게 마음에 없다고 오해했겠네요. 아무튼 인연이 아니니, 그런 사달이 난 겁니다. 듣고 보니. 너무 자책하지 마십시오."

귀숙의 말을 듣고 있던 교수 아내가 매우 확신에 찬 어조로 말했다.

"이런 사실을 왜 지금에서야 깨닫게 되었는지, 참, 내가 원망스럽고 부끄럽다니까. 처음도 그렇고 두 번째도 역시 둘을 만나게 해 준다는 빌미로 내 감정에만 충실하고 만 셈이었으니, 결국 내가 주인공이었어.

참, 내. 이런 내가 한심하다니까."

　귀숙은 그녀가 자신을 떠난 이유가 틀림없이 동생과 관련된 일일 거라는 생각에 무게를 두었다. 안 그래도 올케는 그날 주인공인 줄 알겠다며 놀릴 정도로 그 미모에 멋이란 멋은 다 내서 참석하지 않았던가. 아들의 결혼식에 참석한 그런 올케를 봤다면 그녀의 가슴이 얼마나 무너졌겠는가. 귀숙의 시야가 갑자기 뿌옇게 흐려졌다. 다음 순간 주르륵 액체가 양 볼을 타고 흘러내렸다. 귀숙은 자신의 그런 모습을 감추기 위해 얼른 자리에서 일어나 차를 준비한다며 부리나케 주방으로 향했다.

해바라기의 기도

문갑연 지음

발 행 처 · 도서출판 청어
발 행 인 · 이영철
영   업 · 이동호
기   획 · 천성래
편   집 · 방세화
디 자 인 · 이수빈 | 김영은
제작이사 · 공병한
인   쇄 · 두리터

등   록 · 1999년 5월 3일
(제1999-000063호)

1판 1쇄 발행 · 2022년 7월 10일

주소 · 서울특별시 서초구 남부순환로 364길 8-15 동일빌딩 2층
대표전화 · 02-586-0477
팩시밀리 · 0303-0942-0478

홈페이지 · www.chungeobook.com
E-mail · ppi20@hanmail.net
ISBN · 979-11-6855-046-9(03810)

이 책은 경남문화예술진흥원에서 시행하는 문화예술지원금으로 출간하였습니다.